Chris Cannon

Küss niemals einen Herzensbrecher

Chris Cannon lebt mit ihrem Mann in Southern Illinois, wo sie Liebesschmöker für Mädchen schreibt. In ihrem Arbeitszimmer ist sie meistens von ihren drei Hunden umgeben: Pete, ein Shih Tzu, der gern auf ihrem Schreibtisch ein Nickerchen macht, Molly, die wuschelige Golden-Retriever-Hündin, und Tyson, ein Beagle, der vor keinem Sandwich halt macht. Kaffee ist Chris Cannons Lebenselexier. Mit einer Tasse Kaffee in der Hand fallen ihr die romantischsten Love- und spannendsten Fantasystories ein.

Chris Cannon

Küss niemals einen Herzensbrecher

Aus dem Amerikanischen Englisch
von Sabine Tandetzke

Ravensburger Buchverlag

Als Ravensburger Taschenbuch
Band 58436
erschienen 2017

MIX
Papier aus verantwortungsvollen Quellen
FSC® C114500

1 2 3 4 5 E D C B A

Deutsche Erstausgabe

Die englische Originalausgabe erschien 2015
unter dem Titel »Blackmail Boyfriend«.

Umschlaggestaltung: Carolin Liepins unter
Verwendung eines Fotos von Shutterstock/ © Leandro Crespi und
Shutterstock/ © Tomash Sugint (Typo)
Redaktion: Svenja Wulff

Printed in Germany

ISBN 978-3-473-58436-9

www.ravensburger.de

Dieses Buch ist meiner Familie gewidmet –
mit Dank für alle Liebe und Unterstützung.
Und meiner Lektorin Erin Molta, die mich mehr
als einmal gerettet hat.

Eins

Haley

Ich bog auf den Parkplatz der Greenbrier Highschool ein, mit nur einem Ziel vor Augen: Ich musste mir irgendetwas einfallen lassen, das meine Brüder davon abhielt, jeden Jungen zu verscheuchen, der sich auch nur ansatzweise für mich interessierte. Ihnen zu sagen, dass sie sich gefälligst um ihren eigenen Kram kümmern sollten, hatte nichts gebracht. Was ich brauchte, war jemand, der sich von meinen Brüdern nicht einschüchtern ließ. Jemand, der selbstbewusst genug war, um sich gegen sie zu behaupten. Inzwischen war es mir sogar egal, ob ich den Jungen überhaupt mochte – Hauptsache, er demonstrierte öffentlich, dass man sich gefahrlos mit mir verabreden konnte. Vielleicht sollte ich eine Anzeige ins Internet stellen: *Einserschülerin sucht selbstsicheren jungen Mann für Scheinbeziehung. Konditionen verhandelbar.*

Aber das würde wahrscheinlich nur irgendwelche Spinner auf den Plan rufen, und so verzweifelt war ich nun auch wieder nicht … jedenfalls *noch* nicht.

Ich war kaum aus meinem gelben VW Käfer ausgestiegen, als meine beste Freundin Jane auf mich zustürzte.

»Sag mir, dass es stimmt«, drängte sie.

»Was meinst du?«

Sie hüpfte in ihren braunen, mit Plüsch gefütterten Ugg Boots auf und ab. »Alle reden darüber, Haley. Es ist so aufregend!«

Ich legte ihr eine Hand auf die Schulter, damit sie stehen blieb. Ihr beim Herumhüpfen zuzusehen, nachdem ich auf dem Weg zur Schule einen Donut mit Schokoglasur gegessen hatte, war definitiv keine gute Idee. Beim Karussellfahren wurde mir auch immer übel. »Alle reden worüber?«

»Bryce Colton erzählt überall rum, dass er dich Freitag nach dem Lagerfeuer abgeschleppt hat.«

»*Was?*« Alle Leute auf dem Parkplatz drehten sich um und starrten mich an. Okay, vielleicht hatte ich das ein bisschen zu laut gesagt. Ich hakte mich bei Jane ein und dirigierte sie zum Rand des Parkplatzes. »Ich war mit dir zusammen beim Lagerfeuer. Hast du etwa gesehen, dass ich mit Bryce Colton rumgemacht habe?«

Sie verzog das Gesicht und kickte einen Stein aus dem Weg. »Ich dachte, du wärst vielleicht noch mal zurückgefahren, nachdem du mich zu Hause abgesetzt hast.«

»Warum klingst du so traurig?«

»Es wäre irgendwie nett, wenn wenigstens eine von uns ein Sexleben hätte.«

Ich prustete laut los. Das ist einer der Gründe, warum Jane meine beste Freundin ist. Man weiß nie, was sie als Nächstes sagt.

»Tut mir leid, dich enttäuschen zu müssen. Mein Leben ist genauso langweilig wie immer.«

Sie nahm Kurs auf den Haupteingang des Schulgebäudes. »Das stimmt nicht. Du bist *das* Gesprächsthema der ganzen Schule!«

Erst jetzt fiel mir auf, dass meine Mitschüler miteinander tuschelten und mir verstohlene Blicke zuwarfen. »Oh mein Gott. Wenn meine Brüder das mitbekommen …«

Jane fing an zu rennen und zog mich hinter sich her.

Meinen Rucksack fest umklammert, versuchte ich, bei ihrem Tempo mitzuhalten. »Was ist denn los?«

»Wir müssen Bryce finden, bevor deine Brüder ihn noch umbringen.«

Warum lag ihr auf einmal so viel an Bryce' Sicherheit? Und überhaupt – warum sollte er so ein Gerücht über mich und ihn in die Welt setzen? Bryce war ein umwerfend gut aussehender, beliebter Sonnyboy aus gutem Hause. Jeder wusste, dass er seit seinem ersten Jahr an der Highschool regelmäßig ein Wohltätigkeits-Golfturnier zugunsten der Krebsforschung organisierte.

Während Jane mich an den Matheräumen vorbeizerrte, stellte ich mir vor, dass Bryce diese Story verbreitet haben könnte, weil er sich Hals über Kopf in mich verliebt hatte.

Klar. Träum weiter. Seit meinem zweiten Jahr auf der Highschool schmachtete ich ihn heimlich an, so wie jedes weibliche Wesen in einem Umkreis von fünfzig Meilen. Das hätte ich natürlich nie zugegeben.

Bryce und ich hatten überhaupt keine Gemeinsamkeiten. Er war ein Jahr älter, und wir bewegten uns in völlig unterschiedlichen Kreisen. Ich fachsimpelte mit den anderen Strebern, während er mit den reichen Sportskanonen abhing, die sich vor allem für Golf und Tennis interessierten. Er lebte in einer dieser neuen, protzigen Angebervillen in der Nähe des Country Clubs. Meinem Vater gehörte das Gartenbauunternehmen, das den Rasen des Country Clubs mähte. Kurz gesagt, Bryce lebte in einer völlig anderen Welt als eine einfache Sterbliche wie ich.

Eigentlich hätte ich mich über dieses Gerücht furchtbar aufregen müssen, denn so wie es aussah, würde bald jemand meinen Namen und meine Telefonnummer an die Wand der Jungentoilette kritzeln. Mein Ruf – nicht dass ich einen nennenswerten gehabt hätte – stand auf dem Spiel. Doch so jämmerlich es auch klingen mochte: Dank der ständigen Einmischung meiner Brüder in mein Privatleben war dies der aufregendste Moment meines ganzen Schuljahrs.

Wir drosselten unser Tempo, als wir um die Ecke zu den Bio-Klassenzimmern bogen. In einem frisch gebügelten weißen Hemd und Kakihosen stand Bryce lässig vor seinem Spind. In meinen verwaschenen Levi's und dem schwarzen Sweatshirt mit der Aufschrift *Talk nerdy to me*, das ich heute Morgen angezogen hatte, kam ich mir ziemlich underdressed vor.

Mit seinen blonden Haaren, den breiten Schultern und der leicht gebräunten Haut sah Bryce aus wie ein kalifornisches Unterwäschemodel. Nicht dass ich ihn mir je in Unterwäsche vorgestellt hätte.

Na ja, jedenfalls nicht sehr oft.

Er unterhielt sich gerade mit Nathan, seinem besten Freund. Während Bryce das Vorzeigemodell des blonden, gebräunten Surfertyps mit Haselnussaugen war, hatte Nathan einen eher hellen Teint und dunkle Haare und Augen. Sie sahen aus wie die beiden Seiten einer Münze. Einer echt heißen, aber völlig unerreichbaren Münze, die ein Sammler in einem besonders gut gesicherten Safe aufbewahren würde, dem sich normale Mädchen wie ich nicht mal nähern durften.

Bryce blickte auf, als wir vor ihm stehen blieben. Wahrscheinlich nahm er mich in diesem Moment zum ersten Mal bewusst wahr. Ich sah zwar ganz okay aus, aber er verabredete sich normalerweise mit Mädchen, deren Brüste größer waren als mein Kopf.

In der Hoffnung, eher wütend als neugierig auszusehen, stemmte ich die Hände in die Hüften, was meinen Brüdern immer signalisierte, dass ich es ernst meinte. Um dem Ganzen noch etwas mehr Nachdruck zu verleihen, setzte ich einen finsteren Blick auf. »Warum erzählst du überall rum, wir hätten was miteinander gehabt?«

Sein Blick wanderte über meine dunkelblonden schulterlangen Haaren bis zu meinen billigen Turnschuhen und wieder zurück. »Wer bist du?«

»Haley Patterson.«

Er schüttelte den Kopf. »Die Haley von Freitagabend hatte rote Haare.«

»Haley *Hoffmann* hat rote Haare.« Ich hielt meine Hand gut fünfzehn Zentimeter über meinen Kopf. »So groß und ziemlich viel Make-up?«

»Das ist sie«, bestätigte Bryce. »Sie hat behauptet, sie hieße Haley Patterson.«

Ich drehte mich entsetzt zu Jane um. »Waaaas? Warum sollte sie so was machen?«

Jane scannte Bryce genauso abschätzig von oben bis unten, wie er es bei mir gemacht hatte. »Vielleicht hat sie sich nur mal unters gemeine Volk gemischt und wollte nicht, dass es jemand mitbekommt.«

Ich lachte.

Bryce' Augen wurden ganz schmal, offenbar hatte er für Janes Humor nicht viel übrig. Er öffnete schon den Mund, um ihr Kontra zu geben, als er plötzlich innehielt und den Flur hinunterstarrte, als würde ein Güterzug auf uns zurasen. Ich folgte seinem Blick und sah Haley Hoffmann auf uns zukommen – Händchen haltend mit einem Typen, der mir vage bekannt vorkam. Ich hatte ihn schon mal mit meinen Brüdern abhängen sehen. Der Begriff »massig« traf es nicht mal ansatzweise. Er hätte locker als Double für einen Profi-Wrestler einspringen können.

Völlig unerwartet griff Bryce nach meiner Hand und zog mich an seine Seite. »Spiel einfach mit. Alles andere klären wir später.«

Lieber Himmel, der heißeste Typ der Schule hatte mich berührt! Es fühlte sich an wie ein Sechser im Lotto. Je nachdem, wie das hier lief, war Bryce möglicherweise die Lösung für all meine Probleme. Wenn er wollte, dass ich ihn deckte, musste er mir bei meinen Brüdern helfen, die sich ständig als Beschützer aufspielten.

Als sie auf gleicher Höhe mit uns waren, zwinkerte die andere Haley mir zu. »Hi, Haley. Denny ist Sonntag von seinem Boxkampf zurückgekommen. Wir sind jetzt wieder zusammen.« Sie hielt mir ihre linke Hand hin. »Schau mal, ist der nicht schön?«

Dieses Wort hätte ich nicht gerade gewählt, um den Silberring mit den roten und pinken Steinchen in Herzform zu beschreiben, aber ihr schien er zu gefallen, also nickte ich. »Sehr hübsch.«

»Weißt du was?« Sie lachte. »Irgendjemand hat Denny gesagt, ich hätte am Freitag nach dem Lagerfeuer mit Bryce rumgeknutscht. Ist das nicht lächerlich?«

Denny kam noch näher, bis er direkt vor Bryce stand. »Warum sagen die Leute, sie hätten dich mit meiner Freundin gesehen?«

Genau genommen waren Denny und die andere Haley zu dem Zeitpunkt gar kein Paar gewesen, aber es war wohl unklug, das in dieser Situation zu erwähnen. Denny wirkte nicht gerade wie jemand, der sich für solche lächerlichen kleinen Details interessierte.

Bryce blieb cool und lachte leise. »Sehe ich aus, als wäre ich so dumm?«

»Wir haben denselben Vornamen«, schaltete ich mich ein.

Denny starrte mich aus zusammengekniffenen Augen an.

Als er darüber nachdachte, wer ich war, konnte man förmlich sehen, wie ein kleiner Hamster in sein Rad hüpfte und loslief, um den Motor in Dennys Gehirn auf Touren zu bringen. »Du bist doch die kleine Schwester von Charlie und Matt, stimmt's?«

Ich nickte.

Mit einer ruckartigen Kopfbewegung in Bryce' Richtung sagte er: »Hast du Freitagnacht mit ihm rumgemacht?«

»Nein.« Obwohl mir die Vorstellung, ich hätte nach dem Legerfeuer wilden Sex mit Bryce gehabt, ein Kribbeln über den Rücken jagte, hatte ich nicht vor, die Leute noch länger im Glauben zu lassen, dass ich mich wirklich auf so etwas einließ.

Bryce' Griff um meine Hand verstärkte sich. Es wurde Zeit, ihm zu zeigen, wie dieses Spiel laufen würde. »Als Bryce sagte, dass er den Abend mit mir verbracht hat, meinte er, dass wir ein Date hatten, nicht, dass zwischen uns etwas gelaufen ist. Dass die Leute immer gleich so übertreiben müssen ...«

Bryce umklammerte meine Hand noch fester. Er ließ erst locker, als ich meine Nägel in seine Handfläche grub.

»Deine Brüder werden ihm den Arsch aufreißen«, prophezeite Denny.

Ich hätte jederzeit darauf gewettet, dass Bryce weit und breit der einzige Junge war, den meine Brüder nicht einschüchtern konnten.

Genau in diesem Moment kamen sie um die Ecke: Charlie und Matt, meine älteren zweieiigen Zwillingsbrüder. Es war ein ziemlich beeindruckender Anblick, wie sie nebeneinander durch den Gang liefen und auf uns zukamen. Mit ihren breiten Schultern und stahlharten Muskelbergen wären sie die perfekten Footballspieler gewesen, wenn sie sich auch nur das Geringste aus Mannschaftssport gemacht hätten. Kein Wunder, dass jeder Junge, der jemals Interesse an mir gezeigt hatte, schleunigst das Weite suchte.

Den beiden folgte eine kleine Anhängerschar, die ebenfalls recht angriffslustig wirkte. Denny trat ein Stück beiseite, damit Charlie und Matt freie Bahn hatten. Bevor sie zum ersten Schlag ausholen konnten, sagte ich hastig: »Wir hatten keinen Sex. Wir sind nur zusammen.«

Mit zusammengekniffenen Augen knurrte Charlie: »Der ist mit keiner zusammen. Der schleppt die Mädchen ab und verpisst sich dann.«

Bryce grinste und legte mir den Arm um die Schulter. »Vielleicht mag ich deine Schwester ja.«

Mein Körper war von der Schulter bis zur Hüfte gegen Bryce gepresst. Er roch verdamt gut. Irgendwie herb, wie ein teures Aftershave. Die Hitze, die durch seine Kleidung drang, wärmte meine Haut und ließ mich erröten.

»Haley, sag mir, dass du nicht mit diesem Idioten zusammen bist«, sagte Matt.

»Bis jetzt hat er sich mir gegenüber nicht wie ein Idiot verhalten.« Das hieß aber noch lange nicht, dass ich ihn für einen netten Typen hielt.

Matt verschränkte die Arme vor der Brust. »Und wie seid ihr zusammengekommen?«

Gute Frage. »Na ja … ich hole doch einmal in der Woche die Spenden für das Tierheim aus dem Golf-Shop im Country Club ab. Wir sind ins Gespräch gekommen, und … na ja, eins führte halt zum anderen.«

Das klang doch gar nicht mal so schlecht.

Matts Anspannung schien sich ein wenig zu lösen.

Charlie rieb sich das Kinn – ein sicheres Zeichen, dass er etwas ausbrütete.

»Die Schülervertretung verkauft seit heute Morgen Karten für den Herbstball. Da wollt ihr doch sicher zusammen hingehen.« Er wandte sich an die Truppe hinter ihm. »Wer von euch hat Karten dabei?«

»Ich.« Ein hochgewachsenes Mädchen kramte in ihrem Rucksack herum und zog schließlich einen Umschlag hervor. Sie reichte meinem Bruder zwei Eintrittskarten, der sie an Bryce weitergab.

Herbstball? Ich sollte mit Bryce Colton zum Herbstball gehen?

Jane fing vor Aufregung wieder mit dem Rumgehüpfe an.

Ohne zu zögern, zückte Bryce sein Portemonnaie und drückte Charlie mehrere Zwanzig-Dollar-Scheine in die Hand. Musste ein gutes Gefühl sein. Ich hatte wahrscheinlich gerade genug Geld in der Tasche, um mir eine Cola und ein Päckchen Kaugummi zu kaufen.

Das Mädchen nahm das Geld, und mein Bruder gab mir die Karten, die ich in meinem Rucksack verstaute. In diesem Moment klingelte es zur ersten Stunde. Matt und Charlie sahen mich bedeutungsvoll an. Ich verdrehte die Augen. »Als ob ich so blöd wäre, ihn mit euch alleine zu lassen.«

Matt schnaubte.

Charlie schüttelte den Kopf. »Das gefällt mir nicht.«

Die Situation war nicht gerade perfekt, aber ich konnte sie zu meinem Vorteil nutzen. Wenn ich so tat, als wären Bryce und ich ein Paar, konnte das die Mauer zum Einsturz bringen, die meine Brüder um mich errichtet hatten und die zuverlässig alle potenziellen Verehrer abschreckte. Aber weil sie es eigentlich nur gut mit mir meinten, machte ich ihnen ein Friedensangebot. »Wenn Bryce mich verarscht, dürft ihr ihn verprügeln. Deal?«

Bryce warf mir einen finsteren Blick zu. Ich strahlte ihn mit meinem unschuldigsten Lächeln an. »Bringst du mich zu meiner Klasse?«

Er zögerte kurz, musterte meine Brüder von Kopf bis Fuß und kam offenbar zu dem Schluss, dass ich das kleinere Übel war. »Klar.«

Bryce legte die Hand auf meinen Rücken, ganz wie ein

Gentleman, und führte mich den Flur hinunter. Das hatte noch nie jemand getan. Es machte mich gleichzeitig wütend und glücklich. Einerseits brauchte ich niemanden, der mich durch die Gegend dirigierte. Andererseits wurde ich gerade von Bryce berührt.

Als wir bei meiner Klasse ankamen, verschränkte er die Arme vor der Brust und sagte mit gedämpfter Stimme: »Vielen Dank für deine Hilfe eben, aber wir sind nicht zusammen. Und wir werden auch nicht zum Ball gehen. Heute nach der Schule machen wir Schluss und gehen getrennte Wege.«

Da er die Situation offenbar nicht richtig erfasst hatte, fühlte ich mich verpflichtet, ihn aufzuklären. »Falsch. Du hast dieses dämliche Gerücht in die Welt gesetzt, und wahrscheinlich glaubt die halbe Schule, dass es stimmt. Also wirst du jetzt schön in meiner Nähe bleiben und so tun, als wärst du mein Freund, um alle davon zu überzeugen, dass ich nicht einfach mit irgendwelchen Typen ins Bett steige. Ganz davon abgesehen, dass du gar nicht in dieser Lage wärst, wenn du nicht überall rumposaunt hättest, mit wem du rumgevögelt hast.«

Er zog eine Augenbraue hoch. »Dann bist du also meine Strafe?«

Da hatte ich plötzlich einen Geistesblitz. Ich war vielleicht keine sexy Schönheit, aber ein Dummchen war ich auch nicht. Ich pikste ihm mit dem Finger in die Brust und sagte: »Ich miste zweimal die Woche im Tierheim die Käfige aus. Wenn du nicht eines Tages in deinem glänzenden schwarzen Mustang eine Ladung Hundescheiße finden willst, würde ich vorschlagen, dass du mitspielst.«

»Du willst also, dass ich so tue, als ob ich dein Freund wäre, damit die Leute nicht denken, dass du in der Gegend rumvögelst?«

»Ja, aber es geht noch um etwas anderes. Wenn *ich* so tue, als seien wir zusammen, rette ich dich vor Denny. Wenn *du* so tust, als seien wir zusammen, sehen die anderen Jungs, dass man sich trotz meiner Brüder mit mir verabreden kann.«

»Beobachten die beiden uns immer noch?«

Ich nickte.

»Gut.«

Bevor mir klar wurde, warum er gefragt hatte, beugte er sich zu mir herunter und presste seinen Mund auf meinen. Seine Lippen waren weich und warm, und er schmeckte nach Zimtkaugummi. Mein Gehirn stellte augenblicklich jegliche Aktivität ein. Als sich unsere Lippen voneinander lösten, war ich so geschockt, dass ich kein Wort herausbrachte.

»Nachsitzen! Alle beide!«, ertönte hinter mir plötzlich die Stimme meiner Klassenlehrerin. »Die öffentliche Zurschaustellung von Zuneigung wird an dieser Schule nicht toleriert!«

Mein erstes Nachsitzen.

Aber das war es absolut wert.

Ohne auf das Getuschel um mich herum zu achten, betrat ich den Klassenraum und ließ den Morgen noch einmal Revue passieren. Haley Hoffmann hatte meinen Namen benutzt, um ihr nächtliches Techtelmechtel mit Bryce zu vertuschen, bevor sie von ihrem Boxer-Freund feierlich einen Freundschaftsring überreicht bekommen hatte. Bryce hatte die Lüge nicht aufgedeckt, um einer Abreibung von Denny zu entgehen. Ich hatte die Lüge benutzt, um Bryce dazu zu bringen, meinen Freund zu spielen und dadurch den Schutzwall zu durchbrechen, den meine Brüder um mich herum geschaffen hatten. Bryce hatte mich geküsst, um meine Brüder zu ärgern, und uns damit Nachsitzen eingebrockt.

Eindeutig der beste Montag meines Lebens.

Zwei

Haley

In Geschichte setzte sich Jane an den Tisch hinter mir. »Hey, was war das denn?«

»Er hat mich geküsst, um meine Brüder zu ärgern und mir Nachsitzen einzubrocken.« Ich grinste. »Die letzten beiden Sachen machen mir nichts aus, denn Bryce Colton hat mich geküsst. Heilige Scheiße!«

Jane lachte. »Schon klar, dass das den Rest wieder ausgleicht. Meinst du, du könntest seinen Kumpel Nathan dazu bringen, über mich auch so ein Gerücht zu verbreiten?«

Im Unterricht schrieb ich brav von der Tafel ab und versuchte so zu tun, als würde ich mich für Mr Brimers Vortrag interessieren. Währenddessen dachte ich darüber nach, wie lange ich Bryce wohl dazu bringen musste, meinen Freund zu spielen. Ein paar Wochen sollten eigentlich ausreichen, um alle davon zu überzeugen, dass wir ein Paar waren und nicht nur einen One-Night-Stand gehabt hatten. Und sobald die Fake-Beziehung mit Bryce vorbei war, würden die anderen Jungs wissen, dass man gefahrlos mit mir zusammen sein konnte, auch wenn meine Brüder drohend mit den Knöcheln knackten.

Der Morgen flog an mir vorüber. Als ich in den kleinen Pausen die Klassenräume wechselte, hielt ich Ausschau nach Bryce. Da er schon in der Zwölften war, hatten wir nicht sehr viele Kurse im selben Gebäude. Am Nachmittag gingen Jane und ich quer über das Schulgelände zur Cafeteria. In der frischen Herbstluft wirbelten bunte Blätter über den Boden wie Konfetti auf einer Party.

»Ich hab mein Mittagessen zu Hause vergessen«, jammerte Jane.

»Du kannst die Hälfte von meinem Truthahnsandwich haben.« Wir waren uns beide einig, dass das Essen in der Cafeteria die reinste Körperverletzung war.

»Ist schon okay. Die Makkaroni mit Käse sind gar nicht so übel.«

Kaum hatten wir die Cafeteria betreten, setzte aufgeregtes Getuschel ein. Wahrscheinlich spekulierten alle über meine *Beziehung* mit Bryce. Die Tatsache, dass sich die Leute über mich das Maul zerrissen, traf mich mit solcher Wucht, dass ich erstarrte. Meine Handflächen wurden schweißnass.

Jane packte mich am Ellbogen und zog mich zu unserem üblichen Tisch. Vereinzelte Buhrufe und ein paar nicht gerade schmeichelhafte Kommentare folgten uns, als wir durch die Tischreihen gingen. Na super. Bis heute Morgen hatte niemand je von mir Notiz genommen, aber jetzt, wo Bryce mich ins Rampenlicht gerzerrt hatte, musste plötzlich jeder einen Kommentar abgeben.

Nachdem sie ihren Rucksack abgestellt hatte, sagte Jane: »Ignorier die Idioten einfach. Ich bin gleich zurück.«

Ich packte mein Mittagessen aus und biss in mein Sandwich, während ich so tat, als würde ich meine Notizen aus Geschichte durchgehen. Als sich jemand auf den Stuhl neben mir fallen ließ, stellte ich mit einem kurzen Seitenblick fest, dass es sich um Bryce handelte, der mich stirnrunzelnd ansah.

»Wir müssen reden.« Er stieß einen übertriebenen Seufzer aus.

»Okay.« Ich riss meine Chipstüte auf.

»Es tut mir leid, aber es gibt da eine andere.«

Er wollte hier in der Cafeteria mit mir Schluss machen? Das konnte er sich abschminken. Ich lehnte mich zu ihm hinüber und berührte mit einer vertraulichen Geste seinen Arm. »Falls du vorhast, mich in aller Öffentlichkeit abzuservieren, dann vergiss es.«

Seine braunen Augen blitzten amüsiert auf. »Glaubst du etwa, du kannst mich davon abhalten?«

»Ja, allerdings. Ich bin sicher, dass du so viel Anstand hast, weil ich kein Mädchen für 'ne schnelle Nummer bin – nur dass mich deinetwegen die ganze Schule dafür hält.«

Er schnappte sich einen von meinen Chips. »Triffst du dich überhaupt mal mit Jungs?«

Autsch. »Das ist ziemlich schwer, wenn man zwei ältere Brüder hat, die jeden verjagen, der mir zu nahe kommt. Und genau deshalb brauche ich dich, damit das endlich mal ein Ende hat.«

»Echt ätzend für dich.« Er mopste sich noch einen Chip.

»Wenn du nicht mitspielst, ziehe ich Plan B durch.«

Er runzelte die Brauen. »Und der wäre? Mich an Denny zu verpfeifen?«

»Genau. Wenn er dich grün und blau geschlagen hat, werden die Leute schon kapieren, dass du mit *seiner* Haley geschlafen hast, und nicht mit mir. Meinst du nicht, es wäre weniger schmerzhaft, wenn du nach meinen Regeln spielst? Dann hätten wir beide etwas davon.«

Jane kam zurück und plumpste auf ihren Stuhl. »Na, hab ich was verpasst?«

»Bryce wollte gerade in aller Öffentlichkeit mit mir Schluss machen. Ich habe ihm zwei Optionen zur Auswahl gegeben.«

»Beziehung mir dir oder von Denny vermöbelt werden?«, riet sie.

»Exakt.« Ich verschränkte die Arme vor der Brust. »Und wofür entscheidest du dich?«

»Ich tue eine Woche lang so, als ob ich dein Freund wäre, und dafür hältst du den Mund.«

»Zwei Monate«, kam es prompt von Jane.

Bryce griff noch einmal in die Chipstüte. »Eine Woche, und du kannst die Karten für den Herbstball behalten.«

»Fünf Wochen, und du bekommst die Karten«, konterte ich.

»Zwei Wochen«, sagte er. »Die Karten will ich gar nicht.«

»Vier Wochen.« Als Bryce erneut nach den Chips greifen wollte, schlug ich seine Hand weg.

Er sah mich verblüfft an, dann lachte er. »Normalerweise machen Freundinnen so was aber nicht.«

Ich zog die Chipstüte aus seiner Reichweite. »Normalerweise brockt einem der Freund auch kein Nachsitzen ein.«

Er grinste anzüglich. »Schien dir in dem Moment aber nicht wirklich was auszumachen.«

Mein Gesicht wurde unerträglich heiß. »Egal. Ich verlange vier Wochen, die Karten für den Herbstball und ein Date gemeinsam mit Jane und Nathan.«

»Oh, danke!« Jane hüpfte auf ihrem Stuhl auf und ab.

Ich lächelte Bryce an. »Eigentlich sollte das selbstverständlich sein, aber ich erwarte, dass du als mein Freund *treu* bist. Und wir werden uns am Ende so trennen, dass keiner von uns als der Schuldige dasteht.«

Er lehnte sich zurück und dachte einen Moment nach.

»Drei Wochen«, sagte er dann. »Du behältst die Karten, bekommst dein Doppel-Date und eine unproblematische Trennung. Abgemacht?«

»Abgemacht.« Am liebsten wäre ich ihm vor Freude um den Hals gefallen, nippte aber stattdessen voll lässig an meiner Apfelschorle.

Bryce schob seinen Stuhl zurück, schnappte sich meine Chipstüte und ging dann quer durch die Cafeteria zu seinem üblichen Sitzplatz. Als ich sah, wie Nathan die Kinnlade herunterfiel, wusste ich, dass Bryce ihm von dem Doppel-Date erzählt hatte.

Nathan starrte entgeistert zu uns herüber. Jane lächelte ihm zu und winkte schüchtern. Er schüttelte einfach nur den Kopf. Dann drehte er sich weg und redete wütend auf Bryce ein.

Bryce

»Was zur Hölle habe ich mit der ganzen Sache zu tun?«, fragte Nathan.

»Geteiltes Leid ist halbes Leid.« Ich quetschte den Inhalt eines Tütchens Ketchup auf meinen Burger.

Nathan musterte Jane über seine Coladose hinweg. »Bei diesem Date wirst aber du bezahlen.«

»Schon klar.« Ich verdrehte die Augen. Nathans Familie schwamm im Geld, er wollte mich also einfach nur dafür bestrafen. »So hässlich ist sie nun auch wieder nicht.«

»Nein. Sie ist süß. Das ist viel schlimmer.«

Die Logik meines besten Freundes war vielleicht manchmal nicht so leicht zu verstehen, aber dafür immer unterhaltsam. »Und weiter?«

»Sieh sie dir doch an.« Er deutete in Janes Richtung. »Kein Make-up. Pferdeschwanz. Nicht gerade mein Beuteschema, oder?«

»Wenigstens zeigt sie ein bisschen Haut.« Der Rock, den sie zu ihren Stiefeln trug, war ziemlich kurz.

Das schien Nathan ein wenig aufzuheitern. »Stimmt«, sagte er. »Aber deine angebliche neue Freundin ist von Kopf bis Fuß verhüllt.«

Mit den schulterlangen dunkelblonden Haaren und den blauen Augen sah Haley aus wie das nette Mädchen von nebenan. Die Kombination von Sweatshirt, Jeans und Turnschuhen steigerte ihre Anziehungskraft auch nicht gerade. »Vielleicht zieht sie sich wegen ihrer Brüder so an.«

Nathan schnaubte abfällig. »Wahrscheinlich trägt sie auch Omaschlüpfer. Aber das wirst du wohl nicht herausfinden.«

Das klang schon fast wie eine Herausforderung. In Anbetracht ihrer Bodyguard-Brüder war ich mir nicht sicher, ob es die Sache wert war, und zuckte nur mit den Achseln. »Traurig, aber wahr.«

»Das werden drei verdammt lange Wochen.« Nathan grinste und genoss mein Unglück sichtlich.

»Kann man wohl sagen.« Ich verdrückte die letzten Chips, die ich Haley abgenommen hatte, strich die Packung glatt und faltete sie in der Mitte.

Hätte ich gewusst, dass die andere Haley in einer On-Off-Beziehung mit einem Anabolika-Monster steckte, hätte ich sie nie im Leben angefasst. Nicht dass ich Angst vor Denny hatte, aber es war wohl nicht besonders clever, einen Typen zu provozieren, der aus Spaß Leute zu Brei schlug, bis sie bewusstlos waren. Und wenn meinem Vater zu Ohren kam, dass ich mich geprügelt hatte, würde er mir zu Hause die Hölle heiß machen. Das einzig Positive an dieser erpressten Beziehung war, dass sie mir meine Exfreundin Brittney vom Hals halten würde. In drei Wochen hatte sie bestimmt längst jemand anderen, und ich war aus dem Schneider.

Ich beobachtete Jane und Haley, die noch immer an ihrem Tisch saßen. Jane wedelte mit den Händen durch die Luft und schnitt alberne Grimassen, während sie irgendetwas erzählte. Haley schnaubte vor Lachen wie ein Pferd.

»Stell dir mal vor, was dein Vater sagen würde, wenn *du* dich in aller Öffentlichkeit so benehmen würdest«, sagte Nathan.

Seitdem ich alt genug war, um zu sprechen, hatte mein Vater mir regelmäßig seinen Alles-was-du-tust-fällt-auf-die-gesamte-Familie-zurück-Vortrag gehalten. Mit sieben konnte ich ihn auswendig aufsagen. »Beim Lachen zu schnauben, ist Punkt zwölf auf der Liste unangemessenen Verhaltens.« Ich schüttelte den Kopf. »Hast du dich schon mal gefragt, wie es wäre, wenn du einfach mal tun könntest, was du willst, ohne dir ständig Gedanken machen zu müssen, was andere davon halten?«

»Nein.« Nathan fuhr sich mit der Hand durchs Haar. »Ich hab damit kein Problem.«

Nathan würde niemals zugeben, dass er sich von seiner Familie unter Druck gesetzt fühlte. Bei ihm zu Hause war immer alles perfekt, und das offenbar völlig mühelos. Bei uns zu Hause versuchten Mutter und ich meinem Vater zuliebe den Schein zu wahren. Das war manchmal ganz schön anstrengend.

»Hast du Lust, nach der Schule mit zum Golfübungsplatz zu kommen?«, fragte Nathan.

»Ich kann nicht. Ich gebe Mike Sway Golfstunden.«

»Ist das nicht der Typ aus der Neunten, der im Rollstuhl sitzt?«

»Ja. Er hat extra für ihn angefertigte Golfschläger. Die sind ziemlich cool.«

Nathan deutete quer durch den Raum zu Haleys Tisch. »Sieht aus, als würde jemand in dein Territorium eindringen.«

Nathans Bemerkung holte mich schlagartig in die Cafeteria zurück. Irgend so ein stiernackiger Sportler hatte sich neben Haley gesetzt. Kannte sie diesen Typ? Er legte ihr den Arm um die Schulter und flüsterte ihr etwas ins Ohr. Sie wurde rot und stieß ihn weg, aber er bewegte sich keinen Millimeter.

Haley

»Hau ab!« Ich versuchte, den Kerl wegzuschubsen, aber es war, als wollte man eine Wand wegschieben. Manchmal war es echt ätzend, ein Mädchen zu sein.

»Lass sie gefälligst los.« Janes Stimme klang ruhig, aber ihre Augen waren weit aufgerissen.

Der Neandertaler lachte und flüsterte mir eindeutig zweideutige Bemerkungen ins Ohr, die darauf schließen ließen, dass er sich definitiv zu viele Pornos ansah. Mein Magen verkrampfte sich. Wenn ich den Kerl vollkotzte, würde er vielleicht das Interesse verlieren und sich verziehen.

Mit zusammengebissenen Zähnen zischte ich: »Meine Brüder werden dir sämtliche Knochen brechen.«

»Das wird nicht nötig sein.« Bryce setzte sich neben den Typen und musterte ihn, als wäre er ein Schmutzfleck. »Verschwinde.«

»Zwing mich doch.« Der Idiot wieherte, als wäre seine Antwort unheimlich schlagfertig gewesen.

Bryce lehnte sich völlig entspannt auf seinem Stuhl zurück. »Es gibt zwei Möglichkeiten, wie wir das hier regeln können. Erstens – ich reiße deinen Arm von ihr weg. Du versuchst, mich zu schlagen. Ich breche dir die Nase. Wir müssen beide nachsitzen, und du wirst aus dem Footballteam geworfen.« Er machte eine dramatische Pause. »Zweitens – du verziehst dich freiwillig, weil du nicht möchtest, dass ich meinen Vater darum bitte, seine großzügige Spende für die neuen Footballtrikots wieder rückgängig zu machen.«

Der Typ nahm seinen Arm von meinem Rücken. »Wir bekommen neue Trikots?«

»Wenn du dich bei Haley entschuldigst und deinen Freunden sagst, dass sie sie in Ruhe lassen sollen, bekommt das gesamte Footballteam neue Klamotten.«

Der Penner schob seinen Stuhl zurück. »Sorry, hab's nicht so gemeint.« Damit trabte er zu dem Tisch mit seinen Sportskameraden zurück, die johlten, als hätte er einen Touchdown hingelegt.

Bryce rutschte mit seinem Stuhl etwas näher. »Alles okay?«

Ich nickte nur, weil ich Angst hatte, dass meine Stimme zittern würde, wenn ich versuchte zu sprechen.

»Lügnerin.« Jane kam zu mir herüber und umarmte mich. »Dein Hals ist ja ganz rot.«

Ich holte tief Luft und konzentrierte mich auf etwas Schönes: meine Hunde, Schoko-Cookies und die Vorstellung, diesen Idioten über den Haufen zu fahren und dann noch mal zurückzusetzen. Der letzte Gedanke war schon ziemlich heftig, aber es half. Die Anspannung in meinem Körper ließ langsam nach.

»Danke für deine Hilfe«, brachte ich schließlich hervor. Ich lächelte Bryce an, um ihm zu zeigen, dass ich alles unter Kontrolle hatte.

»Gut, dass du mit den Footballtrikots Druck machen konntest«, sagte Jane.

»Ach, mein Vater ist immer froh, wenn er etwas von der Steuer absetzen kann. Ich glaube nicht, dass er was dagegen haben wird.«

»Du hast dir das nur ausgedacht?« Ich konnte es nicht fassen. Er hatte bei der ganzen Sache völlig locker gewirkt. Und es war wirklich nett von ihm, dass er sich eingeschaltet hatte. Er hätte ja auch einfach zusehen können, wie dieser Widerling mich belästigte. Vielleicht war Bryce ja doch keine totale Flachpfeife.

»Mein Vater sagt immer, es ist besser, jemanden auszutricksen, als sich mit ihm zu prügeln.«

»Tut mir leid, dass ich keine große Hilfe war«, sagte Jane. »Ich hatte überlegt, ihm eins mit meinem Essenstablett überzubraten, aber ich war mir nicht sicher, ob das so eine gute Idee gewesen wäre.«

Die Vorstellung, wie Jane mit einem orangen Plastiktablett auf einen riesigen Footballspieler einschlug, brachte mich zum Lachen.

»Dann ist mein Job wohl erledigt.« Bryce warf noch einen Blick zu den Sportskanonen hinüber. »Vielleicht sollte ich dich gleich zu deinem nächsten Kurs begleiten. Was hast du denn nach der Pause?«

»Physik, im Naturwissenschaftsgebäude.« Warum hatte ich das gesagt? Er wusste doch, dass die naturwissenschaftlichen Fächer im entsprechenden Gebäude stattfanden! Wie konnte man sich nur so zum Deppen machen? Aber vielleicht hatte er es ja auch gar nicht bemerkt …

»Ich habe Chemie, auch im Naturwissenschaftsgebäude. Also müssen wir in dieselbe Richtung.« Er verließ den Tisch.

Natürlich hatte er es gemerkt.

Als es zum Ende der Mittagspause klingelte, kamen Bryce und Nathan auf uns zu. Jane grinste Nathan an. Er tat so, als würde er sie nicht sehen. Zu viert schoben wir uns durch die Masse von Schülern, die genau wie wir die Cafeteria verließen.

Als wir zu meinem Klassenraum kamen, überlegte ich krampfhaft, was ich sagen sollte. »Danke für deine Hilfe vorhin.« *Wow, wie originell!*

»Ich hab dich schließlich in die Sache reingezogen.« Er streckte die Hand aus und strich mir eine Haarsträhne hinters Ohr. Als seine Fingerspitzen meine Haut berührten, lief mir ein warmer Schauer über den Rücken. »Dein Hals ist nicht mehr so rot. Jane meint, das ist ein gutes Zeichen.«

»Das ist der Familienfluch. Immer wenn ich aufgeregt bin, läuft mein Hals knallrot an.« Ich zuckte mit den Achseln. »Mein Dad ist schuld.«

Bryce grinste, als wäre ihm plötzlich ein sehr komischer Gedanke gekommen. Seine braunen Augen blitzten auf.

Ich pikste ihm in die Brust. »Was? Du willst doch jetzt keinen blöden Spruch über meinen Vater ablassen, oder?«

»Also, ich …«

»Lass die Finger von meinem Freund!«, rief plötzlich ein Mädchen hinter uns.

Ich erstarrte. »Meint die mich?«

Bryce fuhr sich mit der Hand übers Gesicht. »Willkommen in meinem Albtraum.«

Gut zu wissen, dass ich in seinem Ranking offenbar irgendwo über dem Status »Albtraum« rangierte. Vielleicht hatte er mich nur als mittelschwere Nervensäge eingestuft.

Bryce legte seinen Arm um meine Schulter, und wir drehten uns gleichzeitig um.

Eine große Blonde mit beeindruckender Oberweite und grellrot lackierten Nägeln steuerte auf uns zu. »Bryce, was tust du denn da?«

Er zog mich demonstrativ näher zu sich heran. »Brittney, ich habe mit dir Schluss gemacht. Schon vergessen?«

»Ach, das war doch nicht ernst gemeint.« Sie wickelte sich eine Locke um den Finger und lächelte ihn an. »Wir passen doch so gut zusammen.«

Bryce seufzte. »Brittney, wir hatten das doch alles schon besprochen.«

»Vermisst du mich denn gar nicht?« Sie kam noch näher und flüsterte: »Nur ein kleines bisschen?«

Die ganze Situation war mir unfassbar peinlich.

»Tut mir leid, Brittney, aber zwischen uns ist es aus. Ich bin jetzt mit Haley zusammen.«

Brittney schluchzte und blinzelte hektisch, als versuchte sie, die Tränen zurückzuhalten. »Wir beiden sind füreinander geschaffen! Das wirst du schon noch merken.« Damit drehte sie sich auf dem Absatz um und rauschte davon.

»Was war das denn?«, fragte ich.

Bryce nahm seinen Arm von meiner Schulter und trat einen Schritt zurück. »Ich habe diesen Monat schon dreimal mit Brittney Schluss gemacht.« Er hielt drei Finger hoch, als würde mir die Zahl nichts sagen. »Aber es hat nichts genützt. Danach hat sie jedes Mal wieder so getan, als wären wir noch zusammen. Sie fing an, darüber zu reden, an welchem exotischen Ort wir heiraten und wie wir unsere Kinder nennen würden. Ich hab's auf die nette Tour versucht. Und auf die harte. Es hat nicht funktioniert. Also habe ich zu drastischeren Maßnahmen gegriffen. Ich dachte, wenn sie von meinem One-Night-Stand nach dem Lagerfeuer erfährt, kapiert sie endlich, was Sache ist, und lässt mich in Ruhe.«

Das warf ein neues Licht auf Bryce' Wochenendaktivitäten. »Du bist also kein Casanova?«

»Oh doch. Das ist er«, antwortete Nathan mit todernstem Gesicht.

Ich lachte und ging ins Klassenzimmer, um Jane über die neuesten Entwicklungen in meinem Leben zu informieren, das inzwischen Ähnlichkeit mit einer Reality-TV-Show hatte.

»Du bist viel zu früh in die Klasse gegangen.« Ich erzählte ihr von Brittney und meiner stillen Hoffnung, dass Bryce vielleicht doch nicht der Typ war, der sich nach einer schnellen Nummer direkt wieder vom Acker machte.

»Ich denke, du bist da ein bisschen zu naiv«, sagte Jane.

Aber da es schließlich *meine* Fake-Beziehung war, beschloss ich, dass mein megaheißer angeblicher Freund *kein* Frauenheld war. Hey, es war immerhin meine Traumwelt. Warum nicht alles auf eine Karte setzen?

Drei

Haley

»Weißt du, was die Leute sagen?«, fragte Jane, als wir uns für den Sportunterricht umzogen – die letzte Stunde an diesem Tag.

Ich bin kein Fan von tiefsinnigen Gesprächen beim Umziehen. Meine nicht vorhandenen Brüste verunsicherten mich total. Während ich noch immer BHs mit A-Cups kaufen musste, hatten sich alle anderen Mädchen in meiner Stufe schon längst im Alphabet weiter vorgearbeitet.

Nachdem ich mir die Sportuniform, die an unserer Schule vorgeschrieben war – grässliche blaue Polyestershorts und ein ebenso scheußliches graues Polyesterhemd –, übergezogen hatte, band ich meine Haare zu einem improvisierten Knoten zusammen, damit sie mir nicht ständig ins Gesicht wehten. Dann konnte ich Janes Frage endlich beantworten. »Lass mich raten. Die halbe Schule denkt, ich bin schwanger.«

Jane schüttelte den Kopf. »Das habe ich nur von ein paar Leuten gehört.«

Ich zog meine Sportschuhe an und stöhnte. »Na super. Und was ist das Hauptgerücht?«

»Du und Bryce, ihr seid schon seit Monaten heimlich zusammen, weil seine Eltern eure Beziehung nicht gutheißen würden.«

Ich knallte meine Spindtür zu. »Das ist doch lächerlich! Ich bin eine hervorragende Schülerin, und ich arbeite noch freiwillig im Tierheim. Was ist daran nicht in Ordnung?«

»Du bist das Mädchen vom falschen Ende der Stadt, das sich den reichen Jungen geschnappt hat. Er verheimlicht eure Beziehung, weil er nicht will, dass seine Eltern denken, du wärst nur hinter seinem Geld her.«

Wir setzten diese absurde Unterhaltung fort, während wir draußen das Football-Feld umrundeten. Man konnte entweder zwei Runden joggen oder einfach dreißig Minuten lang gehen. Wenn man joggte, ließ einen der Coach hinterher in der Halle Basketball spielen. Bei meiner Größe von einem Meter sechzig war ich verständlicherweise kein großer Fan von Basketball, deshalb wählten Jane und ich jedes Mal die Dreißig-Minuten-Variante.

»Erstens ist meine Familie nicht arm. Und zweitens gibt es in dieser blöden Stadt gar kein falsches oder richtiges Ende. Wir leben in einer *Klein*stadt, verdammt noch mal.«

»Solche Details interessieren doch niemanden. Gute Gerüchte brauchen nun mal ein bisschen Drama.«

Hinter uns war das Trommeln von Schritten zu hören. Wir wechselten auf die Bahn ganz außen, um nicht von den Joggern niedergetrampelt zu werden. »Du liest zu viele Liebesromane.«

»Kennst du etwa jemanden, der nicht auf diese Und-sie-lebten-glücklich-bis-an-ihr-Lebensende-Nummer steht?«

Höchste Zeit, Jane auf den Boden der Tatsachen zurückzuholen. »Ich will doch nur deswegen zum Schein mit Bryce zusammen sein, um solche dämlichen Gerüchte zu verhindern. Nicht, damit noch mehr davon auftauchen. Und dann sind sie auch noch falsch. Ich brauche Bryce in meiner Nähe, damit er dem Beschützer-Getue meiner Brüder endlich ein Ende macht. Es ist wahrscheinlich das Beste, wenn ich mich gar nicht weiter auf ihn einlasse.« Bryce war genau der Typ, in den sich ein Mädchen unsterblich verlieben konnte. Und weil das mit uns nicht echt war, musste ich dieser Falle unbedingt ausweichen.

»Haley Patterson, was ist mit den ganzen herrenlosen Tieren passiert, die du angeblich *nur für eine Weile* in Pflege genommen hast?«

»Vergleichst du Bryce etwa mit einem dreibeinigen Hund?« Ich hatte zwei dreibeinige Hunde, eine einäugige Katze und einen Hasen mit nur einem Ohr. Ich hatte jedes dieser armen Kerlchen in Pflege genommen – und mich dann so sehr in sie verliebt, dass ich sie nicht mehr hergeben wollte.

»Nein«, sagte Jane. »Ich will damit nur sagen, dass du dich definitiv in ihn verknallen wirst. Das kannst du gar nicht vermeiden. Aber wer sagt denn, dass es ihm nicht genauso gehen wird? Vielleicht seid ihr am Ende wirklich zusammen.«

Schon klar. Jane und ihr grenzenloser Optimismus. Ich ging im Kopf die Mädchen durch, für die Bryce sich bisher immer interessiert hatte. Im Gegensatz zu mir hatten sie alle eine atemberaubende Körbchengröße und waren im Haare-über-die Schulter-Werfen auf Olympia-Niveau. Ich brauchte Bryce nur für zwei Dinge: um andere Jungs davon zu überzeugen, dass man trotz meiner Brüder mit mir ausgehen konnte, und um deutlich zu machen, dass ich mich eher zur Freundin als zum One-Night-Stand eignete.

Nach dem Sportunterricht schlüpfte ich wieder in meine eigenen Klamotten und machte mich auf den Weg zur Cafeteria, wo das erste Nachsitzen meines Lebens stattfinden würde. Jane begleitete mich noch ein Stück und nahm mir das Versprechen ab, sie später anzurufen und ihr zu erzählen, wie es gelaufen war.

In der Cafeteria saßen jeweils ein oder zwei Leute an einem Tisch. Die meisten von ihnen guckten Löcher in die Luft. Manche kritzelten in ihren Heften herum. Die Hälfte blickte auf, als ich hereinkam. Meine Schultern verkrampften sich. Quer über meine Stirn hätte auch »Braves Mädchen auf Abwegen« tätowiert sein können.

Der Trainer unserer Football-Mannschaft saß vorne und las die neueste Ausgabe der *Sports Illustrated*. Musste ich mich bei ihm anmelden oder sollte ich mich einfach hinsetzen? Wie verhielt man sich beim Nachsitzen korrekt? Weil ich nicht noch mehr auffallen wollte als sowieso schon, suchte ich mir schnell einen leeren Tisch aus. Als ich den Stuhl zurückzog, scharrte er mit einem so durchdringenden Geräusch über die Fliesen, als würde jemand mit den Fingernägeln über die Tafel kratzen. So viel zum Thema »bloß nicht auffallen«. Der Coach blickte auf, entdeckte mich und überprüfte etwas auf seinem Clipboard. Offenbar hatte er meinen Namen auf der Liste entdeckt, denn er wandte sich wieder seiner Zeitschrift zu. Zum Glück wollte er nicht wissen, warum ich hier war.

Ich beschloss, die Zeit hier zu nutzen, um meine Hausaufgaben zu machen, und holte meine Mathe-Unterlagen aus der

Tasche. Als ich hörte, dass die Tür aufging, schaute ich auf, um zu sehen, wer uns noch Gesellschaft leisten würde. Bryce betrat den Raum, als wäre er hier zu Hause: mit erhobenem Kopf, gestrafften Schultern und einem Blick, der eindeutig sagte, dass man sich besser nicht mit ihm anlegen sollte. Woher hatte er bloß so viel Selbstbewusstsein? War das genetisch bedingt? Vielleicht lag es aber auch daran, dass er einfach die teuersten Klamotten und das coolste Auto hatte.

Wenn ich irgendwann meinen Abschluss als Tierärztin in der Tasche hatte, würde ich wahrscheinlich einen Kombi fahren, in dem ich Tiere transportieren konnte, und meine Kleidung würde mit Katzen- und Hundehaaren übersät sein. Als »cool« konnte man das nicht gerade bezeichnen.

Plopp. Irgendetwas traf mich am Hinterkopf, und ich schreckte aus meinen Gedanken. Hinter mir hörte ich ein paar Jungs leise lachen.

Was zum Teufel?

Aus dem Augenwinkel sah ich einen zusammengeknüllten Papierschnipsel auf dem Boden liegen.

War das eine Nachricht? Sollte ich sie aufheben?

Plopp. Plopp.

Zwei weitere Geschosse trafen meinen Rücken. Mit geballten Fäusten drehte ich mich um und starrte die Typen hinter mir wütend an. Zwei Jungs in Flanellhemden grinsten mich an und zeigten auf das halbe Dutzend Papierkügelchen, die sie auf dem Tisch aufgereiht hatten. Na toll. Ich sollte also zu ihrer Unterhaltung während des Nachsitzens herhalten.

Wenn es meine Brüder gewesen wären, hätte ich ihnen den Mittelfinger gezeigt. Aber ich kannte diese Kerle nicht und wusste nicht, wie sie darauf reagieren würden. Also musste ich mich darauf beschränken, ihnen einen möglichst bösen Blick zuzuwerfen.

Wie lange dauerte dieses blöde Nachsitzen eigentlich noch? Ich versuchte, mich einfach nur auf meine Hausaufgaben zu konzentrieren.

Plopp. Plopp.

Die Leute um mich herum kicherten. Mein Gesicht brannte.

»Noch zehn Minuten«, rief der Coach. »Und jetzt Ruhe, sonst dürft ihr morgen alle wiederkommen.«

Ich schlug eine leere Seite in meinem Collegeblock auf und schrieb in großen schwarzen Buchstaben darauf: »Ihr macht weiter = Ich schreie = Morgen Nachsitzen.« Als Erstes hielt ich mein Schild so, dass die Leute an den Nebentischen es lesen konnten. Dann drehte ich mich damit zu den Idioten um.

Denny, der ein paar Tische weiter saß, zeigte auf die Knallköpfe und schüttelte den Kopf. Meinen Stift krampfhaft umklammert, wartete ich ab, was passieren würde. Wollte ich wirklich schuld daran sein, dass alle anderen wieder nachsitzen mussten?

Die Minuten schleppten sich dahin, aber mir flog nichts mehr gegen den Kopf. Nach einer gefühlten Ewigkeit schickte der Coach uns endlich nach Hause: »Alle raus!«

Betont lässig, als hätte ich nicht den ganzen Raum als Geisel genommen, steckte ich meinen Block in den Rucksack und ging zur Tür. Warum hatten diese Kerle ausgerechnet mich herausgegriffen? Wegen Bryce? Oder weil ich in ihren Augen eine Streberin war? Jedenfalls war ich froh, dass ich die Sache selbst geregelt hatte. Vielleicht konnte ich nicht so gut Leute einschüchtern wie meine Brüder, aber hilflos war ich definitiv nicht.

Bryce

Haleys selbstzufriedener Gesichtsausdruck, als sie die Cafeteria verließ, brachte mich zum Schmunzeln. Erpressung schien ihre Lieblingswaffe zu sein, was überhaupt nicht zu ihrem Streber-Image passte. Aber irgendwie fand ich das auch ein bisschen sexy.

Ich trödelte ein wenig herum, um sicherzugehen, dass die Idioten sie nicht wieder belästigten. Die beiden Flanelltypen verschwanden ohne Kommentar durch eine Seitentür. Wahrscheinlich, um ein Auto zu klauen oder öffentliches Eigentum zu beschädigen. Ich hörte mich schon an wie mein Vater. Das kam in letzter Zeit immer häufiger vor, und das beunruhigte mich.

Ich folgte Haley bis zum Parkplatz, für den Fall, dass noch irgendjemand anders vorhatte, ihr Schwierigkeiten zu machen. Haley war schon fast bei ihrem Auto angekommen, als sie plötzlich stehen blieb und ihren Rucksack fallen ließ. Ein empörter Schrei zerriss die Luft.

Sie wirbelte herum, entdeckte mich ein paar Meter hinter ihr und fauchte: »Das ist alles *deine* Schuld!«

Was sollte das denn heißen?

Und dann sah ich es. Quer über die Tür ihres hellgelben Käfers hatte jemand mit blutroter Farbe das Wort »Schlampe« geschmiert.

»Verdammt.« Ich ging an ihr vorbei, um den Schaden zu inspizieren. Die Farbe sah aus wie der rote Nagellack, den Brittney immer trug. Wahrscheinlich konnte man nicht beweisen, dass sie dahintersteckte, aber einen Versuch war es wert. Ich zog mein Handy aus der Tasche und rief den Rechtsanwalt meines Vaters an. Nachdem ich ihm die Situation erklärt hatte, stellte er mir ein paar Fragen und riet mir dann, die Polizei zu rufen und Anzeige zu erstatten. Darauf wäre ich auch von alleine gekommen.

»Gib mir dein Handy.« Haley streckte mir ihre zitternde Hand entgegen.

»Bist du okay?«

»Nein. Und jetzt gib mir das verdammte Telefon.«

Ich reichte ihr mein Handy und sah zu, wie sie leise fluchend eine Telefonnummer eintippte. Als jemand dranging, fragte sie nach ihrem Vater, sprach dann aber offenbar mit einem ihrer Brüder. Am anderen Ende hörte ich lautes Gebrüll. Haley brüllte zurück.

In meiner Familie wurde nicht geschrien. Nie. Es kam mir vor, als würde ich eine dieser Reality-TV-Shows sehen.

»Ich habe doch nichts Falsches getan!« Haleys Stimme brach. Sie schluchzte.

Warum verhielt sich ihr Bruder wie ein Arschloch? Ich legte ihr die Hand auf den Arm. »Lass mich mit ihm reden.«

Sie blinzelte ein paarmal und reichte mir das Handy. »Tu, was du nicht lassen kannst.«

»Ich dachte eigentlich, Brüder sollten ihren Schwestern helfen und die Sache nicht noch schlimmer machen«, sagte ich. Dann drückte ich das Gespräch weg und rief die Polizei an. Der Beamte am anderen Ende der Leitung versicherte mir, dass innerhalb der nächsten Stunde jemand kommen würde, um den Vorfall aufzunehmen.

»Und jetzt?« Die Arme eng um den Körper geschlungen, stand Haley da wie ein Häuflein Elend.

»Jetzt müssen wir die Zeit totschlagen, bis die Polizei kommt.«

»*Wir?*« Sie schien überrascht zu sein.

»Willst du, dass ich verschwinde?«

»Nein.« Sie scharrte mit dem Fuß über den Kies. »Danke.«

Ich blickte an Haley vorbei und sah, dass uns Dutzende von Schülern beobachteten. Darunter auch Denny. Entweder war er immer noch skeptisch, was meine Beziehung mit Haley anging, oder er versuchte, das Wort auf der Autotür zu entziffern. Mein Vater würde begeistert sein. Aber im Grunde genommen war das egal. Denny und die anderen sollten sich gefälligst vom Acker machen. »Die Show ist vorbei. Haut endlich ab!«, rief ich über den Parkplatz.

Die meisten Schüler verzogen sich zu ihren Autos. Ich holte meine Autoschlüssel aus der Hosentasche. Ich konnte nicht viel tun, um die Situation zu verbessern, aber wir konnten das uns wenigstens etwas bequemer machen. »Wir können uns in mein Auto setzen, während wir warten«, sagte ich und öffnete den Mustang mit der Funkfernbedienung.

Kaum waren wir in meinem Wagen, sackte Haley im Sitz zusammen und starrte geradeaus, als wäre ihr Leben vorbei.

Sicher, das war echt 'ne blöde Sache, aber so schlimm war es nun auch wieder nicht. »Ein guter Autolackierer kriegt das wieder hin.«

Keine Antwort. Neuer Versuch. »Das ist nicht weiter wild.«

Haleys Kopf ruckte herum. »Wie bitte?«

In ihren Augen lag Mordlust. Wenigstens würde sie jetzt nicht mehr losheulen. »Ich sagte –«

»Ich habe schon verstanden, was du gesagt hast. Für dich ist es vielleicht keine große Sache. Aber *ich* muss mit diesem Auto in der Stadt herumfahren, bis ich es mir leisten kann, die Tür neu lackieren zu lassen.«

»Deine Versicherung wird das schon übernehmen.«

»Klar wird sie das. Aber erst nachdem ich die Selbstbeteiligung gezahlt habe.« Sie tat so, als würde sie nachdenken. »Ich laufe mal schnell rüber zur Bank und hebe fünfhundert Dollar ab. Oh, warte, ich habe ja gar keine fünfhundert Dollar!«

»Deine Eltern werden bestimmt ...«

»Nein. Werden sie nicht.« Sie rieb sich die Schläfen. »Das war die Abmachung. Mein Dad hat mir bei der Anzahlung für das Auto geholfen, aber nur unter der Bedingung, dass ich danach für alle Kosten selbst aufkomme.«

Mein Vater war vielleicht ein Tyrann, aber er hatte mir noch nie Geld verweigert, besonders, wenn es darum ging, den Schein zu wahren. Sollte ich Haley vielleicht anbieten, ihr das Geld zu geben? Wenn Brittney hinter der Sache steckte, war es schließlich meine Schuld.

»Bis jetzt funktioniert diese Fake-Beziehung nicht so, wie sie sollte. Die Leute reden mehr Unsinn über mich als je zuvor.« Haley rutschte unruhig auf ihrem Sitz herum und drehte sich dann zu mir. »Du bleibst doch bei mir und überzeugst die Leute, dass ich keine Schlampe bin, ja?«

Sie sah mich aus großen blauen Augen verzweifelt an. Ihre blasse Haut erinnerte mich an die Porzellanfigürchen, die meine Großmutter gesammelt hatte und die niemand berühren durfte. Nur ihr Hals hatte die Farbe einer reifen Tomate. In dem plötzlichen Bedürfnis, sie zu trösten, legte ich meine Hand auf ihre.

»Das hab ich doch gesagt, oder?«

Haley

Bryce' Hand lag warm auf meiner. Er sah mich an, als ob ihm wirklich etwas an mir liegen würde. Noch nie hatte ein Junge mich so angesehen.

Das knirschende Geräusch von Autoreifen auf Kies lenkte unsere Aufmerksamkeit auf den Streifenwagen, der neben meinem verschandelten Käfer hielt. Ein Polizist, der meine Brüder schon bei mehreren Gelegenheiten nach Hause gebracht hatte, stieg aus dem Wagen.

Bryce und ich gingen zu ihm. Der Polizist zeigte auf die Tür. »Habt ihr gesehen, wer das war?«

»Nein«, stieß ich hervor, »aber ich habe einen Verdacht.«

»Meine Exfreundin ist nicht besonders glücklich darüber, dass ich nicht mehr mit ihr zusammen bin«, sagte Bryce. »Brittney trägt immer roten Nagellack. Es sieht nach ihrer Farbe aus.«

Der Cop holte ein Klemmbrett hervor und kritzelte ein paar Zeilen auf ein Formular. »Ich hasse diese Zickereien zwischen Mädchen.«

»Das ist eine ziemlich einseitige Sache«, fauchte ich. »Ich habe ihr nichts getan.«

»Lies das und unterschreib es.« Der Polizist reichte mir seinen Bericht. Ich las die Zusammenfassung, die er hingeschmiert hatte, und hätte sie ihm am liebsten um die Ohren gehauen.

»Das ist alles? Können Sie nicht irgendetwas tun, um herauszufinden, ob sie es war? Sollten Sie nicht eine Farbprobe nehmen? Oder wenigstens Fingerabdrücke?«

Der Polizist lachte amüsiert. Nein, der Ausdruck »wieherndes Gelächter« traf es wohl eher. Ich hätte ihm gern vors Schienbein getreten.

»Das ist hier keine dieser Krimi-Serien, die im Fernsehen laufen. Selbst wenn der Nagellack mit der Farbe übereinstimmt, die sie trägt, beweist das noch gar nichts. Wahrscheinlich benutzt die Hälfte aller Frauen in der Stadt den gleichen Lack. Und Fingerabdrücke abzunehmen, ist völlig sinnlos, wenn jeden Tag Hunderte von Kids an deinem Wagen vorbeilaufen.«

Meine Schultern verkrampften sich. Das war doch ein Witz! Warum hatten wir eigentlich auf diesen Typen gewartet?

Ich gab ihm das Dokument zurück. »Bringt es denn überhaupt etwas, Anzeige zu erstatten?«

Bryce legte mir die Hand auf die Schulter. »Du brauchst ein Polizeiprotokoll, um es bei deiner Versicherung einzureichen.«

Hatte er die Eigenbeteiligung vergessen?

Der Polizist nahm seine Mütze ab und kratzte sich den kahl werdenden Kopf. »Ich empfehle dir das jetzt nicht offiziell, aber mit verdünntem Nagellackentferner bekommst du vielleicht einen Teil der roten Farbe ab, allerdings könnte es den Lack darunter angreifen. Wenn du willst, probier es aus. Aber komm nicht heulend bei mir an, wenn es hinterher schlimmer aussieht als vorher.«

Ich würde nie wieder die Polizei rufen, es sei denn, jemand wollte mich umbringen. »Danke für Ihre Hilfe.« Klang das glaubwürdig? Nein. Machte es mir etwas aus, dass er es merkte? Wieder nein.

Bryce' Griff um meine Schulter verstärkte sich. »Danke, dass Sie gekommen sind, Officer. Wir wissen Ihre Hilfe sehr zu schätzen.«

Schleimer.

Der Polizist nickte Bryce zu, ignorierte mich und ging zurück zu seinem Wagen.

Ich schüttelte Bryce' Hand ab. »Was sollte das denn?«

Er sah mich an, als sei ich nicht ganz dicht. »Behandle Autoritätspersonen immer mit Respekt, denn man weiß nie, wann man sie noch mal braucht.«

»Du stehst auf Respekt, was? Wunderbar. Dann kommst du jetzt mit zu mir nach Hause. Da kannst du meinen Eltern erklären, warum eine durchgeknallte Irre mein Auto ruiniert hat.«

Vier

Bryce

So hatte ich mir das nicht gedacht. Wenn Haleys Vater genauso temperamentvoll war wie ihre Brüder, konnte das ziemlich unschön werden. Das wollte ich noch ein bisschen hinauszögern. »Ich begleite dich, aber erst sollten wir sehen, dass wir irgendwo etwas zu essen bekommen. Ich bin nämlich kurz vorm Verhungern.«

Sie schaute mich an, als hätte ich Swahili geredet. »Du willst essen gehen? Jetzt?«

»Ich hab dich schließlich in die ganze Sache reingezogen.« Ich ließ meinen Charme spielen und schenkte ihr mein schönstes Lächeln. »Dich zum Essen einzuladen, ist ja wohl das Mindeste, was ich tun kann.«

Sie kniff die Augen zusammen. »Machst du das, um das Gespräch mit meinem Dad hinauszuzögern?«

Verdammt, sie war echt clever. »Vielleicht.«

»Okay, aber dann suche ich das Essen aus. Ich möchte Pizza.«

Mein Handy klingelte. Die Nummer sagte mir nichts. Ich hielt Haley das Handy hin. »Für dich?«

Sie seufzte und nahm das Handy. »Dad? Hallo?« Sie schloss die Augen und nickte. »Ja, wir haben die Polizei gerufen und Anzeige erstattet. Ich wollte gerade nach Hause kommen.« Sie öffnete die Augen und seufzte erneut. »Natürlich kommt er mit. Wir wollten voher nur kurz anhalten, um eine Pizza –«

Sie zuckte zusammen und hielt das Handy ein Stück vom Ohr weg, als ihr Vater etwas brüllte, das ich nicht ganz verstand. »Geht klar. Keine Pizza. Wir sind in ein paar Minuten da.«

Sie gab mir das Handy zurück. »Weißt du, wo unsere Gärtnerei ist?«

Ich nickte.

»Wir wohnen ganz hinten auf dem Grundstück. Fahr mir hinterher, aber pass auf die Tiere auf.«

Tiere? Vor meinem inneren Auge tauchte ein ramponierter Wohnwagen auf, der auf Zementblöcken thronte, dazu Kühe und Hühner, die durch den Vorgarten streunten.

Während ich Haley hinterherfuhr, fielen mir die vielen Einzelgaragen und Maschendrahtzäune in diesem Teil der Stadt auf. Als ich einmal mit meiner Mutter zu Pattersons Gartenbaubetrieb gefahren war, hatten wir den Highway genommen. Auf dieser Nebenstrecke wichen die Häuser schon bald Maisfeldern und alten Farmgebäuden, die die perfekte Kulisse für einen Horrorfilm abgegeben hätten.

Der Asphalt ging in eine Schotterstraße über. Jeder Stein, der gegen den Lack meines Mustangs prallte, ließ mich zusammenzucken.

Nachdem wir auf den Parkplatz der Baumschule eingebogen waren, folgten wir einem kleinen Privatweg. Es waren weder Kühe noch Hühner zu sehen, nur zwei Hunde, die neben unseren Wagen hersprangen und bellten. Die letzten hundert Meter legten wir mit gefühlten zehn Stundenkilometern zurück. Nachdem wir die Baumreihen hinter uns gelassen hatten, entdeckte ich zu meiner Überraschung ein Blockhaus. Mit seinen zwei Stockwerken erinnerte es mich ein bisschen an eine Skihütte. Große Hühnerskulpturen aus Metall waren überall auf dem Rasen vor dem Haus verteilt.

Warum um alles in der Welt stellte sich jemand riesige Metallhühner in den Vorgarten?

Ich parkte hinter Haley in der Auffahrt. Kaum war sie aus dem Auto gestiegen, stürmten die beiden Hunde, die uns gefolgt waren, auf sie zu. Sie setzte sich auf den Rasen, um sie zu streicheln. Irgendetwas stimmte mit den Hunden nicht. Nachdem ich ausgestiegen war, sah ich auch, was es war. Beiden Tieren fehlte ein Vorderbein, aber keinem von ihnen schien es etwas auszumachen.

Haley warf mir einen wissenden Blick zu. »Na los, frag schon.«

»Was zum Teufel macht ihr mit euren Hunden?«

Sie sah mich verblüfft an, dann fing sie an zu lachen. »Wir retten sie.« Mit einem Kopfnicken deutete sie auf den schwarzen Hund zu ihrer Rechten. »Das ist Ford.« Sie wandte sich zu dem braunen Hund zu ihrer Linken. »Und das ist Chevy.«

Ich versuchte, mir einen Reim darauf zu machen. »Benannt nach den Autos, die sie angefahren haben?«

Sie stand auf und wischte sich die Hände an ihrer Jeans ab. »Wir wissen nicht, wer sie angefahren hat, die Namen sind eher so was wie ein Insiderwitz. Die meisten Leute, die ins Tierheim kommen, wollen keine dreibeinigen Hunde, deswegen habe ich sie erst mal mit zu uns genommen, um sie gesundzupflegen. Dann habe ich mich in sie verliebt und beschlossen, sie zu behalten.«

Das war beeindruckend. Brittney wäre nie auf die Idee gekommen, einem Hund zu helfen – schon gar nicht einem dreibeinigen. Als Haley lächelte, fiel mir auf, wie blau ihre Augen waren.

Im nächsten Augenblick war das Lächeln auf ihrem Gesicht wie weggewischt. »Hey Dad.«

Als ich mich umdrehte, fiel mein Blick auf einen Mann, dessen Gesicht hinter einer Schutzmaske verborgen war. Er hatte einen Schweißbrenner in der Hand und kam mit großen Schritten auf uns zu. Der Brenner war in Betrieb. Blau-orange Flammen schossen aus der Spitze. Als er nur noch ein paar Schritte von uns entfernt war, stellte er den Brenner ab und schob das Visier der Schweißmaske nach oben.

Während mein Vater die Leute mit seiner Ich-bin-ein-wichtiger-Mann-mit-Geld-und-Einfluss-Pose einschüchterte, hatte sich Haleys Vater offenbar für die Ich-könnte-dich-umbringen-und-deine-Leiche-irgendwo-vergraben-und-niemand-würde-dich-je-finden-Variante entschieden.

Er ging an uns vorbei, um Haleys Wagen zu untersuchen. Nachdem er den ersten Buchstaben mit den Fingerspitzen nachgezogen hatte, richtete er sich mit finsterer Miene wieder auf. »Erklär mir das.«

»Dad, ich …«

»Nicht du.« Er stieß einen Finger in meine Richtung. »Er. Ich nehme an, dass das auf sein Konto geht.«

Die jahrelangen Konfrontationen mit meinem Vater hatten mich gelehrt, jegliche Nervosität zu verbergen. »Ich glaube, meine Exfreundin ist dafür verantwortlich. Nachdem ich mit ihr Schluss gemacht habe, musste ich leider feststellen, dass sie ziemlich durchgeknallt ist.«

Er starrte mich einen Moment an und wandte sich dann an Haley. »Du weißt noch, was wir abgemacht hatten?«

Haley nickte und ließ den Kopf hängen. Sie schniefte, aber widersprach nicht.

Unglaublich. Haley konnte doch gar nichts dafür! »Ich bezahle die Reparatur.«

»Nein.« Haleys Vater räusperte sich. »Du bezahlst die Hälfte. Haley, ich leihe dir die andere Hälfte und ziehe dir das Geld nach und nach von dem ab, was du verdienst.«

Sie stürzte auf ihren Vater zu und umarmte ihn. »Danke.«

Er nahm seine Tochter in den Arm und gab ihr einen Kuss auf die Stirn.

Meine Familie würde so etwas nie und nimmer in aller Öffentlichkeit machen. Ich holte mein Handy raus und tat so, als würde ich meine Mails checken, weil ich nicht wusste, was ich sonst tun sollte.

Etwas Feuchtes berührte meine Hand. Chevy, oder vielleicht war es auch Ford, stupste mich mit seiner kalten, feuchten Nase an.

»Er will, dass du ihn streichelst«, sagte Haley.

Da wir nie einen Hund gehabt hatten, weil mein Vater sich auf keinen Fall Bakterien ins Haus holen wollte, und ich deshalb nicht sicher war, was ich machen sollte, tätschelte ich ihm einfach den Kopf.

»So streichelt man doch keinen Hund!« Haley kam zu mir und kraulte Chevy – oder Ford – hinter den Ohren. Er schnaufte zufrieden und drückte seinen Kopf gegen ihre Hand, während ihm vor Wonne die Zunge seitlich aus dem Maul hing.

Der andere Hund trottete jetzt ebenfalls heran, setzte sich auf meinen Fuß und lehnte sich an mein Bein.

Haley lachte. »Der geht erst wieder weg, wenn du ihn gestreichelt hast.«

Ihrem Beispiel folgend, kraulte ich den Hund hinter den Ohren. Er sah zu mir auf, als wäre ich sein lang verschollener bester Freund. Und dann leckte er mir die Hand, bevor er davonschoss, um irgendetwas anzubellen. Ich schob die Hand in meine Hosentasche, um alle möglichen Bakterien abzuwischen.

Die Situation mit Haley schien unter Kontrolle zu sein. Es wurde Zeit, dass ich einen Abgang machte. »Wenn soweit alles geklärt ist, sollte ich jetzt besser mal gehen.«

Irgendetwas huschte über Haleys Gesicht. »Klar … Wir sehen uns dann morgen.«

»Freut mich, dich kennengelernt zu haben.« Ihr Vater streckte mir die Hand hin. Sein Tonfall und die Geste passten nicht zusammen.

»Freut mich ebenfalls.« Ich schüttelte ihm die Hand und war sicher, dass ich heute Nacht von dreibeinigen Hunden, Irren mit Schweißbrennern und riesigen Metallhühnern träumen würde.

Haley

Ich war ja so blöd.

Da stand ich nun mit einem warmen, verwirrenden Gefühl im Bauch, weil Bryce angeboten hatte, die Reparatur an meinem Wagen zu bezahlen. In meinem leicht benebelten Zustand hatte ich angenommen, dass er immer noch eine Pizza mit mir essen gehen wollte.

Falsch. Er hatte angeboten, die Reparatur zu bezahlen, weil er sich verantwortlich fühlte, nicht etwa, weil er plötzlich echtes Interesse an mir hatte. Offenbar war Bryce ein anständiger Typ. Bloß kein Typ für *mich*. Sobald unser Deal vorbei war, würde sich hoffentlich endlich jemand trauen, mit mir auszugehen – und dann würde ich einen echten Freund haben. Einen, mit dem ich mehr gemeinsam hatte als ein beschädigtes Auto.

»Magst du den Jungen?« Mein Dad griff nach dem Schweißbrenner, den er vorhin abgelegt hatte, und wir gingen zusammen zum Haus.

Was sollte ich sagen? Dass ich Bryce erpresst hatte, meinen Freund zu spielen, um meinen Ruf zu retten und der ständigen Einmischung meiner Brüder ein Ende zu setzen? Das würde bestimmt super bei ihm ankommen. Ich hasste es, meinen Vater anzulügen, deswegen ließ ich es bleiben. »Ich mag ihn, wenn er nett ist, aber manchmal ist er ein echter Blödmann.«

»Du ahnst ja gar nicht, wie glücklich mich das macht.«

»Ach, Dad.« Ich boxte ihn gegen den Arm.

»Was? Ich weiß noch, wie ich in seinem Alter war, und das jagt mir einen Mordsschreck ein.«

Ich lachte.

Das Geräusch von Reifen auf Kies ließ mich herumfahren. War Bryce noch mal zurückgekommen, weil ihm wieder eingefallen war, dass wir Pizza essen gehen wollten?

Natürlich nicht. Meine Mutter stieg aus ihrem Jeep.

»Hattest du einen guten Tag?«, fragte sie meinen Dad, als sie die Stufen der Veranda heraufkam.

»Ja, hatte ich. Aber Haleys Tag war viel interessanter.« Dad beugte sich vor und küsste sie. »Ich gehe jetzt erst mal duschen. Haley kann dich auf den neuesten Stand bringen, und dann reden wir beim Abendessen darüber.«

Mom ging ins Haus, und ich folgte ihr.

»Interessant auf eine gute Art oder eine schlechte?«, fragte sie.

Während ich mir die Hände wusch, dachte ich über die Frage nach. »Beides, denke ich.«

»Du kannst schon mal die Brötchen auf den Tisch stellen und dann den Salat machen.« Sie öffnete den Schrank über dem Ofen und reichte mir eine große Glasschüssel.

Ich legte die Brötchen in einen Korb, spülte ein paar Cherrytomaten ab, schnappte mir ein Messer und schnitt einen Salatkopf klein.

Währenddessen bereitete Mom die Hähnchenschenkel vor. »Hat die Geschichte zufällig etwas mit dem Jungen in dem Mustang zu tun, der mir eben auf der Zufahrtsstraße entgegengekommen ist?«

»Ja.« Ich berichtete ihr von den Ereignissen des Tages.

Sie schob die Hähnchenschenkel in den Ofen. »Bryce Colton? Der Nachname kommt mir irgendwie bekannt vor. Ist sein

Vater nicht der Typ, der ständig für Fotos mit dem Bürgermeister posiert?«

»Kann sein.« Worauf wollte sie hinaus? Der Geruch von Knoblauch und Gewürzen erfüllte die Luft. Mein Magen knurrte.

Meine Mom stand mit dem Rücken zu mir vor dem Ofen und stellte den Timer ein. »Als ich noch zur Schule ging, haben die Leute gesagt, dass sich reiche Jungs nur aus einem einzigen Grund mit Mädchen aus der Mittelschicht verabreden.«

»Das sagen die Leute immer noch.« Ich wollte ihr die Wahrheit erzählen. Sie musste sich keine Sorgen machen, dass Bryce irgendwelche Hintergedanken hatte – er stand nicht auf Mädchen mit kleinen Brüsten.

Mom schürzte die Lippen und drehte sich zu mir um. »Kluge Mädchen tun aus Liebe dumme Dinge. Du solltest vorsichtig sein. Eine einzige falsche Entscheidung, die du jetzt triffst, kann dein ganzes Leben ruinieren.«

»Wie bitte?«

»Haley … du bist doch vorsichtig, nicht wahr?«

Jetzt verstand ich, was sie mir sagen wollte. »Nur weil er reich ist, denkst du, dass ich mit ihm schlafe?«

»Haley, glaub mir. So ein Junge wird sich nie ernsthaft für dich interessieren. So funktioniert die Welt nun mal nicht.«

Was zur Hölle? »Danke für dein Vertrauen, Mom.«

Ich schnappte mir zwei Brötchen und ging in mein Zimmer. Sie rief mir etwas hinterher, aber ich ignorierte sie.

Nachdem ich meine Zimmertür abgeschlossen hatte, rief ich Jane an. Kaum war sie rangegangen, stürzte ich mich in die traurige Geschichte, wie mein Auto verschandelt worden war, und endete mit der Gardinenpredigt meiner Mutter.

»Wow, bei dir war ja heute Nachmittag ganz schön was los.«

»Das kann man wohl sagen. Offiziell mit Bryce zusammen zu sein, sollte die Leute eigentlich davon abhalten, mich eine Schlampe zu nennen, und nicht irgendeine Psychotante auf die Idee bringen, es auf mein Auto zu schmieren.«

»Pass auf. Mein Cousin arbeitet bei *Mike's Autolackiererei*. Da treffen wir uns morgen früh vor der Schule. Du lässt deinen Wagen dort, und sie können dir einen Kostenvoranschlag machen.«

Als wir uns verabschiedet hatten, klopfte es an meine Tür.

»Wer ist da?«

»Wir«, sagten meine Brüder im Chor.

Manchmal war mir diese Zwillingsnummer echt ein bisschen unheimlich.

Ich öffnete die Tür. »Was gibt's?«

»Das mit deinem Auto tut mir leid«, sagte Matt.

»Und mir tut's leid, dass ich dich am Telefon so runtergemacht habe«, fügte Charlie hinzu.

»Danke.«

»Du fährst doch morgen nicht damit zur Schule, oder?«, fragte Matt.

Da die beiden Motorrad fuhren, waren sie mir keine große Hilfe, aber es war nett, dass sie sich um mich sorgten. »Nein, ich bringe es zu einer Autolackiererei, und Jane nimmt mich von dort aus mit.«

»Gut. Und vergiss nicht, dass wir uns Bryce jederzeit vorknöpfen, wenn du uns brauchst«, sagte Charlie.

Jane bog mit quietschenden Reifen auf den Schulparkplatz ein. Ich umklammerte meinen Rucksack, als wäre er eine Rettungsweste. Sie kurbelte das Lenkrad um 360 Grad nach links und quetschte ihren Honda irgendwie zwischen zwei riesige Pick-ups.

Das war der Grund, warum ich darauf bestand, jeden Tag selbst zur Schule zu fahren.

»Wie steht es zwischen dir und Bryce?« Jane klappte die Sonnenblende herunter, warf einen Blick in den Spiegel und holte dann ihren Erdbeer-Lipgloss aus der Tasche.

Die Uhr auf dem Armaturenbrett zeigte an, dass wir noch zwanzig Minuten bis zum Unterrichtsbeginn hatten. Ich klappte ebenfalls meine Sonnenblende herunter und checkte meine Frisur. »Ich weiß es nicht. Er war toll gestern Abend, aber wahrscheinlich hatte er einfach nur ein schlechtes Gewissen, weil Brittney sich meinen Wagen vorgeknöpft hat.«

»Und wie sieht dein Plan für heute aus?«

»Freundinnen hängen vor der Schule mit ihren Freunden ab. Genau das werde ich jetzt tun, und du kommst mit.«

Bryce und Nathan standen genau wie gestern an ihren Schließfächern. Ich ging auf meinen falschen Freund zu, lächelte ihn an und nahm seine Hand. »Guten Morgen!«

Jane blieb ein Stück neben Nathan stehen und holte ihr Handy aus der Tasche.

»Was genau tust du da?«, fragte Bryce und blickte auf unsere Hände hinunter.

»Mich wie deine Freundin verhalten. Das war der Plan, schon vergessen?«

Nathan drehte sich weg und steckte den Kopf in seinen Spind. Jane spielte weiter mit ihrem Handy herum.

»Glaubt Nathan, dass wir uns in Luft auflösen, wenn er sich lang genug in seinem Spind versteckt?«

Bryce lachte. »Vielleicht.«

»Es ist ja nicht so, als würde Jane sich auf ihn stürzen«, bemerkte ich.

»Ich kann dich hören«, murmelte Jane. »Und nein, das tu ich nicht. Entspann dich, Nathan, ich spiele nur die Freundin eines Mädchens, das einen Freund hat, keine Stalkerin.«

»Gut zu wissen.« Nathan drehte sich zu uns um und holte sein eigenes Smartphone heraus.

Ich wandte mich wieder Bryce zu. »Warum hast du mir gestern nicht angeboten, mich zur Schule zu fahren?«

Er wirkte ziemlich verwirrt. »Warum sollte ich?«

»Weil deine Ex mein Auto geschrottet hat.«

»Dein Auto ist keineswegs *geschrottet*, und du bist doch offenbar problemlos zur Schule gekommen.«

»Aber Jane kann mich nicht nach Hause fahren.« Ich verschränkte die Arme vor der Brust und sah ihn erwartungsvoll an. Technisch gesehen war das nicht mal eine Lüge. Jane konnte mich wirklich nicht nach Hause fahren, weil ich an diesem Nachmittag ins Tierheim musste.

Die Tatsache, dass Bryce mir nicht von sich aus anbot, mich mitzunehmen, brachte mich auf die Palme. »Nach der Schule bringst du mich zum Tierheim.«

Er kniff die Augen zusammen. »Freundin oder *nicht*«, er betonte das »nicht« ganz besonders, »du erteilst mir keine Befehle.«

»Netter Typ oder *nicht*«, ich betonte das »nicht« genau wie er, »ich brauche jemanden, der mich fährt, und es ist deine Schuld, dass mein Auto in der Werkstatt ist.«

Der Schulgong erinnerte uns daran, dass wir in unsere Klassen mussten. Für mich klang es, als würde das Ende der ersten Boxrunde eingeläutet.

Ich zerbrach mir den ganzen Vormittag über den Kopf, ob ich nicht ein bisschen zu hart zu Bryce gewesen war. Vor der Mittagspause beschloss ich, es noch mal auf die sanftere und freundlichere Tour zu probieren.

In der Cafeteria marschierte ich an dem Tisch vorbei, an dem Jane und ich normalerweise saßen, und ging schnurstracks auf Bryce zu. Jane blieb einen Moment verdutzt stehen, folgte mir dann aber. Bryce und Nathan hockten nebeneinander und schauten auf, als wir näher kamen. Nathan wirkte amüsiert, Bryce' Gesichtsausdruck schwankte irgendwo zwischen genervt und überrascht.

Wortlos ließen wir uns den Jungs gegenüber auf die Stühle fallen.

»Was machst du da?«, fragte Bryce.

Ich holte die obligatorische Chipstüte, einen Apfel und ein Truthahnsandwich aus meiner Tasche. »Ich beschäftige mich mit einem uralten Ritual, das man gemeinhin als Mittagessen bezeichnet.«

Nathan presste die Lippen aufeinander und schaute zur Seite. Ich merkte, dass er versuchte, sich das Lachen zu verkneifen. Bryce schien das allerdings überhaupt nicht witzig zu finden.

»Ich weiß, was du da tust. Ich meinte, warum isst du dein Mittagessen *hier?*« Er klopfte auf die Tischplatte.

»Freundinnen essen nun mal mit ihren Freunden zu Mittag.« Ich sagte das so entschieden, als sei es fester Bestandteil der Schulordnung.

Jane zog zwei Cupcakes aus ihrer Lunchtüte und reichte einen davon Nathan.

Nathan musterte das Vanilletörtchen mit Schokoglasur und Streuseln. »Ist das ein Bestechungsversuch?«

Jane zuckte mit den Achseln. »Vielleicht.«

»Wenn ich das esse, heißt es aber noch lange nicht, dass du meine Freundin bist.«

Sie biss in ihren Cupcake und wischte sich ein bisschen Glasur von den Lippen. »Schon klar.«

»Wir leisten euch beim Mittagessen Gesellschaft, weil ich mit dir reden will, und das schien mir der einfachste Weg zu sein.«

»Okay, dann schieß los.« Bryce öffnete seine Lunchbox, nahm eine Pappschachtel mit chinesischem Essen heraus und fing an zu essen.

Ich erschauderte. »Du isst das kalt?«

»Ich mag kalten Bratreis.«

»Das ist ja abartig.« Meine Meinung schien ihn nicht die Bohne zu interessieren. »Anstatt heute Morgen einfach von dir zu *verlangen*, dass du mich fährst, hätte ich dich darum *bitten* sollen.«

Bryce riss ein Tütchen Sojasoße auf und goss sie über sein Essen.

Ich wartete darauf, dass er mir zustimmte, dass ich ihn um

eine Mitfahrgelegenheit hätte bitten sollen. Aber das tat er nicht. »Hallo?« Ich wedelte mit den Händen vor seinem Gesicht herum. »Hast du mir nichts zu sagen?«

Er kaute, schluckte und sah mich an, als sei ich total unverschämt. »Hier in der Schule tue ich so, als sei ich dein Freund, um dir irgendwelche Idioten vom Hals zu halten. Aber du hast zwei ältere Brüder und ein paar Freunde. Warum sollte es mein Job sein, dich überall hinzukutschieren?«

Ich lehnte mich zurück und sah ihn in einem neuen, weniger schmeichelhaften Licht. »Meine Brüder fahren Motorrad, darum können sie mich nicht mitnehmen. Und außerdem habe ich nie behauptet, es sei dein Job, aber es wäre anständig gewesen.«

»Ich habe eine Theorie«, sagte Jane.

Oh Gott.

»Du hast ein komplett falsches Bild davon, wie die Gesellschaft funktioniert. Liegt wahrscheinlich daran, dass du stinkreich und gut aussehend bist.« Jane griff in ihre Lunchtüte und holte zwei weitere Cupcakes heraus. »Hier ein Beispiel. Es wäre unhöflich von mir, nicht genug Cupcakes für alle mitzubringen.« Sie reichte mir einen und stellte einen vor Bryce hin. »Wenn jeder ab und zu Cupcakes verteilen würde, wäre die Welt ein besserer Ort. Übersetzt heißt das: Hör auf, dich wie ein Arsch zu benehmen, und fahr sie nach der Schule zum Tierheim.«

Bryce' Nasenflügel bebten. Ich dachte eigentlich, so etwas würde nur im Fernsehen passieren. Offensichtlich nicht. Vielleicht war er es nicht gewöhnt, dass ihm jemand sein Verhalten unter die Nase rieb. Ich wartete ab, was als Nächstes passieren würde.

»Na gut«, sagte Bryce schließlich. »Ich bringe dich heute Abend zum Tierheim, aber wenn du mir Hundescheiße in den Wagen schleppst, bringe ich dich um.«

Ich sah ihn an und klimperte mit den Wimpern. »Du sagst immer so romantische Sachen.«

Fünf

Haley

Wenn ich selbst fuhr, brauchte ich für die Fahrt zum Tierheim ungefähr zwanzig Minuten. Mit einem genervten Bryce neben mir schien sie Tage zu dauern. Er hatte das Radio so laut gedreht, dass eine Unterhaltung unmöglich war, und sah mich nicht ein einziges Mal an.

Wenn er mich nicht ignoriert hätte, hätte ich ihm gesagt, wie er die schlimmsten Schlaglöcher auf dem Parkplatz vor dem Tierheim hätte vermeiden können, aber da er mich akustisch kaltgestellt hatte, erwischte sein Wagen den Grand Canyon aller Schlaglöcher mit solcher Wucht, dass wir einmal komplett durchgeschüttelt wurden.

Bryce trat auf die Bremse, schaltete das Radio aus und knurrte: »Dieser Parkplatz sollte dichtgemacht werden.«

Ich hob verteidigend die Hände. »Wenn du auf dem Weg hierher mit mir geredet hättest, hätte ich dir sagen können, dass es besser ist, auf der Rückseite des Tierheims zu parken.«

Der Parkplatz hinter dem Tierheim war genauso mies wie der hier, aber das wusste Bryce nicht, und er hatte eine kleine Strafe verdient. Das Gebäude war früher mal ein Farmhaus gewesen, sodass der Parkplatz nur aus festgetretener Erde bestand, die vom Regen immer wieder aufgeweicht wurde und von Autoreifen komplett zerfurcht war.

Bryce stieß die Luft aus. »Ich werd's mir für nächstes Mal merken. Also, viel Spaß. Wir sehen uns morgen.«

»Ähm, dir ist schon klar, dass du mich nachher auch noch nach Hause fahren musst?«

»Davon hast du kein Wort gesagt.« Er warf einen Blick auf die Uhr am Armaturenbrett. »Ich glaube nicht, dass ich dich abholen kann. Ich muss in einer Stunde zum Minigolf.«

»Du spielst Minigolf? Im Ernst?«

Er lächelte. »Ich weiß, es klingt lächerlich. Aber meine Mutter ist im Vorstand von Haven House. Alle zwei Wochen gehen wir mit ein paar Bewohnern Minigolf spielen.«

Haven House war ein Heim für behinderte Erwachsene, die nicht alleine leben konnten. »Das ist echt toll, aber irgendwie passt das überhaupt nicht zu dem Bild, das ich von dir habe.«

»Meinst du, du bist die Einzige, die etwas Nettes tun kann?«

»Schon kapiert. Gib mir dein Handy, dann ruf ich Jane an.«

»Hast du kein eigenes Handy?«

»Mein Dad bezahlt unser Telefon zu Hause und die Geschäftshandys, das war's. Ich gebe mein Geld lieber für Benzin aus.«

Er reichte mir sein Handy. Beim dritten Klingeln ging Jane ran. Sie war einverstanden, mich in einer Stunde abzuholen. Ich gab Bryce sein Handy zurück und ging zum schönsten Teil des Tages über.

Kaum war ich durch die Tür getreten, wurde ich von miauenden Fellknäueln belagert. Hier im Hope-Tierheim durften die

Tiere frei herumlaufen. Sobald sie kastriert oder sterilisiert waren, konnten sich die Katzen in den beiden vorderen Räumen austoben.

Nachdem sie mich begrüßt hatten, tapste die Meute zu ihren Näpfen. Nachdem alle Katzen versorgt waren, kamen die Hunde an die Reihe. Aber zuerst musste ich mich umziehen. In der Küche, die auch als Pausenraum diente, schlüpfte ich in einen Overall, tauschte meine Schuhe gegen ein paar ausgelatschte Sneaker, schob mir ein Paar Gartenhandschuhe in die Tasche und schnappte mir einen Sack mit Trockenfutter.

Kaum hatte ich die Hintertür geöffnet, stürmte die ganze Horde auf mich zu und verlangte laut kläffend nach Futter.

»Ich weiß. Ihr seid alle kurz vorm Verhungern.« Das war natürlich Quatsch. Einige unserer Langzeitgäste neigten entschieden zur Rundlichkeit. In der alten Scheune füllte ich die Futterbehälter, die an den Zwingern befestigt waren, und augenblicklich war ich zugunsten des Fressens völlig vergessen. Ich ging solange nach draußen, um die Tretminen der Vierbeiner wegzuräumen. Eklig, ich weiß, aber es war nun mal notwendig. Mit einer Schaufel füllte ich einen ganzen Müllsack mit Hundehaufen.

Dann ging es zurück in den Pausenraum, wo ich mir die Hände wusch, mich umzog, mir noch einmal die Hände wusch und mir dann eine Flasche Wasser aus dem Kühlschrank nahm. Dann gesellte ich mich wieder zu den Katzen, um ein paar Streicheleinheiten zu verteilen. Kaum hatte ich mich hingesetzt, sprang mir mein Liebling, eine alte getigerte Katze namens Veronica auf den Schoß. Als ich mit der Hand durch ihr seidiges Fell fuhr, begann sie laut zu schnurren. Nach ein paar

Minuten hatte sie genug und fing an, einen Tischtennis-Ball zu attackieren. Ich arbeitete mich einmal durch den Raum und streichelte jede Katze, die zu mir kam.

Die Haustür schwang auf, und Deena, die 73-jährige Inhaberin des Tierheims, kam herein. »Haley, ich wusste nicht, dass du hier bist. Wo ist dein Auto?«

»In der Werkstatt. Ich bin hergefahren worden.«

»Hast du den Hof schon sauber gemacht?«

Ich nickte.

»Gut. Ich habe eine Kiste mit gespendetem Hundespielzeug in meinem Kofferraum.«

Ein paar Minuten später machten wir unsere Hunde überglücklich. Deena setzte die Kiste auf dem Boden ab, pfiff laut durch die Finger, und die Hunde kamen angerannt. Caesar, ein Dobermann, steckte als Erster den Kopf hinein. Er stöberte in der Kiste herum und zog ein Plüschspielzeug heraus, das wie ein Eichhörnchen aussah. Nachdem der Alpha-Rüde seine Wahl getroffen hatte, warfen wir den anderen Hunden die restlichen Spielzeuge hin.

Tino, ein winziger Chihuahua, schnappte sich eine Plastikschlange, die doppelt so lang war wie er, und forderte mich zum Spielen auf. Ich nahm das andere Ende der Schlange und zerrte daran. Als ich losließ, führte Tino einen kleinen Siegestanz auf.

Deena hielt die Enden von gleich zwei Zerrspielzeugen fest und musste sich anstrengen, nicht umgerissen zu werden. »Das ist doch ein ideales Fitnesstraining! Vielleicht kann ich ein paar von den Leuten im Country Club davon überzeugen, dass das der neueste Schrei im Workout-Bereich ist.«

Ich konnte mir Bryce oder Nathan beim besten Willen nicht vorstellen, wie sie an einem mit Hundesabber getränkten Spielzeug zerrten. Ihr Pech.

Caesar trottete zu einem Beagle-Mix namens Rolo hinüber und knurrte. Diese Macho-Nummer brachte mich jedes Mal auf die Palme, aber die Hunde schienen mit der Rangordnung im Rudel gut klarzukommen. Rolo ließ sein Spielzeug fallen und wich dann ein paar Schritte zurück. Caesar schnappte es sich und lief davon. Rolo hob die rechte Vorderpfote und deutete auf Caesars verlassen daliegendes Plüschtier. Als niemand kam, um es für sich zu beanspruchen, stürzte er sich darauf und rollte sich damit im Schmutz herum.

Ein lautes Hupen signalisierte Janes Ankunft. Sie weigerte sich inzwischen, das Tierheim zu betreten, denn jedes Mal, wenn sie hier gewesen war, hatte sie eine Katze mit nach Hause genommen. Nach Katze Nummer vier hatten ihre Eltern ein Machtwort gesprochen und gedroht, ihr das Auto wegzunehmen, wenn sie ein weiteres pelziges Wesen mit nach Hause brachte. Jane war Einzelkind, und ihre Eltern finanzierten ihr das Auto. Und das Handy. Wenn ich doch bloß keine Brüder gehabt hätte!

Nachdem ich mir die Mischung aus Dreck und Hundesabber von den Händen gespült hatte, machte ich mich auf den Weg zum Parkplatz.

Jane hüpfte auf dem Fahrersitz auf und ab.

Ich hatte die Beifahrertür noch nicht ganz geöffnet, als sie schon herausplatzte: »Nathan hat mich angerufen!«

Damit hatte ich nicht gerechnet. »Was wollte er denn?«

»Er hat gefragt, ob ich auch Wünsche entgegennehme. Er

möchte gern Schoko-Cupcakes mit weißer Glasur und ohne Streusel.«

Ich schnallte mich an und hielt mich am Sitz fest, als Jane losfuhr und dabei den Parkplatz in eine riesige Staubwolke verwandelte. »Er hat dich angerufen? Wegen *Cupcakes?*«

Sie bog mit quietschenden Reifen rechts ab. »Angeblich ja, aber wir haben uns bestimmt zehn Minuten unterhalten. Er hat nach dir und Bryce gefragt. Ich glaube, er wollte mich ein bisschen ausquetschen. Vielleicht hat Bryce ihn dazu angestiftet, aber wir haben auch über andere Dinge geredet.«

»Das ist ja cool!« Dann erzählte ich ihr, dass ich erfahren hatte, dass Bryce Minigolf spielte.

»Wirklich?« Jane lachte. »Das hätte ich nie gedacht. Er wirkt immer so verspannt.«

»Ich weiß. Das macht ihn irgendwie menschlicher. Es war schon schlimm genug, als er einfach nur heiß war. Aber jetzt ist er heiß *und* sensibel und macht auch noch nette Sachen für andere Leute.« Ich sank in meinem Sitz zusammen und starrte hinunter auf meinen schlichten schwarzen Rollkragenpullover. »Und ich bin eine Streberin, die langweilige Klamotten trägt.«

»Es gibt da diese Dinger, die man Läden nennt«, sagte Jane.

»Ja, und die erwarten von einem, dass man für die Sachen bezahlt.«

»Ich weiß, wo wir hingehen können.« Anstatt geradeaus weiterzufahren, bog sie scharf nach links ab und düste Richtung Innenstadt.

»Wo willst du hin?«

Jane riss das Steuer unvermittelt nach links. Wir schlingerten vor dem Gegenverkehr über die Fahrbahn und zwangen einen riesigen Truck zu einer Vollbremsung. Ich schrie auf und klammerte mich an das Armaturenbrett. Der Fahrer des Trucks hupte wie verrückt und gestikulierte wild in unsere Richtung.

»Ich weiß nicht, warum alle Autofahrer in dieser Stadt so dermaßen sensibel sind.«

Ich will meinen Wagen zurück. Sofort. Es ist mir egal, was auf die Seite geschmiert ist.

Jane rauschte in eine Parklücke und bremste abrupt. »Komm mit.«

Das Herz immer noch in den Kniekehlen, warf ich einen Blick aus dem Fenster, um zu sehen, wofür wir unser Leben riskiert hatten. »Goodwill? Der Second-Hand-Laden? Spinnst du?« Ich war hier nur einmal shoppen gewesen, ganz allein und an einem Abend unter der Woche, als niemand anders im Geschäft war.

»Erinnerst du dich an die neuen Jeans, die ich letzte Woche anhatte?« Jane stieg aus, während sie mit mir redete. »Rate mal, woher die sind. Meine Mutter ist seit Neuestem auf dem Recycling-Trip.«

»Wie soll das denn bei Klamotten funktionieren? Es werden doch immer wieder welche nachproduziert.« Das grelle Neonlicht im Laden tat mir in den Augen weh.

»Was weiß ich.« Jane steuerte auf einen Ständer mit bunten Oberteilen zu. »Aber es macht Spaß, hier zu shoppen. Es ist wie eine Jagd auf verborgene Schätze.« Sie arbeitete sich durch den Ständer, checkte die Größen und hielt dann ein aquafarbenes Top aus fließendem Stoff mit tiefem V-Ausschnitt hoch.

»Das bin ich nicht«, sagte ich.

»Aber es könnte vielleicht dein neues Ich werden.«

»Na schön.« Ich griff mir noch ein paar Teile, die eigentlich nicht in meinen Kleiderschrank passten. »Ich probier die jetzt einfach mal an.«

In der Umkleidekabine starrte ich mein Spiegelbild an. Das aquafarbene Top brachte meine Augen ziemlich gut zur Geltung und lag eng am Körper an, was meine kaum vorhandenen Rundungen vorteilhaft betonte. Es war mädchenhafter als all meine anderen Sachen. Ich war nicht sicher, was ich davon halten sollte, also trat ich aus der Kabine und führte es Jane vor.

»Was meinst du?«

»Mir gefällt es. Damit siehst du weiblicher aus.«

»Ich mag nun mal Rollkragenpullover und T-Shirts.« Ich betrachtete mich im Spiegel. »Aber das hier gefällt mir auch.«

Als wir den Laden verließen, besaß ich vier neue Oberteile, einen neuen Pullover, zwei neue Jeans, einen kurzen Rock und eine zusätzliche Portion Selbstvertrauen. Und das alles für nicht mal zwanzig Mäuse.

Den zweiten Tag in Folge leisteten wir Bryce und Nathan vor dem Unterricht an ihrem üblichen Treffpunkt Gesellschaft. Nathan ging damit ganz locker um. Bryce nickte nur, als würde er unsere Anwesenheit akzeptieren. Meine neuen Klamotten schien er allerdings überhaupt nicht zu bemerken. Vielleicht sollte ich in einen Push-up-BH investieren. Aber was ging wohl im Kopf eines Jungen vor, wenn er sich mit einem Mädchen traf, das so ein Ding trug? Lief das unter Vorspiegelung falscher Tatsachen? War er enttäuscht, wenn er schließlich feststellen musste, dass seine Freundin doch nicht so kurvenreich war, wie er gedacht hatte? Oder war er einfach bloß froh, wenn der BH erst mal ausgezogen war?

»Erde an Haley!« Bryce schnippte mit den Fingern vor meiner Nase. Ich zuckte zurück. »Was? Sorry. Ich war mit den Gedanken woanders.«

»Woran hast du denn gedacht?«

Sollte ich es ihm erzählen? »Was Persönliches. Was hast du gesagt?«

»Ich wollte wissen, was jetzt mit deinem Auto ist.«

Oh, das war nett von ihm. »Ich habe einen Kostenvoranschlag für die Versicherung eingeholt.«

Es klingelte zum Unterrichtsbeginn. Den Arm um meine Schulter gelegt, ging Bryce mit mir den Flur hinunter. Ein paar Leute sahen uns hinterher, aber die meisten ignorierten uns. Das war ein gutes Zeichen.

Beim Mittagessen holte Jane mit großem Tamtam eine viereckige Plastikdose aus ihrer Tasche. Sie nahm den Deckel ab. Zum Vorschein kamen drei ganze Cupcakes und ein halber. Als Erstes hielt sie Nathan einen davon hin. »Schoko mit weißer Glasur und ohne Streusel.«

»Danke.«

Dann reichte sie mir ebenfalls einen Cupcake, legte den dritten vor ihre eigene Brotdose und platzierte das halbe Exemplar vor Bryce.

»Was soll das?«, fragte Bryce.

»Du bist nicht dageblieben, um Haley nach Hause zu bringen. Obwohl es für einen guten Zweck war und du dich durchaus bemüht hast, war dein Verhalten insgesamt leider nicht befriedigend.«

»Was du nicht sagst«, bemerkte Nathan mit einem anzüglichen Grinsen.

Ich prustete los.

Bryce warf mir einen finsteren Blick zu.

»Was ist? Ich fand das witzig.«

»Soso, du findest das also witzig?« Er schnappte sich meinen Cupcake und biss ein großes Stück davon ab.

»Hey!«

Er grinste und schob mir seinen halben Cupcake hin. »Was ist? Ich fand das witzig.«

»Ich wusste ja gar nicht, dass ich mit einem Cupcake-Dieb zusammen bin.«

»Ich stecke eben voller Überraschungen.« Er holte eine Tupperdose aus dem Rucksack, öffnete den Deckel und nahm eine Gabel voll von den Spaghetti, die er sich mitgebracht hatte.

Bäh. »Hast du irgendwas gegen warmes Essen?«

»Nein.«

»Warum wärmst du es dann nicht auf?« Ich zeigte auf die Mikrowellen, die an der gegenüberliegenden Wand standen.

»Hast du schon mal in eine von denen reingeschaut? Die sind voll eklig.«

Die Tupperdose mit den Spaghetti, der Deckel und seine Serviette waren nicht nur genau parallel und im rechten Winkel zueinander ausgerichtet, sondern lagen auch im gleichen Abstand voneinander entfernt. Um meine Theorie zu testen, stieß ich mit meiner Brotbox gegen die Ecke der Tupperdose, sodass die Ordnung nicht mehr stimmte. Bryce schob sie sofort zurück an ihren Platz.

Beim Öffnen meiner Coladose streifte ich mit der Hand die

Serviette und verschob sie ein Stück. Er richtete sie wieder korrekt aus. Merkte er eigentlich, was er da tat? Aus naheliegenden Gründen stupste ich den Tupperdeckel an, bis er diagonal auf dem Tisch lag.

»Lass das, oder ich klau dir den Rest von deinem Cupcake.« Er richtete den Deckel wieder ordnungsgemäß aus und hielt ihn mit einer Hand fest, damit er in dem ihm zugewiesenen Bereich blieb.

Ich gluckste vor mich hin. »Da ist aber jemand ein ganz schöner Kontrollfreak.«

»Bin ich nicht.« Er zog seine Spaghetti näher zu sich heran. »Mir gefällt es einfach, wenn die Dinge eine gewisse Ordnung haben.«

»Ihr solltet mal sein Zimmer sehen.« Nathan zog das Papier von seinem Cupcake. »Die Bücher in seinen Regalen sind alphabetisch geordnet.«

»Sagt ausgerechnet der Typ, der darauf besteht, dass die Hausangestellte seine Boxershorts bügelt«, erwiderte Bryce.

Jane verschluckte sich an ihrem Cupcake. Ich war mir nicht ganz sicher, ob es daran lag, dass sie sich Nathan in Boxershorts vorstellte, oder an der Tatsache, dass er gebügelte Unterwäsche trug.

»Ihr seid also beide Ordnungsfanatiker?«, fragte ich.

Bryce zeigte mit der Gabel auf mich. »In deinem Zimmer herrscht das totale Chaos, stimmt's?«

»Nein.« Vor meinem inneren Auge tauchte mein Zimmer auf, in dem sich die Bücher bunt zusammengewürfelt in Zweierreihen auf dem Regal drängten und büschelweise Hundehaare auf dem Fußboden verteilt waren. »Es ist gemütlich und ein bisschen pelzig. Bei zwei Hunden, einer Katze und einem Kaninchen ist es unmöglich, gegen das ganze Fell anzukommen. Ich stelle es mir einfach als eine extra Wärmedämmung vor.«

»Haben die Katze und das Kaninchen noch alle Beine?«, fragte Bryce. »Das würde nämlich eindeutig nicht ins Schema passen.«

»Im Gegensatz zu Ford und Chevy ja. Aber der Katze fehlt ein Auge und dem Kaninchen ein Ohr.«

»Gibt es noch mehr Härtefälle, die du in Pflege genommen und in die du dich dann verliebt hast?«, wollte Bryce wissen.

»Ja.« Ich stupste Bryce' Tupperdose an. »Und was ist mit dir? Hattest du schon mal ein Haustier?«

Er warf mir einen gespielt finsteren Blick zu und schob seine Dose zurück. »Nein.«

»Im Tierheim gibt es so viele wundervolle Hunde und Katzen. Ich –«

»Nein«, sagte er, bevor ich meinen Satz beenden konnte.

»Okay. Aber ein Haustier, das dich bedingungslos liebt, macht das Leben so viel schöner.« Ich wickelte mein Truthahn-Sandwich aus.

Bryce starrte auf mein Mittagessen. »Warum isst du jeden Tag das Gleiche?«

»Meine Brüder sind wie ausgehungerte Tiere. Nur Truthahn rühren sie nicht an.«

Sechs

Bryce

Nach dem Mittagessen begleitete ich Haley zu ihrer Klasse, weil wir in dieselbe Richtung mussten. Nicht dass es mir etwas ausgemacht hätte. Sie hatte ihr übliches Sweatshirt gegen eine blaue Bluse eingetauscht und wirkte etwas selbstbewusster. Als wir über das Schulgelände gingen, sahen ihr ein paar Jungs hinterher. Was bildeten die sich eigentlich ein? Immerhin war Haley meine Freundin – zumindest war das der offizielle Stand der Dinge. Ich ging ein Stück näher an sie heran und legte ihr wieder den Arm um die Schulter.

Als wir ihren Klassenraum erreichten, drehte sie sich um und schaute mich an. Dabei landete meine Hand auf ihrer rechten Hüfte. Sie sah lächelnd zu mir auf, als würde es ihr nichts ausmachen.

»Könntest du mich heute Abend bitte noch mal zum Tierheim fahren?«

»Warum willst du heute denn schon wieder hin? Du warst doch erst gestern da.«

»Ich füttere die Tiere an mehreren Abenden in der Woche. Es wird nur ein ganz kurzer Besuch, das verspreche ich dir. Eine halbe Stunde maximal. Komm einfach mit rein, es wird dir gefallen!«

Bei jedem anderen Mädchen hätte der Satz »Es wird dir gefallen« wie eine Anmache geklungen. Aber da es sich um Haley handelte, hatte sie wahrscheinlich vor, mir eine Kiste mit kleinen Kätzchen in die Hand zu drücken. Sie sah so hoffnungsvoll aus und irgendwie … süß. Und ich hatte nichts anderes vor. »Okay, warum nicht.«

Sie strahlte, als hätte ich ihr eine Rolex geschenkt. Komisch, wie leicht es war, sie glücklich zu machen, verglichen mit den Mädchen, mit denen ich bisher zusammen gewesen war.

»Danke.« Sie ging in ihre Klasse.

Nathan räusperte sich. Als ich mich umdrehte, grinste er mich an.

»Verkneif dir deinen Kommentar.« Ich ging in Richtung meiner Klasse. Das hatte doch alles nichts zu bedeuten. Es hatte nicht das Geringste damit zu tun, wie Haleys Augen aufleuchteten, wenn sie von Tieren umgeben war. Für alle anderen würde es so aussehen, als wäre ich ein mustergültiger Freund, und es würde noch eine Weile so weitergehen, um uns Haleys Brüder und Brittney vom Hals zu halten.

»Sieht so aus, als würdest du morgen einen ganzen Cupcake bekommen.« Nathan schloss zu mir auf.

»Was ist das eigentlich mit diesen Cupcakes?«

»Ich mag die Dinger.« Nathan umrundete eine Gruppe tratschender Mädchen. »Morgen bringt sie Schokolade mit Schoko-Kokosglasur mit.«

Ich kapierte das nicht. »Das ist echt die merkwürdigste Art zu flirten, die ich jemals erlebt habe.«

»Es ist ungewöhnlich. Ich mag es, wenn Leute anders ticken.« Wir betraten den Klassenraum und nahmen unsere üblichen Plätze ganz hinten ein. Nathan trommelte mit den Fingern auf den Tisch. »Hör mal. Meinst du, sie macht diese Sache mit der Glasur mit Absicht?«

»Was für eine Sache?«

»Jane, beim Mittagessen. Sie hat sich jetzt schon zweimal die Glasur von den Lippen geleckt.« Er fuhr sich mit der Hand durch die Haare. »Wenn sie Brittney wäre …«

»Bloß nicht!«

»Du weißt, was ich meine. Wenn sie wie jedes andere Mädchen wäre, hätte ich gedacht, dass sie es mit Absicht macht. Aber bei ihr …«

»Ich weiß.« Ich musste an mein Gespräch mit Haley denken und an meine Theorie über das »Es wird dir Spaß machen«.

»Du bekommst Kätzchen, und ich bekomme Cupcakes.« Nathan kratzte sich am Kinn. »Ich glaube, da mache ich immer noch den besseren Deal.«

Nachdem es zum Ende der letzten Stunde geklingelt hatte, sortierte ich meine Schulbücher in alphabetischer Reihenfolge in den Spind, weil es mir so am besten gefiel, und wartete darauf, dass Haley mich hier aufsammeln würde. Wir hatten keinen bestimmten Treffpunkt ausgemacht, aber es lag nahe, dass ich hier auf sie warten würde.

»Hallo, Bryce«, sagte eine vertraute weibliche Stimme. »Wir müssen reden.«

Brittney.

»Was willst du?«

Sie lehnte sich an den Spind neben meinem. Ihre eindrucksvolle Oberweite wurde dadurch zusammengepresst und drohte, sich aus dem tief ausgeschnittenen roten Shirt zu befreien. »Ich vermisse dich.« Sie schob ihre Finger durch die Gürtelschlaufe über meiner Hosentasche. »Du könntest auf dem Nachhauseweg bei mir anhalten. Es wird niemand da sein. Wir haben das ganze Haus für uns.«

Das war das Problem mit Brittney: Immer wenn sie Sex als Druckmittel einsetzte, hatte sie mich dazu bringen können, alles zu tun, was sie wollte. Und ich war meistens darauf reingefallen. Zu Anfang war es die Sache noch wert gewesen. Doch dann hatte sie immer mehr geklammert und angefangen darüber zu reden, wo sie gerne heiraten und wie viele Kinder wir ihrer Meinung nach haben sollten. Sie schien regelrecht davon besessen zu sein.

»Vergiss es, Brittney.« Ich legte ihr in einem Anflug von Mitgefühl kurz die Hand auf die Schulter und trat dann beiseite, um den Körperkontakt zu unterbrechen.

Haley

Ich musste mich zusammenreißen, um nicht den Gang zu Bryce' Spind entlangzuhüpfen. Dass er sich bereit erklärt hatte, mich zum Tierheim zu fahren und für eine halbe Stunde zu bleiben, hieß noch lange nicht, dass er mein Mr Right war. Trotzdem war es ein Schritt in die richtige Richtung.

Als ich um die Ecke bog und sah, wie Brittney ihn anbaggerte, knirschte ich mit den Zähnen. Sie hatte mein Auto beschmiert, und Bryce stand hier mit ihr im Flur und hielt ein Schwätzchen. Die Leute, die Brittney und Bryce beobachteten, fingen an zu kichern, als sie mich erkannten.

Was zur Hölle machte er da? Er sollte so tun, als wäre er mein Freund, und die anderen davon abhalten, sich das Maul über mich zu zerreißen. Stattdessen zettelte er noch ein Drama an, über das die ganze Schule tratschen würde. Aber ich weigerte mich, mich wie einen Fußabtreter behandeln zu lassen. Zeit, meine Rolle als stinksaure Freundin zu spielen. Das fiel mir unter diesen Umständen nicht besonders schwer.

Ich ging geradewegs auf Brittney zu. »Nimm deine Pfoten von meinem Freund.«

Brittney ließ ihre Hand sinken, die sie auf Bryce' Taille gelegt hatte. Sie hatte wenigstens den Anstand, schuldbewusst auszusehen.

Ich warf Bryce einen tödlichen Blick zu. »Gehen wir.«

Dann drehte ich mich um und stolzierte den Gang hinunter. Würde er mir folgen? Ich war nicht sicher. Warum sollte er mir folgen, wenn Brittney an seiner Hose herumfummelte? Weil er es versprochen hatte. Weil ich ihm meine Brüder auf den Hals hetzen würde, wenn er es nicht tat. Mal sehen, wie scharf sie noch auf ihn war, wenn er eine Schönheits-OP brauchte, um sein Gesicht wiederherstellen zu lassen.

Vielleicht bildete ich es mir nur ein, aber jeder, an dem ich vorbeikam, tuschelte und warf mir Blicke zu. Verbreitete sich der Klatsch an dieser blöden Schule etwa mit Lichtgeschwindigkeit? In dem Versuch, möglichst würdevoll zu wirken, ging ich etwas langsamer. Trotzdem erreichte ich viel zu schnell den Parkplatz.

Und jetzt?

Wo hatte Bryce seinen Wagen abgestellt? In Anbetracht seiner fast schon zwanghaften Ordnungsliebe hätte ich gewettet, dass er jeden Tag auf dem gleichen Platz parkte. Als ich zu der Stelle ging, an der sein Auto neulich gestanden hatte, wurden meine detektivischen Fähigkeiten belohnt. Sein schwarzer Mustang parkte auf exakt demselben Fleck.

Sollte ich hier warten, in der Hoffnung, dass er irgendwann auftauchte? Ich stand hier rum wie der letzte Trottel und wartete auf einen Typen, der mich wahrscheinlich völlig vergessen hatte. Ich versetzte dem rechten Vorderreifen einen kräftigen Tritt und stellte mir dabei vor, es sei sein Kopf.

Mist!

Mein Fuß pochte schmerzhaft. Wie konnte ein blöder Reifen so hart sein? Er war schließlich aus Gummi! Ich hüpfte auf einem Bein im Kreis herum und lehnte mich schließlich mit dem Rücken an die Beifahrertür.

Na toll. Mein angeblicher Freund wurde von seiner Ex angemacht, ich war zur Zielscheibe von noch mehr Klatsch und Tratsch geworden, und um diesem Tag die Krone aufzusetzen, hatte ich mir auch noch den Fuß gebrochen.

Bryce kam mit steifen Schritten auf mich zu. Als er nahe genug war, öffnete er den Mund, um etwas zu sagen. Doch dann sah er sich um und bemerkte die Leute, die stehen geblieben waren, um uns zu beobachten. »Lass uns im Auto reden.«

»Okay.« Ich wartete, bis er den Wagen umrundet hatte und eingestiegen war, damit er nicht sah, dass ich humpelte.

Er ließ den Motor an, und wir fuhren schweigend an der schaulustigen Meute vorbei auf die Hauptstraße.

Ich wartete darauf, dass er etwas sagte, irgendetwas, das meine Wut besänftigte.

»Es gibt keinen Grund, sich so aufzuregen.«

Definitiv nicht das, was ich hören wollte. »Ich habe sehr wohl einen Grund, mich aufzuregen. Deine Vorstellung eben mit Brittney löst garantiert eine neue Flutwelle von dämlichen Gerüchten aus.«

Der Wagen wurde langsamer, und wir hielten an einer roten Ampel.

»Brittney hat mir aufgelauert und –«

»Ja, genau. Sie hat sich mit ihren Riesenmöpsen an dich rangeschlichen, und du warst natürlich völlig hilflos und konntest dich nicht zur Wehr setzen.«

»Na ja, aber ich habe ihr gesagt, dass ich kein Interesse habe. Und ich war auch nicht derjenige, der ihr immer näher gekommen ist – ich hab versucht, sie loszuwerden.«

Diese Macht, die Brittney über Bryce hatte ... Würde ich jemals auch solche Macht über einen Jungen haben? Wahrscheinlich nicht. Ich war klein und hatte die Figur eines zwölfjährigen Jungen. Ich ließ mich tiefer in den Sitz sinken. »Es wäre nett, wenn du Mädchen, die dich im Flur begrapschen wollen, für die Dauer unseres Deals aus dem Weg gehen könntest.«

»Ich arbeite daran.«

Er sagte es, als versuchte er, einen Witz zu machen. Aber ich fand es nicht witzig. Feindseligkeit ihm und allen anderen gegenüber, die mir das Gefühl gaben, unsichtbar zu sein, wallte in mir auf. Ich schloss die Augen, holte tief Luft und sagte einfach, was mir durch den Kopf ging: »Irgendwie hasse ich dich gerade richtig.«

»Übertreibst du jetzt nicht ein bisschen?«

»Wie würdest du dich denn fühlen, wenn die ganze Schule deine Freundin mit einem anderen gesehen hätte?«

»Ich wäre stinksauer. Ich würde mit ihr Schluss machen.«

»Klar würdest du das, aber ich kann jetzt noch nicht mit dir Schluss machen, denn wenn ich dich zu früh abschieße, bleibe ich die Schlampe, die nach dem Lagerfeuer mit dir ins Bett gegangen ist. Und wenn ich dich nicht zum Teufel jage, bin ich das Mädchen, das mit einem Typen zusammen ist, der sie vor den Augen der ganzen Schule betrügt. Wie soll man sich denn da entscheiden?«

»Brittney hat sich an mich rangemacht. Ich habe nichts Falsches getan. Ich kann ja verstehen, dass du sauer bist, weil es so aussah, als würde ich mit ihr flirten, und weil die Leute darüber herziehen werden. Aber ich kann es nicht ändern.«

Ich schloss die Augen und rieb mir die Schläfen, um die Kopfschmerzen zu vertreiben, die sich ankündigten.

Ich spürte, wie der Wagen eine scharfe Kurve nahm. Wir konnten noch gar nicht an der Abzweigung zum Tierheim sein. Ich öffnete die Augen. »Das ist nicht der richtige Weg.«

»Wir machen noch einen kurzen Abstecher.«

Er fuhr zu einem der großen Einkaufszentren und hielt vor der Filiale einer Tierhandlung, zu der wir unsere Schützlinge manchmal an den Adoptionstagen brachten.

»Ich brauche nicht noch mehr Tiere.«

»Ich versuche gerade, etwas Nettes zu tun. Komm schon.« Er stieg aus dem Auto.

»Ja, letztes Mal ist das für mich ja auch *echt super* gelaufen.« Ich folgte ihm in den Laden. Er ging zu einem Ständer mit Geschenkgutscheinen, nahm einen heraus und ging zur Kasse. Auf dem Weg zu mir zurück schnappte er sich einen Einkaufswagen und hielt mir beides hin.

Es war ein Geschenkgutschein über hundert Dollar.

»Ich dachte, du könntest ein paar Sachen fürs Tierheim besorgen.«

Wollte er sich damit meine Vergebung erkaufen? Wenn ja, würde ich diese Kröte den Tieren zuliebe schlucken. »Danke.«

Er nickte.

Die nächsten zwanzig Minuten belud ich den Einkaufswagen mit Spielzeugmäusen, mehreren Töpfen Katzenminze, leckeren Kauknochen und Kratzbäumen. Als wir schließlich an der Kasse standen, hatte ich mein Hundert-Dollar-Limit um sechs Dollar und zweiunddreißig Cent überschritten.

Ich sah Bryce an. »Kann ich mir von dir sechs Dollar und zweiunddreißig Cent leihen?«

Als wir zum Tierheim kamen, bremste er das Auto bis auf Schrittgeschwindigkeit herunter und hielt auf die Rückseite des Gebäudes zu.

»Was machst du da?«, fragte ich.

»Du hast gesagt, der Parkplatz auf der Rückseite wäre nicht ganz so schlimm.«

Okay, das hatte ich tatsächlich gesagt, aber ich hatte mir

das nur ausgedacht, um es ihm heimzuzahlen, dass er auf der ganzen Fahrt nicht mit mir gesprochen hatte. »Der Abfallcontainer ist da hinten.«

Bryce riss das Lenkrad herum und fuhr zurück auf den vorderen Parkplatz. Vor einem kleinen Krater kam er zum Stehen. Nachdem er nach rechts, links, vorne und hinten geschaut hatte, seufzte er und machte den Motor aus.

»Gute Entscheidung.« Ich schnappte mir die Tüten mit den Spielsachen vom Rücksitz, und in der Annahme, dass Bryce mir folgen würde, ging ich in Richtung Eingang. Mit meinem Schlüssel öffnete ich die Tür und drehte mich nach ihm um. Er war im Auto sitzen geblieben. »Komm hier rüber, oder ich lasse einen Karton Katzenbabys in deinem Auto frei!«, rief ich.

Wie üblich wurde ich sofort von einer Horde Katzen angefallen, als ich das vordere Zimmer betrat. Also ging ich zur Couch und streichelte jedes Tier in meiner Reichweite. Die Tür öffnete sich quietschend. Bryce stolperte über eine Katze, als er ins Zimmer kam, und hielt sich im letzten Moment an der Wand fest.

»Vorsicht. Tritt nicht auf sie drauf. Sie schleichen gern um deine Knöchel.« Ich zeigte auf die beiden Katzen, die um seine Beine strichen. Innerhalb kürzester Zeit war seine Hose voller weißer und schwarzer Haare.

»Ich würde *ihnen* bestimmt nichts tun.« Er ließ seinen Blick auf der Suche nach einer tierfreien Zone durch den Raum wandern. »Gibt es hier einen sicheren Platz zum Sitzen?«

Ich klopfte auf das mit Katzenhaaren übersäte Couchkissen neben mir. »Hier. Du musst nur mit dem Fell aufpassen. Sie sind alle ganz lieb – und ans Katzenklo gewöhnt.«

Mit einem skeptischen Blick auf die Couch schlurfte Bryce ein Stück näher und ließ sich auf der äußersten Kante nieder. Eine getigerte Katze sprang ihm auf den Schoß. Er wich unwillkürlich zurück, als wäre sie ein Stinktier.

Ich lachte. »Sie wird dich schon nicht beißen. Streichel sie ruhig.«

Er streckte seine Hand aus, und die Katze duckte sich unter seine Finger. Sobald er verstanden hatte, was er tun sollte, strich er ihr über den Kopf. Nach zehn Minuten exzessiven Streichelns füllte ich die Futterschüsseln und holte dann die neuen Spielzeugmäuse aus der Tüte. Ich warf sie in die Luft. Die Katzen stürzten sich darauf, und Bryce und ich waren vergessen.

»Komm. Lass uns die Hunde füttern gehen.«

»Ich könnte doch hier bei den Katzen bleiben.«

Ich nahm seine Hand und zog ihn hoch.

»Na gut.« Er folgte mir durch die Hintertür.

»Pass mal auf.« Ich pfiff laut auf den Fingern. Eine Meute Hunde kam aus der Scheune gerannt und stürmte auf uns zu.

Bryce erstarrte und wich einen Schritt zurück.

»Sie tun dir nichts«, sagte ich und marschierte Richtung Scheune. Nachdem ich ihre Futterspender mit Trockenfutter gefüllt hatte, ging ich zur Veranda am hinteren Ende der Scheune. Bryce folgte mir. Als wir dort ankamen, hatten die ersten Hunde ihr Fressen bereits verschlungen.

»Sind die zufällig mit deinen Brüdern verwandt?«, fragte Bryce.

Ich lachte, schnappte mir die Tüte mit den Kauknochen und warf einen davon Caesar, dem Dobermann, zu. Er fing ihn aus der Luft, schüttelte ihn ein paar Mal heftig herum und trabte davon.

Ich ließ mich auf einen Gartenstuhl fallen und verteilte den größten Teil der Kauknochen an die anderen Hunde, die Interesse daran zeigten, wobei ich ein Dutzend in Reserve behielt.

Ein kleiner Mischling namens Jake kam auf mich zugetrottet und stemmte seine Vorderpfoten gegen meine Schienbeine. »Komm her.« Ich hob ihn hoch und setzte ihn auf meinen Schoß. Als ich Jake hinter den Ohren kraulte, winselte er verzückt. »Sollte ich jemals im Lotto gewinnen, werde ich euch alle adoptieren. Versprochen.«

Aus dem Augenwinkel sah ich, dass Bryce mich anschaute, als wäre ich nicht ganz dicht. Was er nicht sah, war Leo, ein Shih Tzu-Mix, der sich von der Seite an ihn heranpirschte. Der Hund hob eine kleine schwarze Pfote und stupste Bryce' Schuh damit an.

Bryce warf einen Blick auf den Hund und schüttelte den Kopf. »Kommt nicht infrage.«

Leo winselte und stieß mit dem Kopf Bryce' Knöchel an.

»Mach schon. Heb ihn hoch. Sie sind alle letztes Wochenende gebadet worden.«

Leo jaulte, als läge er im Sterben.

»Na gut.« Bryce nahm den Hund auf den Schoß. Leo rollte sich eng zusammen und schloss die Augen.

»Er muss früher mal einen tollen Besitzer gehabt haben«, sagte ich. »Der Kleine ist das reinste Schoßtier.«

Bryce runzelte die Stirn. »Aber wie ist er denn dann hier gelandet?«

»Man hat ihn auf dem Parkplatz eines Gebrauchtwagenhändlers gefunden. Wir haben eine Anzeige in die Zeitung gesetzt, aber die Besitzer haben sich nie gemeldet.«

Bryce

Ich betrachtete den kleinen Hund, der meine Hose vollhaarte. Mein Vater würde weder die Haare noch das Tier gutheißen. Alles, was nicht in irgendeiner Weise produktiv war oder Gewinn abwarf, war für ihn wertlos.

Als ich noch jünger war, hatte ich geglaubt, dass alle Menschen so waren wie mein Vater. Inzwischen konnte ich ihn als den Egoisten sehen, der er war. Er würde nie auf die Idee kommen, Zeit oder Geld an ein Tierheim zu verschwenden, es sei denn, es war gut für seine Publicity oder steuerlich absetzbar. Alles, was er tat, geschah aus Berechnung. Einschließlich meine Mutter zu heiraten. Im Lauf der Jahre hatte ich herausgefunden, dass er sie nur wegen ihrer reichen Familie ausgesucht hatte. Nach ihrer Heirat hatte er ihr Geld dazu benutzt, um sein Geschäftsimperium aufzubauen. Liebe schien dabei nicht im Spiel gewesen zu sein, jedenfalls nicht von seiner Seite aus.

Haley saß neben mir und redete in Babysprache mit dem Hund auf ihrem Schoß. Das ging mir etwas zu weit, aber es beeindruckte mich, dass sie sich die Zeit nahm, hier auszuhelfen.

»Wie kam es, dass du angefangen hast, im Tierheim zu arbeiten?«

»Als ich zehn war, ist eine Katze mit ihren sechs Jungen in einem unserer Gewächshäuser eingezogen. Wir konnten sie nicht alle behalten, also habe ich sie hergebracht. Bei der Gelegenheit habe ich angeboten, bei den Adoptionstagen und beim Spendensammeln zu helfen, und seitdem ist es irgendwie immer mehr geworden.«

»Heißt das, du möchtest später mal mit Tieren arbeiten?«

»Ja, ich möchte Tierärztin werden. Und auch wenn ich das wahrscheinlich nicht zugeben sollte – ich mag Tiere lieber als die meisten Menschen.« Ihr Gesicht leuchtete auf, während sie weitersprach. »Sie urteilen nicht über dich. Sie freuen sich immer, dich zu sehen, und sie geben dir das Gefühl, der wunderbarste Mensch auf der Welt zu sein. Kannst du das verstehen?«

Sie lächelte mich an, und ich stellte fest, dass ich zurücklächelte. »Es ist cool, dass du schon weißt, was du später werden willst.«

»Und was ist mit dir?«

»Der Plan meines Vaters sieht vor, dass ich erst meinen Abschluss in Betriebswirtschaft mache und dann in seine Firma einsteige.«

»Willst du das auch?«

Ich lachte. »Was ich will, tut nichts zur Sache.«

»Mal angenommen, du könntest alles werden, was du willst, wenn du erwachsen bist, wofür würdest du dich entscheiden?«

»Mein Vater redet davon, dass ich später BWL studieren soll, seit ich alt genug bin, um zu verstehen, worum es dabei geht. Ich habe nie ernsthaft über Alternativen nachgedacht, weil ich keine Wahl habe.«

»Es ist dein Leben«, sagte Haley. »Stell dir doch einfach mal vor, dein Vater hätte nichts zu sagen. Was würdest du tun? Was macht dich glücklich?«

»Golf.« Ich lachte, und dann hatte ich plötzlich eine Eingebung. »Ich gebe einem Jungen, der im Rollstuhl sitzt, Golfunterricht. Er hat speziell angepasste Schläger. Sie sind gut, aber ich glaube, ich könnte noch bessere entwerfen.«

»Also würdest du am liebsten ein Behinderten-Golfschläger-Ingenieur werden?«

»Ich frage mich, welche Uni das wohl als Hauptfach anbietet. Aber es ist sowieso total unrealistisch.« Mein Vater würde das nie zulassen. »Im Moment ist es wohl am besten, wenn ich mich an seinen Plan halte, um den Hausfrieden nicht zu gefährden. Wenn wir uns streiten, muss meine Mutter das ausbaden.«

»Wie meinst du das?«

»Mein Vater hat so eine Art, Leute eiskalt links liegen zu lassen, wenn er seinen Willen nicht bekommt.«

»Besser, als angeschrien zu werden.«

»Wenn dich jemand anschreit, weißt du wenigstens, dass er sich für dich interessiert.« *Warum erzähle ich ihr das alles? Ich habe noch nie mit jemandem über unser Familienleben gesprochen. Noch nicht mal mit Nathan.*

»Dann interessieren wir uns in meiner Familie offenbar alle sehr füreinander.« Haley lachte.

Ich hatte ihre Brüder und ihren Vater schon kennengelernt. »Wie sind deine Eltern eigentlich so zusammen?«

»Wie meinst du das?«

Wie sollte ich es ausdrücken? »Verbringen sie viel Zeit miteinander?«

»Klar. Sie haben immer noch romantische Dates, aber das möchte ich mir lieber gar nicht so genau vorstellen. Und was ist mit deinen Eltern?«

»Um meinem Vater zu treffen, musst du praktisch einen Termin mit ihm vereinbaren. Meine Eltern gehen zusammen zu Wohltätigkeitsveranstaltungen und in den Country Club, aber das würde ich nicht gerade als ›romantisches Date‹ bezeichnen.«

Manchmal kam es mir so vor, als würde sich mein Vater nur mit meiner Mutter in der Öffentlichkeit blicken lassen, um mit ihr anzugeben – genau wie mit seinen anderen Besitztümern.

»Erzähl mir von dem Wohltätigkeits-Golfturnier, das du jedes Jahr organisierst.«

»Mein Großvater ist an Lungenkrebs gestorben. Dabei hat er nie in seinem Leben geraucht.« Es machte mich immer noch wütend. »Er hing gerne mit seinen Freunden an der Bar im Country Club rum, bevor das Rauchen dort verboten wurde. Er hat dort all die Jahre den Rauch der anderen Leute eingeatmet. Und das hat ihn das Leben gekostet.«

»Das tut mir leid.«

Ich nickte. »Danke. Ich habe mit diesem Turnier angefangen, um Geld für die Krebsforschung zu sammeln. Ich weiß natürlich, dass dabei keine riesigen Summen zusammenkommen. Meine Familie spendet für alles Mögliche, aber ich wollte etwas Eigenes machen. Weißt du, was ich meine?«

»Ja.«

Sieben

Haley

Am Abend rief ich Jane von meinem Zimmer aus an und berichtete ihr von meinem aufregenden Nachmittag.

»Also, er hat sich kurzzeitig wieder von Brittney einwickeln lassen, aber er hat dir Geld fürs Tierheim gegeben, einen Hund auf den Schoß genommen und dir tatsächlich etwas aus seinem Leben erzählt. *Hmmm*, ich würde sagen, damit hat er sich morgen zwei Drittel vom Cupcake verdient.«

Nebenbei ging ich die Klamotten in meinem Schrank durch. »Vielleicht solltest du ein Punktesystem entwickeln, bei dem Bryce' Verhalten in Bezug auf die Anteile eines Cupcakes bewertet wird.«

»Keine schlechte Idee.«

»Wie lange willst du Nathan eigentlich noch Cupcakes backen?« Ich befürchtete, dass Jane damit auf die Nase fallen würde. Nathan war zwar nett zu ihr, aber er flirtete nicht richtig mit ihr oder zeigte größeres Interesse.

»Ich weiß nicht. Ich hatte irgendwie gehofft, dass er mich fragen würde, ob wir am Wochenende nicht mit dir und Bryce etwas unternehmen wollen.«

»Da gibt's nur ein Problem: Bryce hat mich nicht gefragt, ob ich mit ihm ausgehen will, und ich weiß nicht, ob er es noch tun wird.«

Auch wenn er sich im Tierheim mir gegenüber geöffnet hatte, waren wir nach wie vor nicht wirklich zusammen.

»Er wird. Er hat dir nämlich ein Doppel-Date mit Nathan und mir versprochen.«

Ich ließ mich auf mein Bett fallen und starrte aus dem Dachfenster. »Stimmt, das hat er, aber er hat nicht gesagt, wann. Er hat noch drei Wochen, um sein Versprechen einzulösen. Das heißt noch lange nicht, dass er Lust hat, dieses Wochenende etwas zu unternehmen.«

»Aber ich würde so gerne den neuen *Fluch der Karibik* im Kino sehen. Ich weiß, den können wir uns auch alleine anschauen, aber der wäre super für ein Date.«

»Wir brauchen einen Plan. Wenn wir morgen über den Film reden, wenn sie dabei sind, kapieren sie den Wink mit dem Zaunpfahl vielleicht.« Ich betrachtete den Rock, den wir bei Goodwill gekauft hatten. Er war kürzer, als mir lieb war, aber vielleicht war das der springende Punkt. Wenn ich wollte, dass Bryce Zeit mit mir verbrachte, musste er mich begehrenswert finden. An den meisten Tagen war ich hübsch, aber begehrenswert war noch etwas anderes. »Was meinst du, was soll ich zu dem Rock tragen, den wir gekauft haben?«

Am nächsten Morgen um halb sechs wachte ich völlig verschwitzt und in der Bettdecke verheddert auf. Mein Traum, oder genauer gesagt mein Albtraum, hatte sich so real angefühlt, dass ich mich an jedes Detail erinnern konnte. Bryce hatte eine Versammlung einberufen, um der ganzen Schule mitzuteilen, dass unsere Beziehung auf Erpressung beruhte. Er sagte, er würde sich lieber von Denny verprügeln lassen, als auch nur eine Sekunde länger mit mir zusammen sein zu müssen. Denny beschloss, Bryce nicht zu vermöbeln, weil er fand, dass die Zeit, die Bryce mit mir verbracht hatte, Strafe genug war. Am Ende des Albtraums knutschte Bryce mit Brittney in der Cafeteria, während die anderen mich mit den Resten ihres Mittagessens bewarfen. Jane, die neben mir saß, hielt sich einen Regenschirm über den Kopf, fütterte Nathan mit Cupcakes und ignorierte mich völlig.

Was zur Hölle sollte mir das sagen?

Ich warf einen Blick auf die Uhr. Mist. Mein Wecker würde in fünf Minuten klingeln, also quälte ich mich aus dem Bett, duschte und zog mich an. Als ich mich im Spiegel betrachtete, musste ich lächeln. Ich hatte immer gedacht, Jane sei die Einzige, die kurze Röcke tragen könnte, aber meine Beine sahen gar nicht so schlecht aus. Um nicht zu frieren, hatte ich zum Rock einen schwarzen Pulli, schwarze Strumpfhosen mit Spitzenmuster und hohe Stiefel angezogen. Und der Look funktionierte tatsächlich.

Als ich nach unten kam, saßen meine Brüder schon am Küchentisch und aßen Pop-Tarts. Ich schüttete Instant-Haferbrei in eine Tasse, gab Wasser dazu und stellte das Ganze in die Mikrowelle. Unsere Familie war morgens nicht sehr gesprächig.

»Ich habe gehört, dass Bryce gestern mit Brittney zusammen war«, sagte Matt.

Na, das konnte ja heiter werden. »Er war nicht mit ihr zusammen. Sie hat sich an ihn rangemacht.«

»Stimmt.« Charlie schob sich ein halbes Pop-Tart in den Mund. »Dürfen wir ihn uns jetzt vorknöpfen?«

»Regel Nummer eins: Sprich nicht mit vollem Mund. Regel Nummer zwei: Bryce wird nur verprügelt, wenn ich euch ausdrücklich darum bitte.«

»Regeln liegen mir nicht so.« Matt beendete sein Frühstück und ließ die Plastikverpackung auf dem Tisch liegen, als er zur Tür hinausstürmte. Charlie machte es ihm nach. Ich blickte den beiden wütend hinterher und dann auf das Chaos, das sie hinterlassen hatten. Seufzend schnappte ich mir die Verpackungen und warf sie in den Mülleimer unter der Spüle.

Als mein Haferbrei fertig war, ging ich mit der Tasse nach draußen, um auf der Hollywoodschaukel, die auf unserer Veranda stand, zu frühstücken. Seit ich klein war, war dies mein Lieblingsplatz. Das sanfte Schaukeln hatte etwas Beruhigendes. Ich stieß mich mit dem Fuß ab und fing an zu essen.

Fünf Minuten später bekam ich Gesellschaft von meinem Dad, der einen dreckbespritzten Overall trug und in seine dampfende Kaffeetasse pustete. »Du siehst ja nicht gerade glücklich aus.«

Wirklich? Ich fühlte mich nicht unglücklich. »Ich habe schlecht geträumt.«

»Meine Großmutter hat immer gesagt, schlechte Träume bedeuten, dass in deinem Leben etwas aus dem Lot geraten ist. Irgendetwas, das ich wissen sollte?« Er sah mich mit seinem Ich-weiß-genau-was-du-gleich-sagen-wirst-Blick an.

Meine verdammten Brüder. Die sollten sich gefälligst aus meinen Angelegenheiten raushalten. »Was haben Charlie und Matt gesagt?«

»Nichts. Aber gestern Abend habe ich mitbekommen, wie sie sich darüber unterhalten haben, dass du Bryce mit einem anderen Mädchen erwischt hast.« Er nippte an seinem Kaffee und wartete.

Mir tat der Kopf weh. Ich wusste nicht, ob das mit meinem komischen Traum oder mit der lächerlichen Realität meines Lebens zu tun hatte. »So einfach ist das nicht.« Ich erklärte ihm die Sache mit Brittney und erzählte ihm, dass Bryce mir den Gutschein der Tierhandlung als Entschuldigung geschenkt hatte.

Mein Vater blickte in die Ferne. »Bei dem vielen Geld, das seine Familie hat, war das für ihn keine große Sache.«

»Stimmt.« Trotzdem war es nett von ihm gewesen.

»Ich bin nicht begeistert von diesem Bryce. Er ist zu sehr von sich überzeugt. Aber eines verspreche ich dir. Ich werde dir nie verbieten, dich mit einem Jungen zu treffen. Das ist nämlich der Grund, weshalb deine Mutter überhaupt damals bei mir gelandet ist.«

»Was?«

»Ich hatte den gleichen Ruf wie deine Brüder. Hitzköpfig. Rauflustig. Dein Großvater meinte, ich würde im Gefängnis landen, bevor ich fünfundzwanzig sei. Hat deiner Mutter jeglichen Kontakt mit mir verboten. Aber das hat uns nur noch mehr zusammengeschweißt.« Er trank seinen Kaffee aus. »Deswegen werde ich dir nie verbieten, dich mit einem Jungen zu treffen. Aber achte darauf, dass derjenige, den du dir aussuchst, die Sache auch wert ist.«

Wir saßen ein paar Minuten schweigend da. Mir wurde klar, dass ich jetzt meine Rolle als Bryce' Freundin spielen musste.

»Ich bin mir nicht sicher, ob Bryce es wert ist, aber ich bin auf jeden Fall noch nicht bereit, ihn aufzugeben.« Ich erwartete nicht, dass aus uns mehr werden würde, aber Bryce war meine Chance, irgendwann einen richtigen Freund zu finden.

Dad stand auf und klopfte sich den Schmutz vom Hemd. »Wenn er dir irgendwelchen Ärger macht, dann sag ihm, dass ich einen Bagger besitze. Der hebt schöne, tiefe Gräben aus. Dürfte ein Kinderspiel sein, eine Leiche darin verschwinden zu lassen.«

Bryce

Ich schaute Nathan böse an, der sich auf meine Kosten totlachte. »Das ist nicht komisch.«

»Ich bitte dich!« Er lehnte sich mit dem Rücken an seinen Spind. »Ihre Brüder haben gedroht, dich mit den Füßen voran durch einen Holzhäcksler zu schieben. Dafür sollte man ihnen glatt den Preis für die ungewöhnlichste Drohung aller Zeiten überreichen.«

Für mich hatte es sich nach mehr als nur einer Drohnung angehört. Als ich heute Morgen auf den Parkplatz fuhr und Haleys Brüder dort bereits auf mich warteten, hatte ich zwar mit Ärger gerechnet, aber nicht mit Morddrohungen.

»Wie ist es denn mit Haley gestern Abend gelaufen?«, fragte Nathan.

»Das ist es ja. Ich weiß nicht, warum sie sich bei ihnen beschwert hat. Ich dachte eigentlich, dass sie ganz glücklich aussah, als ich sie zu Hause abgesetzt habe.« Wir hatten uns über unser Leben unterhalten, was ich bis jetzt noch mit keinem Mädchen, mit dem ich zusammengewesen war, getan hatte – es hätte sie nämlich nicht interessiert.

Nathan deutete den Flur hinunter. »Da kommt sie. Frag sie doch einfach.«

Haley kam lachend und ins Gespräch mit Jane vertieft auf uns zu. Jeder Junge, an dem sie vorbeiging, drehte sich nach ihr um. Der Grund war nicht zu übersehen. Sie hatte einen Rock an – und zwar einen ziemlich kurzen. Zu solchen Röcken trugen die Mädchen immer diese ultradünnen Strumpfhosen. Als ob die irgendetwas verdecken würden. Diese Logik hatte ich noch nie verstanden. Ich wollte mich bestimmt nicht beklagen, aber das, was die Jungs da anstarrten, war doch im Prinzip nur ein Mädchen, das keine Hose trug. Aber Haley stand es.

Sie blieb vor mir stehen und grinste mich an.

Ich griff nach ihrer Hand, und sie verschränkte ihre Finger mit meinen. Komisch, wie selbstverständlich sich das heute Morgen anfühlte. »Wenn du gut drauf bist, warum haben mir deine Brüder dann eine äußerst plastische Beschreibung eures Holzhäcklers geliefert?«

Sie sah mich verblüfft an, dann lachte sie.

»Das findest du witzig?«

»Ja, tue ich.« Sie griff nach meiner anderen Hand. »Entschuldige. Ich habe ihnen gesagt, sie sollen dich in Ruhe lassen. Meine Brüder müssen von dem Vorfall mit Mopsilla – ich meine, von dem Vorfall mit *Brittney* gehört haben.«

Nathan hob die Hand, als würde er sich im Unterricht melden. »Hast du eben *Mopsilla* gesagt?«

Jane nickte. »Das ist unser Spitzname für Brittney.«

Nathan lachte lauthals. Ich ignorierte ihn. Stattdessen konzentrierte ich mich auf Haley und zog sie etwas näher zu mir heran. »Warum hast du deinen Brüdern nicht gesagt, dass du gar nicht sauer auf mich bist?«

»Sorry, ich konnte ja nicht ahnen, dass sie dir mit dem Häcksler kommen würden. Das ist krass, aber irgendwie auch nett.«

»*Nett?*«

»Ich meine, dass sie mich in Schutz nehmen wollen, nicht, dass sie dir gedroht haben.«

Ihr Grinsen wurde breiter, und dann prustete sie los.

»Was ist?«

»Mein Vater hat gesagt, dass er einen Bagger hat, mit dem man wunderbar Gräben ausheben kann, um Leichen darin verschwinden zu lassen.«

»Deine Familie ist doch nicht ganz dicht.«

»Nein, sie haben einfach nur einen ausgeprägten Beschützerinstinkt. Aber deswegen habe ich ja das mit unserer angeblichen Beziehung angeleiert.« Ihre Mundwinkel wanderten noch weiter nach oben. »Es ist schon ein bisschen schräg.«

Haleys Wangen waren vom Lachen gerötet, ihre Lippen glänzten, und sie hatte irgendetwas gemacht, das ihre Augen betonte. In diesem Rock sah sie immer noch aus wie das Mädchen von nebenan, nur heißer. Es wäre ganz einfach, sie noch näher heranzuziehen. Nur ein kleiner Ruck, und sie würde an mich gepresst dastehen, in der perfekten Position, um mich herunterzubeugen und sie zu küssen. Ich sollte es besser nicht tun, aber die Versuchung war zu groß.

Haley stockte der Atem, als hätte sie meine Gedanken gelesen. Ihr Blick wanderte zu meinem Mund. Gerade als ich mich zu ihr hinunterbeugte, klingelte es zum Unterricht, und sie zuckte zurück. Sie lachte nervös auf. »Wir müssen los.«

Die Hand auf ihren Rücken gelegt, brachte ich sie zu ihrer Klasse. Nathan und Jane folgten uns. »Wie kann es sein, dass du den neuen *Fluch der Karibik* nicht sehen willst?«, fragte Jane.

»Aus mehreren Gründen.« Nathan zählte sie an seinen Fingern auf. »Erstens: Ich bin männlich und stehe nicht auf Typen, die Eyeliner tragen. Zweitens …« Er überlegte kurz. »Nein, ich glaube, der erste Punkt ist Grund genug.«

»Aber es geht doch nicht nur um Typen mit Eyeliner«, sagte Jane. »Es gibt auch Schwertkämpfe und Monster.«

Haley

»Gehst du gern ins Kino?«, fragte ich Bryce in der Hoffnung, dass er checkte, dass ich gerne hinwollte. Einmal mussten wir sowieso zusammen ausgehen. Das hier wäre also die Chance für ihn, es schnell und einfach hinter sich zu bringen.

Er zuckte mit den Achseln. »Hängt vom Film ab.«

Okay, er war anscheinend etwas begriffsstutzig. Egal. Dann würden Jane und ich eben alleine gehen.

In Geschichte setzte sich Jane mit gerunzelter Stirn an den Tisch hinter mir. »Ich glaub's einfach nicht, dass sie uns nicht gefragt haben, ob wir mit ihnen ins Kino gehen wollen.«

»Dann machen wir uns eben einen schönen Abend zu zweit und teilen uns eine Riesentüte Popcorn.«

»Ich hätte lieber eine Brezel.«

Beim Mittagessen taten Bryce und Nathan so, als wäre alles ganz normal. Sie brachten uns nach der Pause zum Unterricht und dann … nichts. Dumpfbacken.

Als ich nach der Schule nach Hause kam, sah ich meine Brüder am Küchentisch sitzen, wo sie Apfeltaschen in sich hineinstopften und irgendeine langweilige Reality-Show im Fernsehen ansahen.

Ich holte mir eine Flasche Wasser aus dem Kühlschrank und lief ihnen dabei mit Absicht durchs Bild, damit sie mich auch bemerkten. »Ich habe gehört, dass ihr Bryce heute bedroht habt.«

Charlie grinste. »Ja, haben wir.«

»Warum bist du eigentlich immer noch mit ihm zusammen?«, fragte Matt.

»Weil Brittney *ihn* angebaggert hat, und nicht umgekehrt. Da gibt es nichts, was man ihm vorwerfen könnte.«

»Ohne ihn bist du besser dran«, sagte Charlie und warf die Verpackung seiner Apfeltasche nach mir.

Ich duckte mich rechtzeitig. »Euch ist schon klar, dass ich nur euretwegen mit ihm zusammen bin?«

»Wieso das denn?«, fragte Matt.

»Weil ihr alle netten Typen verjagt. Bryce ist der einzige

Junge, der genug Selbstbewusstsein hat, um sich von euch nicht einschüchtern zu lassen.«

Charlie stöhnte. »Na gut. Dann such dir einen anderen Kerl, der nicht so ein Casanova ist.«

Ich lachte. »Mach ich vielleicht.« Wow! Mein Plan ging tatsächlich auf! Wenn mein Deal mit Bryce vorbei war, würden meine Brüder so froh sein, dass er verschwunden war, dass sie mir bei einem Jungen, den ich wirklich mochte, nicht mehr in die Quere kommen würden.

Bryce

Gegen meinen Spind gelehnt suchte ich den Flur nach Haley ab. Kleine Schülergrüppchen hingen in den Ecken herum. Da es Freitag war, redeten alle lautstark über ihre Pläne fürs Wochenende. Im Moment hatte ich noch nichts Bestimmtes vor. Haley erwartete wahrscheinlich, dass ich mich mit ihr verabredete. Nicht dass ich keine Lust gehabt hätte, mich mit ihr zu treffen; sie war lustig, und es machte Spaß, sich mit ihr zu unterhalten. Aber diesmal wollte ich derjenige sein, der die Bedingungen stellte, wenn ich sie fragte. Dass ich in letzter Zeit so viele Dinge nicht mehr unter Kontrolle hatte, machte mich ganz nervös.

Eigentlich hätte ich erleichtert sein müssen, dass Haley nirgendwo zu sehen war. Stattdessen machte es mich misstrauisch.

Nathan holte ein Heft aus dem Spind und schob es in seinen

Rucksack. »Du weißt, dass Jane und Haley wollen, dass wir uns mit ihnen zu diesem dämlichen Film verabreden?«

»Das habe ich mir schon gedacht. Hast du vor, dich mit Jane zu treffen?«

»Ich weiß noch nicht.«

»Wenn du dich entschieden hast, sag mir Bescheid.«

»Warum?«

»Weil man, wie du vielleicht schon gemerkt hast, die beiden nur im Doppelpack bekommt. Wenn du mit Jane ausgehst, muss ich auch Haley einladen. Außerdem schulden wir ihnen ein Doppel-Date.« Ich drehte mich um und öffnete meinen Spind. »Sag mir einfach rechtzeitig Bescheid, damit ich mich darauf einstellen kann.« In meinem Leben, wo alles seine Ordnung hatte, war Haley eine unbekannte Größe, die die Gleichung durcheinanderbrachte.

»Ich habe nie einem Doppel-Date zugestimmt«, stellte Nathan klar. »Das ist alles auf deinem Mist gewachsen.«

»Wenn du sowieso überlegst, mit ihr auszugehen, macht es doch keinen Unterschied.«

Nathan schloss seinen Spind und verstellte das Zahlenschloss. »Es macht deswegen einen Unterschied, weil die ganze Sache deine Schuld ist. Ich hätte Jane doch nie bemerkt oder wäre gezwungen gewesen, mit ihr auszugehen, wenn du nicht Mist gebaut hättest.«

Ich hörte, wie jemand nach Luft schnappte. Als Nathan und ich gleichzeitig herumfuhren, standen Jane und Haley hinter uns. Haley machte einen mordlüsternen Eindruck. Jane sah aus wie ein Kind, dem man gerade gesagt hatte, dass es den Osterhasen nicht gab.

»Shit.« Nathan fuhr sich mit der Hand durch die Haare. »Das habe ich doch nicht so gemeint.«

Jane wirbelte herum und stürmte den Flur hinunter.

Haley rannte ihr nach.

Nathan drückte mir seinen Rucksack in die Hand und sprintete den beiden hinterher.

Haley

Am liebsten hätte ich Nathan eine verpasst, richtig fest, mitten ins Gesicht, mit einem Ziegelstein. Stattdessen lief ich meiner besten Freundin hinterher. Sie rannte den Flur entlang zum einzigen Zufluchtsort der Highschool, der Mädchentoilette.

Ich fand sie über das Waschbecken gelehnt, die Stirn gegen den Spiegel gepresst. Und jetzt? Ich hatte mich ganz bewusst auf die Sache mit dem falschen Freund eingelassen. Jane dagegen hatte sich Hoffnungen auf eine echte Beziehung mit Nathan gemacht. Ihn sagen zu hören, dass er sie von sich aus nie bemerkt hätte und gezwungen worden war, mit ihr auszugehen, musste sie furchtbar verletzt haben.

»Charlie könnte ihm eine reinhauen«, bot ich ihr an.

Jane sah mich im Spiegel an. Ihre Augen wirkten glasig. Ein untrügliches Zeichen dafür, dass sie versuchte, nicht zu weinen. »Ich dachte …« Sie blinzelte und fächelte sich mit den Händen Luft zu. »Ich komme mir so dumm vor.«

»Du bist nicht dumm.« Weil ich nicht wusste, was ich sonst sagen sollte, hielt ich ein Papiertuch unter den Wasserhahn, wrang es aus und legte es ihr in den Nacken. »Das müsste helfen.«

Ein Mädchen, das ich nicht kannte, kam herein und checkte die Situation. »Du musst Jane sein. Da draußen steht ein Typ, der mit dir reden will. Er hat mich gebeten, reinzukommen und dich zu holen.«

»Wirklich?« Janes Stimme klang hoffnungsvoll.

Verdammt. Ich hatte kein gutes Gefühl bei der Sache.

Jane zog sich das feuchte Papiertuch vom Nacken und warf es in den Mülleimer. »Wie sehe ich aus?«

»Du siehst aus, als hättest du geweint.« Das Mädchen, das die Nachricht überbracht hatte, war für meinen Geschmack etwas zu ehrlich.

»Du siehst gut aus.« Ich warf einen Blick auf meine Uhr. »Noch drei Minuten bis Unterrichtsbeginn. Wenn du mit ihm reden willst, musst du dich ranhalten.«

»Na gut, aber du kommst mit.«

Ich hielt Jane die Tür auf und folgte ihr quer über den Gang zu Nathan.

Er lächelte schwach. »Ich habe es nicht so gemeint.«

»Ach, tatsächlich?« Jane verschränkte die Arme vor der Brust, als versuchte sie, ihre Gefühle in Schach zu halten. »Und wie *hast* du es gemeint?«

»Ich meinte, dass du mir nie aufgefallen wärst, wenn ich nicht gezwungenermaßen in dieser Situation gelandet wäre –«

Jane schnitt ihm das Wort ab. »Nur damit du's weißt: Du bist verdammt schlecht im Entschuldigen.«

»Du hast mich ja auch nicht aussprechen lassen.« Er schob die Hände in die Hosentaschen. »Ich hätte dich so nie bemerkt, aber jetzt, nachdem ich es getan habe, ist es schwer, das wieder rückgängig zu machen.«

»Das klingt ziemlich wirr.« Anstatt seinen Blick zu erwidern, scharrte Jane mit ihren Schuhen auf dem Boden.

»Du bist anders als die Mädchen, die ich sonst kenne. Du bist interessant.«

Jane wandte sich an mich. »Sollte das etwa ein Kompliment sein?«

»Du machst es mir echt nicht leicht«, beschwerte sich Nathan. »Was ich sagen will … Ich mag dich und ich denke, wir sollten mal ausgehen. Vielleicht am Wochenende einen Film zusammen schauen.«

Heilige Scheiße.

Jane hüpfte auf und ab. »Wirklich?«

»Ja.« Es klingelte. »Ist alles wieder in Ordnung zwischen uns?«

Jane strahlte über das ganze Gesicht. »Alles in Ordnung.«

Nathan ging zurück zu seinem Spind, wo Bryce mit einer Blondine ins Gespräch vertieft war.

Um es mal zusammenzufassen: Janes Traumtyp hatte sie ohne Erpressung zu einem Date eingeladen, während der Kerl, der angeblich mit mir zusammen war, irgendeine Tussi anbaggerte.

Weil ich keine Spielverderberin sein wollte, rang ich mir ein Lächeln ab und sagte zu Jane: »Hey, du hast ein Date mit Nathan!«

Ihr Blick folgte Nathan auf dem Weg zu seinem Spind.

»Wenn Bryce das hört, wird er dich garantiert fragen, ob wir uns nicht zu viert treffen wollen.«

Als ich sah, wie Bryce der Unterkiefer herunterklappte, wusste ich, dass Nathan ihm von seinem Date mit Jane erzählt hatte. Er verzog das Gesicht, als hätte er in eine Zitrone gebissen, und richtete diesen sauren Blick dann auf mich.

»Er sieht richtig begeistert aus, nicht?« Als es zum letzten Mal zum Unterrichtsbeginn klingelte, strömten die Schüler durch den Flur und versperrten mir den Blick auf Bryce. Aber das machte nichts. Ich hatte genug gesehen.

»Wir müssen nicht mit ihnen zusammen Mittag essen, wenn du nicht willst.« Als Jane die Tür zur Cafeteria öffnete, drehte mir der Geruch nach Hot Dogs den Magen um.

Ich zögerte einen Moment, als ich an dem Tisch vorbeiging, an dem Jane und ich normalerweise saßen, aber dann beschloss ich, mich wie eine Erwachsene zu verhalten. Nur weil Bryce über unsere Fake-Beziehung hinaus nichts von mir wollte, hieß das nicht, dass ich mich nicht zusammenreißen und mit ihm Mittag essen konnte, damit Jane Zeit mit Nathan verbringen konnte. Schließlich wollte ich ja sowieso nicht wirklich mit Bryce zusammen sein. Okay, er sah echt gut aus und war klug, und er hatte das Wohltätigkeits-Golfturnier an unserer Schule ins Leben gerufen. Ich seufzte. Das eigentliche Problem war mein Ego. Warum fand er die Vorstellung, ein echtes Date mit mir zu haben, so furchtbar? Ich war hübsch, ebenfalls klug und engagierte mich ehrenamtlich im Tierheim. Wenn man es so betrachtete, passten wir doch eigentlich ganz gut zusammen. Aber er sah das offenbar nicht so, und das machte mich richtig sauer. Jetzt konnte ich das Zitat *Es gibt nichts Schlimmeres als die Rache einer verschmähten Frau* plötzlich viel besser verstehen. Nicht dass er mich tatsächlich verschmäht hätte. *Schluss jetzt!* Diese Überlegungen waren total bescheuert.

Nathan lächelte Jane an, als sie sich hinsetzte. Bryce hielt den Blick stur auf seinen Cheeseburger gerichtet – der Feigling. Als ich meinen Stuhl an den Tisch rückte, trat ich ihm ganz zufällig mit voller Absicht gegen sein Schienbein. »Oh, entschuldige bitte.«

»Erwartest du ernsthaft, dass ich dir abkaufe, dass das ein Versehen war?«

»Nö.« Ich riss meine Chipstüte auf. »Ich erwarte, dass du dich anständig verhältst und meine Entschuldigung annimmst.«

Die Luft zwischen uns knisterte vor Anspannung.

»Na gut.« Er beugte sich näher zu mir und nutzte seine Größe schamlos aus, um drohend über mir aufzuragen. »Ich akzeptiere deine Entschuldigung und wüsste es sehr zu schätzen, wenn du in Zukunft etwas vorsichtiger wärst.«

»Und ich wüsste es sehr zu schätzen, wenn du dich die nächsten zwei Wochen nicht wie ein Vollpfosten aufführen würdest.« Ich hielt seinem Blick stand, ohne zu blinzeln. Darin hatte ich durch die Auseinandersetzungen mit meinen Brüdern jahrelange Übung. Wenn Bryce glaubte, mich einschüchtern zu können, hatte er sich geschnitten.

»Ich habe Cookies gebacken.« Jane hielt mir einen riesigen Schokokeks vor die Nase. Einen reichte sie Bryce und einen Nathan.

»Was ist mit den Cupcakes passiert?«, fragte Nathan.

»Ich hatte keinen Puderzucker mehr für die Glasur, also gibt es keine Cupcakes.«

»Der Cupcake ist also nur eine Ausrede, um die Glasur essen zu können?«, fragte Nathan.

»Ja«, erwiderte Jane. »Genauso wie Kürbiskuchen auch nur der Vorwand für die Schlagsahne darauf ist.«

»Ich hasse Kürbiskuchen«, murmelte Bryce.

»Wie kann man Kürbiskuchen hassen? Das ist ganz schön unamerikanisch.« Okay, eigentlich war mir seine Abneigung gegen das traditionelle Thanksgiving-Dessert ziemlich egal, aber er sollte nicht meinen, er könnte mich einfach ignorieren.

»Ich glaube, richtig heißt es ›so amerikanisch wie Apple Pie‹.« Seine ruhige, kühle Stimme brachte mich noch mehr auf die Palme. Ob ich damit durchkommen würde, wenn ich ihn noch mal »zufällig« trat? Wahrscheinlich nicht.

Ich schnappte mir den Keks, den Jane neben Bryce' Teller gelegt hatte. »Weil du so ein Idiot bist, ziehe ich deinen Cookie ein.«

»Ich, ein Idiot? *Du* hast diesen Streit angefangen, als du mich getreten hast.«

»Falsch. Es hat angefangen, als Nathan dir erzählt hat, dass er Jane ins Kino eingeladen hat, und du mich angesehen hast, als hätte ich die Pest.«

Er richtete sich auf. »Ich weiß nicht, wovon du redest.«

»Dann werde ich deinem Gedächtnis mal auf die Sprünge helfen. Du hast mit dieser Blondine an deinem Spind geredet, und dann hat Nathan dich an das Doppel-Date mit mir und Jane erinnert. Nur damit du es weißt, du solltest mal an deinem Pokerface arbeiten.«

Er schüttelte den Kopf. »Vielleicht hättest du mich erst mal fragen sollen, warum ich so geschaut habe, anstatt gleich davon auszugehen, dass du es schon weißt.«

Moment. »Was soll das denn heißen?«

»Das soll heißen, dass ich sauer war, weil ich nicht gern die Kontrolle über mein Leben abgebe, wie du inzwischen wissen solltest. Und das wiederum heißt, dass ich gerne derjenige bin, der die Pläne macht, anstatt mir vorschreiben zu lassen, was ich zu tun habe.«

»Du hast also gar nichts gegen ein Date mit mir?«

»Bevor du mich getreten hast, hätte ich nichts dagegen gehabt.« Er sah mich abwartend an.

Mist. Da würde ich wohl nicht um eine Entschuldigung herumkommen. »Tut mir leid, dass ich dich getreten habe.«

Er nickte und wandte sich wieder seinem Mittagessen zu.

Ich wartete ab, ob er mich jetzt ins Kino einladen würde.

Nichts passierte.

Die Minuten krochen dahin, während sich Jane und Nathan unterhielten. Ich aß mein Truthahnsandwich, ohne einen einzigen Bissen davon wirklich zu schmecken. Wie hatte ich das nur so verbocken können? Er würde meine Entschuldigung für den Tritt gegens Schienbein doch annehmen, oder nicht? Schließlich hatte ich ja nicht seinen Mustang mit einem Schlüssel zerkratzt oder so was.

Nach dem Mittagessen begleitete Bryce mich zwar zu meiner Klasse, aber er legte mir nicht wie sonst die Hand auf den Rücken. Er blieb nicht einmal stehen, um sich von mir zu verabschieden. Er ging einfach weiter.

Ich nahm an, dass das wohl ein Vorgeschmack auf das war,

was unweigerlich kommen würde: Wenn unsere Zeit vorbei war, würde Bryce einfach gehen und sich nicht mehr nach mir umdrehen.

Am Ende des Schultages war Jane genauso gefrustet wie ich. »Ich vermute mal, dass er dich noch ins Kino einladen wird, aber wahrscheinlich will er dich ein bisschen zappeln lassen, weil du ihn getreten hast.«

»Wer weiß?« Ich schob meine Schultasche ein Stück die Schulter hinauf, als wir über den Parkplatz gingen. »Nathan und du, ihr könnt ja auch einfach zu zweit weggehen.« Ich strengte mich mächtig an, um einen coolen Eindruck zu machen, aber innerlich schlug ich wild um mich – wie ein Kleinkind, dem man sein Spielzeug weggenommen hatte.

Als wir bei Janes Auto ankamen, klemmte unter dem Scheibenwischer auf der Beifahrerseite ein perfekt gefaltetes Blatt Papier. Ich schnappte es mir und entfaltete es mit einer raschen Bewegung des Handgelenks. *Wenn Jane und Nathan ins Kino gehen, könnten wir ja auch hin.*

Ach, was du nicht sagst.

Ich hätte mich freuen sollen, dass Bryce mit mir ausgehen wollte, aber die Tatsache, dass er einen Zettel geschrieben hatte, statt mich persönlich zu fragen, ärgerte mich maßlos. Für mich fühlte es sich an, als würde er davon ausgehen, dass ich dankbar für jedes noch so kleine bisschen Aufmerksamkeit war, das er mir schenkte.

Ich knüllte den Zettel zusammen und stapfte zu Bryce' Wagen hinüber, wo er sich gerade mit Nathan unterhielt. Ich zielte sorgfältig auf seinen Kopf, traf stattdessen aber seine Brust. »Was zum Teufel ist das?«

Er blinzelte verwirrt. »Es ist eine Nachricht, in der ich dich frage, ob du mit mir ins Kino gehen willst.«

»Nein. Ist es nicht.«

Er schnappte sich den Papierball und faltete ihn auf. Er tippte auf die Worte und sagte: »Da steht es schwarz auf weiß.«

Mein Kopf war kurz vorm Explodieren. »Da steht nirgendwo, dass du gern etwas mit mir unternehmen willst. Es klingt so, als wäre es nur eine lästige Pflicht, auf die du überhaupt keinen Bock hast.«

Er kniff die Augen zusammen. »Ich weiß nicht, was heute mit dir los ist. Ich –« Er stockte, als ihm bewusst wurde, dass einige Schüler stehen geblieben waren, um uns zu belauschen. »Lass uns im Auto darüber sprechen.« Damit stieg er in seinen Mustang.

»Na schön.« Ich stieg ebenfalls ein und knallte die Beifahrertür zu.

»Wegen einer Nachricht, die ich in fünf Sekunden kurz hingeschmiert habe, rastest du total aus. Es gibt keine versteckte Bedeutung. Du hast gesagt, du willst diesen Film sehen. Also habe ich dich gefragt, ob du Lust hast, mit Jane und Nathan zusammen auszugehen. Da gibt es nichts zwischen den Zeilen zu lesen.«

War ich etwa schon wieder im Unrecht? Für mich fühlte es sich nicht so an. Ich holte tief Luft, stieß sie geräuschvoll wieder aus und stellte die Frage, die lautstark durch meinen Kopf gellte. »Hättest du mich auch gefragt, wenn Nathan und Jane nicht gehen würden?«

»Nein.«

Seine Antwort kam so prompt und so endgültig, dass sie

sich anfühlte wie ein Schlag ins Gesicht. Ich streckte die Hand nach dem Türgriff aus, weil ich so schnell und so weit wie möglich von ihm wegwollte.

»Warte.« Er packte mich am Arm. »Ich hätte dich nicht gefragt, weil ich mir solche Filme normalerweise nicht anschaue.«

Langsam bekam ich wieder Luft. Jedenfalls ein bisschen. »Tja, wenigstens hast du unser einziges Doppel-Date dann bald hinter dir.« Ich rang mir ein falsches Lächeln ab und stieg aus seinem Wagen.

Acht

Haley

Am Samstagabend lief Jane wie eine Verrückte in ihrem Zimmer hin und her und probierte immer wieder andere Outfits aus. »Sieht das besser aus?«

»Alles, was du bis jetzt anhattest, sah super aus.« Ich gähnte und warf einen Blick auf die Uhr. Um das Geld abzuarbeiten, das mein Dad mir für die Reparatur meines Autos geliehen hatte, war ich heute Morgen um sechs aufgestanden und hatte ihm geholfen, Chrysanthemen vor der Bücherei zu pflanzen. Danach hatte ich bis um vier an der Kasse der Gärtnerei gesessen. Dann hatte ich eine Stunde geschlafen, geduscht und mich angezogen. Es fühlte sich nicht an wie ein richtiges Date. Ich ging einfach nur mit einem Jungen ins Kino. Nichts Besonderes. Das Wichtigste heute Abend war, alles ganz nüchtern zu betrachten. Jane hatte ein echtes Date, während ich darauf hinarbeitete, einen richtigen Freund zu finden, wenn diese Scheinbeziehung beendet war. Mit einem heißen Typen wie Bryce abzuhängen, war nur Mittel zum Zweck. Die Tatsache, dass er ganz nett aussah, war natürlich ein Bonus.

Für mein Fake-Date hatte ich mir eine meiner neuen Blusen

und eine Jeans ausgesucht, die meinen Hintern gut zur Geltung brachte. Auch wenn ich nicht so gut aussah wie Jane, brauchte ich mich nicht zu verstecken.

»Meinst du, das geht so?« Jane drehte sich im Kreis, um mir ein fuchsiafarbenes Wickeltop, einen schwarzen Minirock und ein Paar schwarze Uggs mit großen Fellpompons an den Schnürbändern vorzuführen.

»Ich liebe diese Stiefel. Sind die neu?« Nur Jane konnte in Fellstiefeln rumlaufen und dabei stylish aussehen. Wenn ich so was trug, hatte ich eher Ähnlichkeit mit einem durchgeknallten Eskimo.

»*Psst.*« Sie setzte sich neben mich aufs Bett. »Mom übertreibt es voll mit ihrem Kreuzzug für gebrauchte Klamotten. Ich hab mich rausgeschlichen und die hier gekauft, als sie dachte, ich wäre bei dir.«

»Nur für den Fall, dass sie fragt – was haben wir gemacht, und wann haben wir es gemacht?«

»Gestern nach der Schule waren wir bei dir, haben Pizza gegessen und ferngesehen.«

»Klingt gut.« Ich schaute auf die Uhr. Es war Viertel vor sieben. »Dein Date müsste jeden Moment hier sein.«

Würde ich auch abgeholt werden? Von wegen. Bryce hatte vor, uns am Kino zu treffen. Ich weiß nicht, ob das mit seinem Kontrollbedürfnis zu tun hatte. Es schien mir keinen Streit wert zu sein, aber ich hatte Jane und Nathan gesagt, dass Bryce mich nach Hause fahren würde. Das hatte ich aus zwei Gründen getan. Erstens wollte ich Gelegenheit haben, mit ihm alleine zu reden, denn es schien leichter zu sein, mit ihm zu kommunizieren, wenn niemand anders dabei war. Und zweitens wollte ich

Janes möglichen Abschiedskuss von Nathan nicht durch meine Anwesenheit torpedieren.

Wie aufs Stichwort klingelte es an der Haustür. Jane rannte den Flur hinunter, rief ein hastiges »Wiedersehen!« in Richtung Küche und tat so, als würde sie ihre Mutter nicht hören, die ihr von dort aus zurief, Nathan solle doch reinkommen, damit sie ihn kennenlernen könne.

Nathan stand mit irritierter Miene auf der Türschwelle. Bei Janes Anblick wanderten seine Mundwinkel nach oben.

Natürlich war er glücklich, sie zu sehen. Ich ging schon mal zum Auto, damit die beiden einen Moment für sich hatten.

Neid ist überhaupt kein gutes Gefühl, und ich freute mich ja auch für meine Freundin. Aber ich verstand nicht, warum Nathan Zeit mit ihr verbringen wollte, während Bryce sich verhielt, als wäre er nicht sicher, ob er mich in seiner Nähe ertrug. Ich hasste es, dass es mir etwas ausmachte, und noch mehr hasste ich die kleine Stimme in meinem Kopf, die sich wünschte, dass es auch für mich ein richtiges Date werden würde. Ich versuchte, diese Stimme zum Schweigen zu bringen, weil ich genau wusste, dass die Enttäuschung vorprogrammiert war. Bryce hatte zwischendurch mal kurz gezeigt, dass er ein netter Kerl sein konnte, aber ich war nicht sein Typ und er nicht meiner. Wir waren ohne einander besser dran.

Bryce stand schon vor dem Kino und sah mit seinen dunklen Jeans, dem blassblauen Hemd und der schwarzen Lederjacke aus wie ein Model. Als wir aus dem Auto stiegen und über den Parkplatz gingen, kam ich mir vor wie im falschen Film. Neben Bryce standen zwei Mädchen, beide so groß wie er, und versuchten, sich gegenseitig im Haare-Zurückwerfen, Kichern und Flirten zu übertreffen.

Er lachte, plauderte mit den beiden und streifte sie immer wieder zufällig am Arm. Als wir näher kamen, entdeckte er uns – oder besser gesagt *mich*. Würde er den Mädels jetzt sagen, dass seine Verabredung da war, und sich aus dem Gespräch ausklinken?

Nicht mal ansatzweise. Er suchte meinen Blick, nickte mir zu und … unterhielt sich einfach weiter mit den beiden.

Ob echtes Date oder nicht, das war unglaublich unhöflich und respektlos. Ich überlegte fieberhaft, was ich machen sollte. Da mir aber absolut nichts einfallen wollte, womit ich es ihm heimzahlen konnte, blieb ich mit Jane und Nathan ein Stück abseits stehen und wartete darauf, dass Bryce sich von den Blondinen verabschiedete.

Als er kurze Zeit später zu uns herüberkam, sagte er: »Hi.« Sonst nichts.

Warum hatte er diesen Mädchen so viel zu erzählen gehabt, während ich ihm bloß eine einsilbige Begrüßung wert war? Ich überlegte, wie ich es anstellen konnte, ihm während des Films – natürlich ganz unabsichtlich – einen Kirsch-Slushie in den Schoß zu kippen.

»Wir sollten uns Karten holen.« Jane deutete auf die Kinokasse, an der schon einige Leute Schlange standen.

»Ich hab schon welche gekauft.« Bryce zog die Karten aus seiner Tasche, reichte zwei Nathan, eine mir und ging dann zum Eingang. Kein Lächeln, kein Zeichen, dass er sich auf den Abend mit mir freute. Ich konnte es kaum erwarten, einen echten Freund zu haben, der wirklich Interesse an mir hatte.

Frustriert folgte ich ihm. Der verführerische Duft von Popcorn ließ mir das Wasser im Mund zusammenlaufen. Zum Teufel mit Bryce. Alles, was ich heute Abend brauchte, um mich zu amüsieren, war Popcorn. Ich marschierte schnurstracks auf den Verkaufstresen zu.

Bryce schaute sich nach uns um. Als er bemerkte, dass ich nicht mehr hinter ihm war, kam er auf mich zu. »Was machst du denn da?«

»Popcorn kaufen.«

»Ich hab nach dem Kino einen Tisch beim Italiener reserviert. Du brauchst kein Popcorn.«

»Hol mal tief Luft.« Ich machte es ihm vor. Mein Magen fing an zu knurren.

Bryce stieß genervt die Luft aus.

»Hör auf, mir mein Popcorn zu vermiesen, und such uns lieber einen Platz.«

»Erstens macht das keinen Sinn, und zweitens kannst du dir kein Popcorn kaufen.«

Okay. Langsam war meine Geduld am Ende. »Das wollen wir erst mal sehen.«

»Nein. Ich meine, du kannst kein Popcorn kaufen, weil wir miteinander verabredet sind.«

Ach, auf einmal wollte er so tun, als hätten wir ein Date? »Du bezahlst das Popcorn?«

Er zog sein Portemonnaie heraus. »Ja. Auch wenn es Schwachsinn ist, weil –«

»Weil wir in zwei Stunden essen gehen.« Wir rückten ein Stück in der Schlange vor. »Ich habe den ganzen Tag gearbeitet und bin kurz vorm Verhungern. Für mich ist es überhaupt kein

Problem, erst Popcorn und danach zu Abend zu essen. Wenn es dich glücklich macht, bestelle ich sogar noch einen Nachtisch.«

Bryce

Haley orderte eine riesige Portion Popcorn und dazu einen Kirsch-Slushie.

»Im Ernst? Das willst du wirklich alles essen?« Ich zeigte auf den Pappeimer, den der Mann hinter dem Tresen mit Popcorn füllte.

Sie riss das Papier von einem Strohhalm und steckte ihn in den Plastikdeckel ihres Getränks. »Wenn du weiter auf dem Thema rumreitest, kippe ich dir ganz aus Versehen meinen Slushie in den Schoß. Würdest du bitte das Popcorn nehmen?« Sie zupfte eine Handvoll Servietten aus dem Spender und ließ mich stehen.

Was war bloß los mit ihr? Und hatte sie mich eben wirklich mit einem Slushie bedroht? Seltsames Mädchen. Ich bezahlte für die unvernünftig große Portion Popcorn und folgte Haley zu Nathan und Jane, die vor dem Eingang unseres Saals auf uns warteten.

»Wo sitzt du gerne?«, fragte mich Jane.

»Oben, wo mir niemand von hinten in den Sitz treten kann.« Da hätte ich auch heute Abend am liebsten gesessen, aber da ich ein Date mit Haley hatte, sollte ich sie das vielleicht aussuchen lassen.

»Ganz oben?«, fragte Haley.

»Ja.«

»Ich sitze am liebsten unten, wo man die Füße auf die Brüstung stellen kann.« Sie nahm einen lautstarken Schluck von ihrem Slushie.

Jane griff nach Nathans Hand und zog ihn in den dunklen Gang, der in den Kinosaal führte. »Lasst uns mal sehen, was noch frei ist.«

Wir kamen im Dämmerlicht des Kinosaals wieder heraus. Ich zeigte auf die erste Reihe hinter der Brüstung. »Oh nein, die Sitze, die du wolltest, sind schon besetzt. Wie schade!«

Haley stieß mich mit dem Ellbogen an. »Pass bloß auf, ich habe einen großen Kirsch-Slushie und keine Hemmungen, ihn auch zu benutzen.«

Das war schon das zweite Mal, dass sie mir mit ihrem Slushie drohte. Ich lachte.

Haley lächelte, und ihre Augen leuchteten auf. Das war schön. Sie war so anders als die Mädchen, die ich kannte, aber man kam eigentlich ganz gut mit ihr aus. Ich hatte mir den Kopf zerbrochen, wie wir uns bei diesem gespielten Date verhalten sollten, aber vielleicht sollte ich mich einfach mal entspannen. Vielleicht konnten wir *tatsächlich* Spaß haben.

»Lass uns hier drüben hinsetzen.« Jane erklomm die Stufen, blieb auf halber Höhe stehen und marschierte exakt zur Mitte der Sitzreihe.

»Sie muss genau in der Mitte sitzen, weil ihr sonst übel wird. So 'ne Art Kino-Seekrankheit«, flüsterte Haley mir zu.

»Das denkst du dir doch aus.«

»Tu ich nicht.« Haley ging vor mir die Stufen hinauf. Der Schwung ihrer Hüften ließ meinen Puls schneller schlagen.

Irgendwie landete ich schließlich zwischen Haley und Jane, während Nathan auf der anderen Seite seiner Begleiterin saß. Nach dem Trailer für einen Frauenfilm beugte Jane sich vor, um über mich hinweg Haley etwas zuzuflüstern. »Den müssen wir unbedingt sehen!«

»Vergiss es! Das ist doch wieder so ein typischer Film, in dem das Leben der Frau völlig bedeutungslos ist, bis sie den richtigen Mann findet und mit ihm in den Sonnenuntergang reitet.« Haley schnaubte abfällig. »Ich passe.«

»Ich habe mir nur deinetwegen diesen Zombiefilm angesehen«, maulte Jane. »Danach musste ich eine Woche lang mit Licht schlafen.«

»Na schön. Dann komme ich eben mit in diesen Schnulzenfilm.«

Ich hatte keine Lust, zwischen Haley und Jane zu sitzen, wenn sie sich während des Films unterhalten wollten. »Lass uns die Plätze tauschen.«

»Bist du einer von diesen Keine-Gespräche-während-des-Films-Typen?«, fragte Haley.

»Ja.«

»Okay.«

Wir standen auf, und sie gab sich nicht gerade Mühe, den Bauch einzuziehen, als sie sich an mir vorbeiquetschte. Hatte sie das mit Absicht gemacht oder war es Zufall gewesen? Ihr Duft, irgendetwas Blumiges, stieg mir kurz in die Nase, bevor der Popcorngeruch ihn überdeckte. Ich hätte mich am liebsten ein Stück vorgebeugt, um noch einmal ihr Parfüm riechen zu können.Ich fragte mich, wie sie darauf wohl reagieren würde. Mir war vorhin aufgefallen, wie gereizt sie gewesen war, als ich vor dem Kino mit den beiden Mädchen geredet hatte. Das bedeutete wahrscheinlich, dass das hier ein echtes Date sein könnte, wenn ich es wollte. Wollte ich das? Nein, da stand in Großbuchstaben »MIESE IDEE« drauf. Haley war nicht mein Typ. Und sie hatte sich hingesetzt und sofort angefangen, mit Jane zu reden. Kein Lächeln, kein Flirtversuch. Das hieß, dass sie nichts von mir wollte. Warum die Situation unnötig verkomplizieren?

Nach zehn Minuten, in denen weitere Trailer gezeigt wurden, hatte ich schon wieder vergessen, welchen Film wir eigentlich sehen wollten. Dann gab es noch mal eine kurze Pause, in der man Eis und Süßigkeiten kaufen konnte. Meine Familie kaufte im Kino nie Popcorn, weil es vernünftiger war, hinterher etwas Richtiges zu essen.

Wenn ich dieses Mantra immer wiederholte, würde ich den Duft von Haleys Popcorn vielleicht einfach ausblenden können. Finster starrte ich auf den riesigen Eimer in ihrem Schoß. Das Popcorn glänzte im Dämmerlicht. Ich bezweifelte, dass da echte Butter drauf war. Wahrscheinlich eher irgendein Erdölnebenprodukt, das man auch als Autowachs benutzen konnte.

Sie ertappte mich beim Starren. »Wollen wir teilen?«

»Ich habe noch nie Popcorn im Kino gegessen.« Moment. Warum hatte ich ihr das denn jetzt erzählt?

Haleys Augenbrauen schossen in die Höhe. »Da hast du aber ein armseliges Leben geführt.«

Ich lachte laut los. Mein Vater ritt immer darauf herum, dass er von allem das Beste besaß, was man mit Geld kaufen konnte. »Nein. Hab ich nicht.«

»Probier doch mal. Na los.«

Sie hielt mir den Eimer unter die Nase. Ich nahm eine Handvoll. Als das Fett an meinen Fingern herunterlief, dachte ich sehnsuchtsvoll an eine Serviette, aber ich aß das Popcorn trotzdem. Salz und irgendetwas, das so ähnlich wie Butter schmeckte, schmolz in meinem Mund. Es war das beste Popcorn, das ich jemals gegessen hatte. Ich griff noch einmal zu.

»Hab ich's doch gesagt.« Haley schob sich ebenfalls eine Handvoll in den Mund und grinste mich an.

Musik in ohrenbetäubender Lautstärke kündigte den Beginn des Films an. Männer in Piratenkostümen lieferten sich Schwertkämpfe, während sie sich von der Takelage des Schiffs schwangen. Erwarteten die allen Ernstes, man würde ihnen abnehmen, dass Piraten so kämpften? Echte Piraten standen wahrscheinlich mit beiden Beinen fest auf dem Boden, und ich bezweifelte stark, dass sie Eyeliner benutzten.

»Das war super.« Haley pikste mich in die Schulter. »Es hat dir offenbar geschmeckt.«

»Stimmt.« Ich warf einen Blick in den leeren Popcornbehälter. »Ich kann nicht glauben, dass wir das alles aufgegessen haben.«

»Haben wir aber«, bestätigte Haley. »Nächstes Mal nehmen wir die XXL-Portion.«

»Nächstes Mal?« Was redete sie da? Wir hatten doch nur dieses eine Date vereinbart. Aber es hatte wirklich Spaß gemacht. Es war vielleicht gar keine schlechte Idee, noch mal ins Kino zu gehen.

Haleys Lächeln verschwand.

Verdammt. Ich hatte es nicht so gemeint, wie es geklungen hatte. »Klar, und vielleicht probiere ich dann auch mal einen Slushie.«

Nathan stand auf. »Kommt, lasst uns gehen.«

Jane rutschte ein Stück auf ihrem Sitz nach vorne. »Wir warten normalerweise immer, bis alle gegangen sind, damit wir nicht den ganzen Ellbogen ausweichen müssen.«

»Wie bitte?«, fragte Nathan verwirrt.

»Ihr seid beide groß«, sagte Jane. »Ihr habt wahrscheinlich noch nie einen Ellbogen an den Kopf bekommen.«

»Das tut verdammt weh«, fügte Haley hinzu. »Und es ist peinlich, weil die Typen sich dann auch noch über einen lustig machen.«

Ich spannte meine Schultern an. »Was für ein Idiot schlägt anderen Leuten den Ellbogen gegen den Kopf und lacht dann darüber?«

»Kennst du Trent Harper? Aus dem Tennisteam?«, fragte Jane.

Ich nickte.

»Er ist einer dieser Idioten.«

Ich mochte Trent nicht. Er tat so, als würde seinem Vater die ganze Stadt gehören. »Warum überrascht mich das nicht?«

»Jetzt sind fast alle draußen«, sagte Nathan. »Lasst uns gehen.«

Ich folgte Haley die Treppe hinunter, wobei ich Ausschau nach angriffslustigen Ellbogen hielt, und malte mir aus, wie ich

Trent beim nächsten Training mit dem Tennisschläger unauffällig eins überziehen würde.

Haley

Als wir zum Parkplatz kamen, wusste ich nicht, wohin ich gehen sollte. Nach rechts abbiegen und so tun, als ob ich Jane und Nathan folgen würde, oder mich an Bryce hängen?

»Ich habe da drüben geparkt.« Bryce zeigte zum Nebeneingang des Kinos.

Problem gelöst. Wenn er mir sagte, wo sein Auto stand, hieß das doch wohl, dass ich mit ihm fahren sollte.

Auf der Fahrt zum Restaurant beschränkte Bryce sich darauf, dem Radio zu lauschen, was für mich aber völlig okay war. Die ausgelassene Stimmung von eben hatte nicht lange vorgehalten. Beim Essen würden wir schon noch genug Zeit für Smalltalk haben. Ich lehnte mich in dem bequemen Ledersitz zurück, der sich an mich zu schmiegen schien, und unterdrückte ein Gähnen.

»Langweile ich dich?«, fragte Bryce.

»Ich bin heute Morgen um sechs aufgestanden, um Chrysanthemen zu pflanzen, und erst um vier aus dem Laden rausgekommen.«

»Das ist länger als ein normaler Schultag.«

»Ich muss meinem Dad die zweihundertfünfzig Dollar zurückzahlen, die ich ihm schulde, und deswegen muss ich die nächsten fünf Wochen Extraschichten einlegen. Das ist heftig, aber ich möchte, dass mein Wagen neu lackiert wird.«

»Wie sieht's denn damit aus?«

»Meine Versicherung hat drei Kostenvoranschläge angefordert. Den dritten habe ich Freitag bekommen. Wenn die Versicherung sich bereit erklärt, die Differenz zu bezahlen, müsste er Ende nächster Woche frisch lackiert sein.« Ein neuer Schwall Wut auf Brittney stieg in mir hoch.

»Sag mir Bescheid, wenn du den Scheck brauchst, und auf wen ich ihn ausstellen soll.«

Ich war ihm wirklich dankbar, dass er sich bereit erklärt hatte, die Hälfte des Schadens zu übernehmen, aber die Leichtigkeit, mit der er diese Summe bezahlen konnte, während ich mir dafür den Arsch abarbeiten musste, ärgerte mich.

Als wir durch die verschnörkelten Holztüren des *Giovanni's* traten, stieg mir der köstliche Geruch frischer italienischer Kräuter in die Nase. Wir schlängelten uns zwischen den Leuten im Eingangsbereich hindurch, um zum Empfangspult der Restaurantchefin zu gelangen, vor dem sich bereits eine Schlange gebildet hatte.

»Wenn die alle reserviert haben«, sagte Jane, »haben wir ein Problem.«

»Warum sucht ihr euch nicht schon mal einen Platz, wo ihr in Ruhe stehen könnt, und ich kläre ab, wie lange wir auf unseren Tisch warten müssen«, schlug Nathan vor.

Wir fanden einen Platz in einer Ecke, wo wir ungestört warten konnten. Ich versuchte zu ignorieren, wie verdammt sexy

Bryce in dieser schwarzen Lederjacke war. Es funktionierte nicht. Er sah einfach umwerfend aus, und ich war nicht die Einzige, der das auffiel. Jede Frau im Eingangsbereich blickte in seine Richtung. Als ob er das männliche Pendant zu Katzenminze wäre. Er schien es jedoch nicht zu bemerken. Oder? Moment. Tat er doch. Er suchte den Blickkontakt zu einer üppigen Blondine, und jetzt lächelte er sie auch noch an. Natürlich lächelte sie zurück.

»Würde es dir etwas ausmachen, das zu lassen?«, fragte ich in dem freundlichsten Ton, den ich mir abringen konnte. Was hieß, dass ich klang wie eine keifende Hexe.

Er schenkte mir ein strahlendes Lächeln. »Was zu lassen?«

Ich packte ihn am Hemd und zog ihn näher zu mir, damit man uns nicht hörte. »Ich weiß, dass wir kein echtes Date haben, aber die anderen Leute hier wissen das nicht. Wenn du andere Frauen anlächelst, behandelst du mich damit wie den letzten Dreck. Also lass das gefälligst.«

Neun

Haley

Ich lockerte meinen Griff, mit dem ich ihn am Hemd gepackt hatte, und er wich hastig einen Schritt zurück. »Darüber hat sich bisher noch nie eine meiner Freundinnen beschwert.«

»Vielleicht weil du dich bis jetzt nur mit Mädchen mit niedrigem IQ verabredet hast.«

Nathan tauchte auf und unterbrach unser Gespräch. »Unser Tisch ist in zehn Minuten fertig.« Er sah zwischen Bryce und mir hin und her. »Habe ich etwas verpasst?«

»Bryce ist zu seinen Casanova-Gewohnheiten zurückgekehrt und musste leider feststellen, dass Haley mehr mitbekommt als seine üblichen Dates«, sagte Jane.

Nathan legte den Kopf schief und sah sich im Raum um. »Lass mich raten, es war die Blonde in dem roten Kleid.«

Mir klappte der Unterkiefer herunter. Im Eingangsbereich tummelten sich über ein Dutzend heißer Girls. »Woher wusstest du das?«

»Sie ist sein Typ.« Diese simple Feststellung fühlte sich für mich an, als hätte mich jemand in den Bauch geboxt.

Die blonde Schönheit in dem sexy Kleid, das mehr Dekolleté

zeigte als bei einem Vegas-Showgirl, war also sein Typ. Und ich nicht.

»Wir gehen dann mal aufs Klo.« Jane schnappte sich meinen Arm und dirigierte mich durch die Menge zu dem seitlich vom Gastraum gelegenen Gang, in dem sich die Damentoilette befand.

Die Schwingtür mit der Aufschrift »Damen« hatte sich kaum hinter uns geschlossen, als Jane auch schon herausplatzte: »Bryce ist so ein Idiot!«

»Er mag nun mal, was er mag, und das bin nicht ich.« Mir war klar, dass ich mich im Selbstmitleid suhlte, aber ich fand, das stand mir auch zu.

Jane stieß genervt die Luft aus. »Komm schon, vorhin lief es doch ganz gut zwischen euch. Ich weiß das. Du weißt das. Und er müsste es eigentlich auch wissen.«

»Ach ja?«

Die Tür schwang auf, als zwei Frauen den Raum betraten. Wir gingen zu den Schminkspiegeln hinüber, um nicht im Weg zu stehen. Jane zog ihren Lippenstift aus ihrer Tasche. »Wenn wir schon mal hier sind.«

Ich kramte einen ähnlichen Stift hervor. Jane hatte ihn mir gegeben und behauptet, es sei nicht ihre Farbe. Doch da es fast der gleiche Farbton war, den sie gerade auftrug, vermutete ich, dass sie mich einfach nur dazu bringen wollte, mich öfter zu schminken. Ich schmierte mir das rosa Zeug auf die Lippen und runzelte die Stirn.

Jane stieß mich in die Seite. »Genug geschmollt. Du bist nicht auf Bryce angewiesen, wenn du dich amüsieren willst. Wenn er nervt, ignorier ihn einfach. Oder noch besser, würg ihm eins rein, aber lass bitte nicht zu, dass er dir den Abend versaut.«

»Du bist ziemlich aufdringlich.«

»Das hat Nathan vorhin auch zu mir gesagt.« Sie grinste. »Ich würde es eher *bestimmt* nennen. Und jetzt lass uns Spaß haben.«

»Habe ich eine Wahl?«

»Nein.« Jane schob mich durch die Tür. Ich stolperte lachend in den Gang und kollidierte mit einer männlichen Brust. Mein Blick wanderte nach oben und registrierte ein Kinngrübchen, ein süßes Lächeln und dunkelbraune Augen. »Entschuldigung.«

»Kein Problem.« Der Typ grinste zu mir herunter und ging dann weiter den Gang entlang zur Männertoilette.

»Das meine ich«, sagte Jane hinter mir. »Der fand dich süß, sonst wäre er angepisst gewesen.«

Vielleicht hatte sie recht. Vielleicht sollte ich öfter mit gut aussehenden Fremden zusammenstoßen.

Bryce stand mit verdutzter Miene am Ende des Ganges.

»Was gibt's?«, fragte ich.

»Unser Tisch ist fertig.« Er führte uns zu einem Tisch an der linken Wand etwas weiter hinten im Restaurant. Nathan stand auf und rückte Jane den Stuhl zurecht. Ich wartete gar nicht erst ab, ob Bryce sich ebenfalls dazu durchringen konnte, sondern zog selbst meinen Stuhl zurück und setzte mich hin.

Der Warum-tust-du-das-Blick, den Bryce mir zuwarf, als er sich auf seinen eigenen Stuhl setzte, verriet mir, dass mein Verhalten ihn verunsicherte, was mir wiederum ein Lächeln ins Gesicht zauberte.

»Ich hätte dir auch den Stuhl zurechtgerückt.«

Ich griff mir ein Brötchen aus dem Brotkorb und brach ein Stück ab. »Ich habe das noch nie verstanden. Der Stuhl wiegt schließlich keine hundert Kilo, warum sollte ich also Hilfe brauchen?« Ich biss in das Brötchen und legte den Rest auf meinen Teller.

Ohne ihn weiter zu beachten, öffnete ich die glänzende schwarze Speisekarte, die vor mir lag. Aus reiner Boshaftigkeit überlegte ich, das teuerste Gericht von allen zu bestellen. Nur dumm, dass Bryce auch bei einer Vierzig-Dollar-Vorspeise nicht mit der Wimper zucken würde.

»Möchtest du dir vielleicht etwas mit mir teilen?«, fragte Jane.

Ich nahm an, dass sie mit Nathan sprach. Als sie gegen meine Speisekarte schnipste, fiel sie mir vor Schreck aus der Hand. »Erde an Haley, wollen wir uns was teilen?«

»Warum solltet ihr euch etwas teilen?«, fragte Nathan.

»Weil ich gerne verschiedene Gerichte probieren würde. Wenn ich mit meiner Familie essen gehe, teilen wir normalerweise alles, was wir bestellen, zwischen uns auf.«

Nathan legte seine Speisekarte hin. »Und warum hast du mich nicht gefragt?«

»Irgendwie dachte ich, dass man so was bei einem ersten Date nicht macht. Es ist mehr so 'ne Art Familiending.«

»Und Haley gehört zu deiner Familie?«, hakte Nathan nach.

»Bei den beiden älteren Brüdern, die sie hat, braucht sie unbedingt eine ehrenamtliche Schwester.« Jane zeigte auf ein Gericht auf der Speisekarte. »Wenn du auch Lust darauf hast, würde ich gerne die Pasta mit Spargel und Zitronensahnesoße probieren.«

»Zitronensoße?« Sein angeekelter Ton sprach Bände.

»Ich nehme mal an, das ist ein Nein. Darf ich jetzt Haley fragen?«

»Tu dir keinen Zwang an.« Nathan machte quer über den Tisch eine auffordernde Geste in meine Richtung.

»Ich probiere die Zitronensoße, aber bestelle die Ravioli.«

Jane legte ihre Speisekarte hin. »Ich bin dabei.«

Als der Kellner an unseren Tisch kam, gaben wir unsere Bestellung auf. Jane und Nathan unterhielten sich angeregt. Da Bryce keine Anstalten machte, ein Gespräch anzufangen, tat ich es. »Kommst du oft mit deiner Familie hierher?«

Bryce suchte sich ein Brötchen aus dem Korb aus und schnitt es in zwei genau gleiche Hälften. »Mein Vater kommt sonntags gerne her, wenn er im Büro fertig ist.«

Krass. »Ich hätte nicht gedacht, dass Leute, die Anzüge tragen, sonntags arbeiten.«

Er löste die Folie von einem Stückchen Butter und runzelte die Stirn, als dabei etwas auf seinem Daumen landete. Nachdem er sich die Hand an der Serviette abgewischt hatte, widmete er sich wieder seinem Brötchen. »Ich kann nicht für alle Leute sprechen, die Anzüge tragen, aber mein Vater arbeitet sieben Tage die Woche.«

Ich runzelte die Stirn. »Ich hätte lieber weniger Geld und mehr Zeit.«

Bryce erstarrte mitten in der Bewegung, das Brötchen auf halbem Weg zum Mund. »Niemand möchte weniger Geld.«

»Ich habe ja auch nicht gesagt, dass ich auf meinen gesamten Besitz verzichten und in einem Pappkarton leben will. Wenn ich es mir aussuchen könnte, würde ich nicht mehr als vierzig Stunden die Woche arbeiten wollen und am Wochenende frei haben. Dann hätte ich auch noch Zeit, mein Leben zu genießen.«

»Wenn man Geld hat, kann man das Leben genießen«, erklärte Bryce, als sei es das Mantra seiner Familie.

»Solange ich genug Geld habe, um meine Grundbedürfnisse zu decken, und ein bisschen was übrig bleibt, um Spaß zu haben, bin ich zufrieden.«

Nathan deutete mit dem Buttermesser auf mich. »Definiere Grundbedürfnisse.«

»Mal überlegen … Ein anständiges Haus, ein cooles Auto und genug Geld, um ab und zu mal auszugehen.«

Nathan richtete das Buttermesser auf Jane. »Irgendetwas, das du zu der Liste hinzufügen würdest?«

»Geld für einen Urlaub im Jahr wäre nett.« Jane klopfte mit ihren Nägeln auf den Tisch. »Mehr fällt mir im Moment nicht ein.«

»Und jetzt du.« Nathan zeigte auf Bryce.

»Was ich als lebensnotwendig ansehe?« Er fuhr sich mit der Hand durchs Haar. »Ein großes Haus, einen Wagen der Spitzenklasse, die Mitgliedschaft in einem exklusiven Golfclub, die aktuellste Technik, ein Ferienhaus, einen Pool im Garten und genug Geld, um wegzugehen und mich zu amüsieren.«

Nathan legte sein Messer hin. »Ich schätze, das ist alles eine Frage der Perspektive.«

Jane pikste ihn in die Schulter. »Du warst noch nicht dran.«

»Meine Liste ist ziemlich ähnlich wie die von Bryce, mit ein paar Zusätzen. Ich bin verwöhnt und habe vor, das auch zu bleiben.«

Ich schüttelte den Kopf. »Ihr habt das Wesentliche nicht begriffen. Hat euch denn noch nie jemand gesagt, dass sich kein Mensch auf dem Totenbett wünscht, mehr Zeit mit Arbeiten verbracht zu haben?«

Bryce verdrehte die Augen. »Klingt nach einem furchtbaren Fernsehfilm, wo am Ende alle feststellen, dass die Familie wichtiger ist als das Geld. Ich behaupte, das hängt ganz davon ab, was du für eine Familie hast und über wie viel Geld wir reden.«

Unser Essen kam. Ich war froh über die Unterbrechung, denn ich hatte keine Ahnung, was ich auf Bryce' Bemerkung erwidern sollte. Er stellte Geld über die Familie. Obwohl meine Brüder mich regelmäßig in den Wahnsinn trieben, hätte ich sie nie im Leben gegen Bares oder ein Ferienhaus eingetauscht.

Jane schaufelte etwas von ihrer Zitronen-Spargel-Pasta auf meinen Teller. Ich tat es ihr nach und gab ihr etwas von meinen Ravioli. Neugierig probierte ich die Zitronenpasta. Sie schmeckte aromatisch und frisch. »Die mag ich.«

Zufrieden mit ihrer Wahl, nickte Jane mit vollem Mund. Während wir es uns schmecken ließen, verstummten alle Gespräche. Das einzige Geräusch an unserem Tisch war das Kratzen der Gabeln auf den Tellern. Kurz bevor ich pappsatt war, hörte ich auf zu essen und hoffte, dass ich noch genug Platz für den Nachtisch hatte, wenn ich mir ein paar Minuten Zeit ließ. Auch wenn ich nicht glaubte, dass ich es schaffen würde, wollte ich mir den Himbeer-Schokoladenkuchen bestellen. Das war mein Lieblingskuchen, und zur Not konnte ich ihn ja immer noch mit nach Hause nehmen.

Ich erwischte Bryce dabei, wie er die Zitronen-Spargel-Pasta beäugte. »Probier ruhig. Die ist wirklich lecker.«

»Nein. Ich bleibe lieber bei dem, was ich kenne, und von dem ich sicher weiß, dass ich es mag.«

Die Schachtel mit dem Himbeer-Schokoladenkuchen unterm Arm, ging ich über den Parkplatz. Ich hatte nur ein paar Bissen geschafft. Das war eindeutig der beste Nachtisch, den ich je gegessen hatte.

Jane zwinkerte mir zu, als sie und Nathan zu seinem Wagen gingen. Ich folgte Bryce nervös zu seinem Mustang, weil ich nicht wusste, wie der Abend enden würde. Würde er mir einen Gutenachtkuss geben? Immerhin hatte er mich schon einmal geküsst, auch wenn es nur gewesen war, um meine Brüder zu ärgern. Würde er mich auch küssen, wenn er die Wahl hätte? Würde er es tun, nur um jemanden zu küssen? Ich war zurzeit schließlich die einzige Option. Durfte ich mir überhaupt einen Kuss von ihm wünschen, obwohl es nichts bedeutete?

Dieses Fragenkarussell brachte mich auch nicht weiter. Kaum waren wir eingestiegen, stellte Bryce das Radio an. Allerdings nicht so laut wie auf dem Weg zum Tierheim, sodass wir uns immerhin noch unterhalten konnten. Auf den Straßen herrschte noch viel Verkehr. Es würde eine lange Heimfahrt werden.

»Musst du morgen arbeiten?«, fragte Bryce.

Mein Herz setzte einen Schlag aus. Wollte er sich wieder mit mir verabreden? »Nein, ich habe frei.«

»Gut. Das wäre nämlich echt nicht fair, wenn du wegen Brittney das ganze Wochenende arbeiten müsstest.«

Oh. Das war wirklich lieb von ihm. Nicht unbedingt das, was ich erwartet hatte, aber es zeigte wenigstens, dass er so etwas wie Mitgefühl besaß. »Wo wir gerade von Brittney sprechen, ist sie in letzter Zeit mal wieder aufgetaucht?«

»Nein, deswegen frage ich mich, was sie jetzt wohl wieder ausbrütet.«

»Sie muss dich endlich mal loslassen. Sie dürfte doch keine Probleme haben, einen anderen Freund zu finden.«

»Solange sie nicht zu viel redet. Man merkt erst nach ein paar Gesprächen, wie gestört sie in Wirklichkeit ist.«

Ich fragte mich, ob Jungs es in Kauf nahmen, dass ein Mädchen irre war, wenn sie nur gut genug aussah. Das musste ich meine Brüder unbedingt fragen.

Der Verkehr beruhigte sich allmählich und wir konnten wieder mit normaler Geschwindigkeit fahren. Uns blieben noch gut zehn Minuten, bis wir bei mir waren. Um mich von dem eventuell bevorstehenden Kuss abzulenken, wechselte ich das Thema.

»Was hältst du von Jane und Nathan?«

Er bog nach links in eine Seitenstraße ein. »Ich weiß nie genau, was in Nathans Kopf vorgeht.«

»Und Jane sagt immer genau das, was die anderen Leute denken, aber nicht auszusprechen wagen. Das liebe ich so an ihr.«

»Mit anderen Worten, sie ist taktlos.«

»Nein. Sie kommt direkt zur Sache und sagt, was ihr in dem Moment durch den Kopf geht. Ich wünschte, ich könnte das auch.«

Wir hielten an einer Ampel. Er sah mich ungläubig an. »Du willst mich auf den Arm nehmen, oder?«

»Was? Nein.«

»Du bist nicht gerade schüchtern, wenn es darum geht, deine Meinung zu äußern.«

Ich war mir nicht sicher, was er meinte. »Weil ich dich erpresst habe?«

»Das auch. Aber ich meinte die Blonde im Restaurant.«

Die Chance auf ein entspanntes Gespräch war damit geplatzt. »Vergiss es einfach. Wenn du mit anderen Mädchen flirten möchtest, dann mach es bitte so, dass ich es nicht mitbekomme.«

Die Ampel wurde grün, und wir fuhren weiter.

»Du hast gut reden«, sagte er.

»Was soll das denn jetzt heißen?«

»Der Typ bei den Toiletten. Na, klingelt's?«

»Der, den ich aus Versehen angerempelt habe? Was ist mit ihm?«

»*Angerempelt* würde bedeuten, dass du nur kurz mit ihm zusammengestoßen wärst, anstatt dich ihm in die Arme zu werfen.«

Heilige Scheiße. War er etwa eifersüchtig? »Ich würde eher sagen, dass ich auf ihn draufgefallen bin. Zum Glück hat er cool reagiert, sonst hätte ich mich völlig blamiert.«

»Ach, komm schon. Er hat mit dir geflirtet.«

Ich konnte mir das Grinsen nicht verkneifen. »Das hat Jane auch gesagt. Irgendwie merke ich das überhaupt nicht, wenn jemand mit mir flirtet. Vielleicht liegt es ja an meinen neuen Klamotten.«

»Deine neuen Klamotten bringen dich dazu, Leute anzuflirten?«

»Nein, aber vielleicht flirten die Jungs wegen meiner neuen

Klamotten mit mir. Es war Janes Vorschlag, dass ich mir mal ein paar neue Sachen zulege, und inzwischen gefallen sie mir sogar.«

»Was hast du denn vorher so angezogen?«

»Meine Mutter hat im Sommer immer Jeans und T-Shirt an und im Winter Jeans und Pullover. Und das trage ich eigentlich auch immer. Ich glaube, sie hat nicht ein einziges Kleid im Schrank.«

»Meine Mutter besitzt keine Jeans.«

»Unsere Familien sind so verschieden. Schon komisch.«

Wir bogen in die Straße ab, an deren Ende unsere Baumschule und die Auffahrt zu unserem Haus lag. »Pass auf wegen der –«

»Hunde. Ich hab's nicht vergessen.« Er fuhr langsamer. Ford und Chevy kamen aus Richtung der Gewächshäuser angestürmt und rannten neben dem Wagen her.

Hundert Meter vor dem Haus hielt Bryce an. Eine unbehagliche Stille breitete sich aus. »Was sind das eigentlich für monströse Metallhühner?«

Nicht gerade die romantische Liebeserklärung, die man von einem richtigen Freund in dieser Situation erwarten durfte. »Mein Vater ist Bildhauer. Er macht diese Skulpturen, und wir verkaufen sie zusammen mit den Blumen und Pflanzen.«

»Die Leute bezahlen Geld für riesige Hühner aus Metall?«

»Er macht auch andere Sachen. Meine Mutter stellt das, was ihr gefällt, in den Garten.«

Er machte keine Anstalten, mich anzusehen oder sich zu mir herüberzulehnen. Ein Gutenachtkuss war offenbar nicht geplant. Okay. Es hatte keinen Sinn, diese peinliche Situation länger als nötig auszudehnen. Ich öffnete meinen Sicherheitsgurt und legte die Hand auf den Türgriff.

»Danke für das Essen und den Film. Es hat Spaß gemacht heute Abend.« Ich öffnete die Tür ein Stück, in der Hoffnung, dass er mich aufhalten würde.

»Haley?«

Mein Herz schlug einen Purzelbaum. Ich drehte mich zu ihm um. »Ja?«

»Vergiss deinen Kuchen nicht.«

Weil ich nicht wollte, dass er die Enttäuschung in meinen Augen sah, schnappte ich mir hastig die Kuchenschachtel von *Giovanni's* und wich seinem Blick aus. »Danke.« Ich stieß die Tür ganz auf und stieg aus. Auf dem Weg zum Haus zwang ich mich, langsam zu gehen, damit es nicht so aussah, als würde ich vor ihm weglaufen. Meine gute Laune verflüchtigte sich mit jedem Schritt, den ich mich vom Wagen entfernte.

Bryce hatte nicht das geringste Interesse gezeigt, mich zu küssen. Null. Nada. Niente.

Enttäuschung, Wut und Scham wirbelten in meinem Inneren durcheinander und ließen meine Brust schmerzen. Ich schloss die Haustür auf und war dankbar, dass niemand im Wohnzimmer saß. Meine Brüder waren heute Abend beide verabredet, und wenn ich die Geräusche aus dem Keller richtig deutete, schauten sich meine Eltern unten im Partykeller auf der großen Leinwand einen Film an.

Wenigstens musste ich nicht allen von meinem Abend berichten. Ich pfefferte den Kuchen in den Kühlschrank, trottete hoch in mein Zimmer und zog meinen kuschligsten Schlafanzug an. Jane würde sicher bald anrufen und mir von ihrem

Gutenachtkuss erzählen wollen. Ich kletterte ins Bett und legte das Telefon, das ich mit nach oben genommen hatte, neben mein Kopfkissen.

Zehn Minuten später klingelte es. Ich gab mir Mühe, fröhlich zu klingen. »Hallo, Jane!«

»Er hat mich geküsst!« Sie stieß ein schrilles Quietschen aus. »Das war der beste Gutenachtkuss meines Lebens.«

Angesichts ihrer Begeisterung musste ich einfach lachen. »Das freut mich für dich. Willst du mich noch mit den Einzelheiten beglücken oder kann ich mich schlafen legen?«

»Nein, du kannst jetzt nicht schlafen. Du musst mir noch von deinem Kuss erzählen.«

»Da gibt es nichts zu erzählen.« Ich versuchte, so zu klingen, als würde es mir nichts ausmachen, aber meine Stimme bebte.

»Was soll das heißen?«

Mist. Ich kniff die Augen zusammen. Ich wollte nicht weinen. »Er hat mir keinen Abschiedskuss gegeben.«

»Warum nicht?«

»Keine Ahnung.« Ich berichtete ihr von dem Gespräch, das wir im Wagen gehabt hatten. Dann holte ich tief Luft und spuckte es aus. »Ich weiß, ich bin nicht sein Typ, und er schuldet mir ja auch keinen Kuss, aber …«

Was mir durch den Kopf ging, war zu peinlich, um es auszusprechen. Die Wahrheit war, dass ich nicht gedacht hätte, dass Jungs so wählerisch waren. Ich hatte mitbekommen, wie meine Brüder sich darüber unterhielten, wie sie Mädchen geküsst hatten, von denen sie nichts wollten, nur weil die Gelegenheit gerade günstig war. Was sagte das über mich, wenn Byce lieber leer ausging, anstatt mich zu küssen?

Zehn

Bryce

Auf der Fahrt nach Hause versuchte ich mir einzureden, dass ich keinen Grund hatte, mich so zu fühlen, als hätte ich gerade einen Welpen getreten. Es war kein richtiges Date gewesen. Sie hatte das gewusst. Es war Teil unserer Abmachung gewesen. Wenn ich Haley geküsst hätte, hätte es die ganze Sache nur noch komplizierter gemacht.

Außerdem hätte ich sie auch gar nicht küssen wollen. Nicht wirklich jedenfalls. Immerhin erpresste sie mich. Aber ihr schimmerndes Lipgloss hatte mich zumindest auf den Gedanken gebracht. So, wie ihre Lippen im sanften Licht des Mondes ausgesehen hatten, war es fast unmöglich gewesen, sie nicht zu küssen.

Aber es war am besten, die Sache möglichst schnell hinter mich zu bringen. Mich an unsere Abmachung zu halten und danach wieder mit Mädchen auszugehen, bei denen ich wusste, wie sie tickten. Mir fiel das Popcorn wieder ein. Ich wäre allein nie auf die Idee gekommen, es zu probieren. Und keins der Mädchen, die ich aus dem Country Club kannte, würde etwas anderes essen als Salat.

Wenn ich Haley geküsst hätte, hätte ich es nur getan, weil es sich gerade anbot. So war ich auch in die Beziehung mit Brittney reingeraten. Sie hatte mich auf einer Party angemacht. Das Mädchen, mit dem ich eigentlich verabredet gewesen war, war nicht aufgetaucht, und dann war da Brittney, die sich amüsieren wollte. Und am Ende hatte ich sie die nächsten drei Monate am Hals. So etwas würde mir nicht noch einmal passieren. Wenn ich diese Sache hinter mir hatte, würde ich mir ein Mädchen suchen, das ich verstand und das nicht so kompliziert war wie Haley.

Das Klingeln meines Handys übertönte das Autoradio und ließ mich zusammenzucken. Nathans Name lief über die Anzeige auf dem Armaturenbrett. Ich drückte auf den Knopf für die Freisprechanlage, um ihm zu antworten. »Was gibt's?«

»Gib's zu. Du hattest heute einen richtig guten Abend.«

»Stimmt, der Film war gar nicht so schlecht.« Ich wollte nicht, dass er mir irgendetwas vorhielt, schließlich war dieses Date seine Idee gewesen.

»Das hatte ich nicht gemeint, und das weißt du auch. Komm schon. Du magst Haley, oder?«

»Hallo?« Ich klopfte auf das Armaturenbrett. »Hat jemand meinen besten Freund gesehen? Er hat sich offenbar in ein Mädchen verwandelt.«

»Willst du mir erzählen, du hättest mit Brittney heute Abend mehr Spaß haben können?«

»Hängt davon ab, was du mit ›mehr Spaß‹ meinst.« Ich bog in unsere bewachte Wohnanlage ein und wartete darauf, dass der Wachmann mich durchließ. Er nickte und drückte auf den Toröffner. Ich winkte und fuhr hindurch.

»Nicht mal du kannst so oberflächlich sein. Brittney ist doch völlig durchgeknallt. Ist es so toll, mit ihr rumzumachen, dass du dafür alles andere in Kauf nimmst?«

»Im Moment nicht, nein. Aber das kann sich ändern.« Zeit, das Thema zu wechseln. »Und wie ist der Stand der Dinge mit Jane?«

»Es … es macht Spaß mit ihr.«

Das überraschte mich. »Über welche Art von Spaß reden wir hier?«

»Das geht dich nichts an.«

Wenn irgendetwas gelaufen wäre, hätte er mir jetzt brühwarm die Einzelheiten berichtet. »Was so viel heißt, dass ihr euch zum Abschied geküsst und dann verabschiedet habt.«

»Vielleicht, vielleicht auch nicht. Was ist mit dir und Haley?«

»Da gibt es nichts zu erzählen.«

»Und was soll das jetzt heißen?«

»Es heißt, dass ich ihr gute Nacht gesagt und sie abgesetzt habe.«

»Oh Mann, dir ist schon klar, dass ich es auf jeden Fall erfahren werde.«

»Nicht mein Problem.«

»Du bist echt ein Arsch.«

Ich konterte mit einem Uraltspruch. »Man sollte nicht von sich auf andere schließen.« Und damit drückte ich das Gespräch weg.

Ich parkte auf dem hintersten Stellplatz in unserer Garage, die Platz für vier Autos bot. Dann folgte ich dem beleuchteten Weg zum Hintereingang des Wintergartens. Um eine peinliche

Befragung durch meinen Vater zu vermeiden, umging man am besten großräumig die Eingangshalle, die an sein Arbeitszimmer grenzte.

Das Mondlicht schien durch die deckenhohen Fenster, sodass ich mich zwischen den Möbeln hindurchschlängeln konnte, ohne über irgendetwas zu stolpern. Ich schlich durch den seitlich gelegenen Korridor an der Küche vorbei. Der Geruch von heißem Kakao lag in der Luft. Neugierig ging ich zwei Schritte zurück und warf einen Blick durch die Tür. Meine Mutter saß lesend am Küchentresen.

Von einer Art mütterlichem Instinkt alarmiert, sah sie auf. »Hallo, mein Schatz. Hattest du einen netten Abend?«

»Ich weiß nicht genau.« Ich goss mir einen Becher Kakao ein und setzte mich zu ihr.

»Willst du drüber reden?«

Wie sollte ich ihr das erklären, ohne zuzugeben, dass ich erpresst wurde? »Ich treffe mich mit einem Mädchen. Sie ist anders als die anderen. Ich weiß nicht, ob wir zusammenpassen.«

Meine Mutter knickte die Seite ein, bis zu der sie gelesen hatte, bevor sie ihr Buch zuklappte. Eine Angewohnheit, die sie mir vererbt hatte und die mein Vater hasste. »Was magst du denn an ihr?«

»Sie ist klug, selbstbewusst und weiß, was sie will.«

»Das sind alles positive Eigenschaften. Wo liegt denn das Problem?«

Letzten Endes lief es darauf hinaus, dass ich Haley nicht verstand. Aber ich konnte mir denken, was sie wollte, weil es das war, was alle Mädchen wollten – einen festen Freund, den sie um den Finger wickeln und kontrollieren konnten. Aber so ein Junge war ich nicht. »Sie hat unrealistische Erwartungen.«

»Du meinst, sie erwartet, dass du ihr teuren Schmuck kaufst?«

»Nein, das nicht. Sie wollte heute Abend selbst bezahlen.«

»Oh ja, das ist wirklich ein schrecklicher Wesenszug bei einer Freundin. Ich kann verstehen, dass du sie so schnell wie möglich loswerden willst.«

Ich verdrehte die Augen, was sie nur zum Lachen brachte.

»Wenn du das machst, siehst du aus wie dein Vater.«

»Ist das gut oder schlecht?«

»Ich bin mir nicht sicher. Aber zurück zu deiner neuen Freundin. Warum genau glaubst du, dass ihr nicht zusammenpasst?«

Ich konnte meiner Mutter schlecht sagen, dass sie nicht mein Typ war, weil sie aussah wie ein Junge. Außerdem stimmte das nicht so ganz. Mir schoss das Bild von Haley durch den Kopf, wie sie im Kino vor mir die Treppen hochgestiegen war.

»Wir haben keine Gemeinsamkeiten. Wir leben in komplett verschiedenen Welten, und ich glaube nicht, dass wir dieselben Ziele haben.«

»Unterschiede können sehr interessant sein.«

Interessant war Haley auf jeden Fall, aber letzten Endes wollte ich nicht wieder in eine Beziehung reingedrängt werden. »Können sie, ja, aber ich glaube, sie will einen richtigen Freund, und diese Rolle möchte ich nicht übernehmen.«

Meine Mutter stellte ihren Becher ab und beugte sich zu mir.

»Ist es die Rolle oder die Partnerin, die dir zu schaffen macht?«

»Beides.«

»Du bist der Einzige, der entscheiden kann, welches Mädchen richtig für dich ist, ich würde es allerdings begrüßen, wenn du den Brittneys dieser Welt aus dem Weg gehen würdest. Schließlich hätte ich gerne Enkel, die in der Lage sind, gleichzeitig zu gehen und Kaugummi zu kauen. Wer weiß? Vielleicht ist dieses Mädchen genau das, was du brauchst.«

Das war ein gruseliger Gedanke. Nur dass ich Spaß mit ihr hatte und mich gerne mit ihr unterhielt, hieß noch lange nicht, dass sie ernsthaft als Freundin für mich infrage kam.

Haley

»Ich will da nicht reingehen.« Graues Licht drang durch die Wolken und ließ den Montagmorgen genauso düster erscheinen wie meine Aussichten auf einen festen Freund. Ich beugte mich vor und lehnte meine Stirn gegen das Armaturenbrett von Janes Auto.

»Haley, komm schon. Es war doch nur ein Date.« Jane tätschelte den zusammengezwirbelten Knoten, der meine improvisierte Frisur darstellte.

Heute Morgen hatte ich keinen Gedanken an mein Outfit verschwendet. Nach diesem Ich-bin-lieber-enthaltsam-als-dich-zu-küssen-Date war meine Laune total in den Keller gerutscht. Es war auch nicht gerade hilfreich, dass Dad mich am

Sonntagmorgen zwangsverpflichtet hatte, weitere Chrysanthemen zu pflanzen, und dass der Typ, der uns erklärt hatte, wohin die Pflanzen genau gesetzt werden sollten, mich mehrfach als den *Sohn* meines Vaters bezeichnet hatte. Nach dem dritten Mal hatte ich mir die Mütze vom Kopf gerissen und ihn angebrüllt, dass ich ein Mädchen sei.

Dem Mann war das entsetzlich peinlich. Er hörte gar nicht wieder auf, mir zu beteuern, er habe nicht gewusst, dass mein Vater eine Tochter hätte. Mein Vater war stocksauer, und das Ende vom Lied war, dass ich mich auch noch bei diesem Idioten entschuldigen musste, weil laut Dad auch der dümmste Kunde immer recht hatte. Aber wenn er ihn beim ersten Mal gleich korrigiert hätte, wäre es gar nicht so weit gekommen.

Ich setzte mich auf und rieb mir die Schläfen, in der Hoffnung, dass sich das Pochen in meinem Kopf dadurch bessern würde. »Darum geht's doch gar nicht. Ich dachte, wir hätten Spaß zusammen gehabt, und dabei hat er die ganze Zeit nur eine Verpflichtung erfüllt.«

»Nathan glaubt –«

»Du hast es Nathan erzählt?« Das Pochen in meinem Kopf verdreifachte sich. »Warum hast du das gemacht? Ist dir eigentlich klar, wie peinlich das für mich ist?«

»Ich wollte mal die Meinung eines Jungen dazu hören.«

Erschöpft vom Wechselbad der Gefühle ließ ich meinen Kopf wieder auf das Armaturenbrett sinken.

»Nathan glaubt –«

»Stopp. Ich will das jetzt nicht hören. Ich will nicht versuchen, aus Bryce schlau zu werden, ich will einfach nicht mehr an ihn denken. Am besten sollte ich mich von ihm trennen. Du hattest dein Date mit Nathan. Die anderen Jungen sollten sehen, dass man mit mir ausgehen kann. Es ist Zeit, diesen Zirkus zu beenden. Ich ärgere mich doch bloß ständig, wenn ich noch mehr Zeit mit Bryce verbringe.«

»Arschloch«, murmelte Jane.

Ich hob so ruckartig den Kopf, dass ich mir fast den Hals verrenkte. »Wie bitte?«

»Nicht du. Bryce.« Jane zeigte aus dem Fenster.

Bryce schlenderte vorbei, mit zwei Mädchen ins Gespräch vertieft. Großartig. Genau das, was ich morgens als Erstes sehen wollte – meinen falschen Freund, der sich definitiv nicht so verhielt, als sei er mit mir zusammen. Ich sah ihnen nach, bis sie außer Sicht waren. »Komm. Bringen wir es hinter uns.«

Als ich aus dem Wagen stieg, hing mein gefrorener Atem wie eine Wolke in der Luft. Ich sprintete quer über den Parkplatz, um so schnell wie möglich in das geheizte Gebäude zu kommen. Sobald wir drinnen waren, wollte ich nur noch meine fünfzig Kilo Bücher in meinem Spind abladen. Die Leute drängten sich in den Fluren und hielten den Verkehr auf. Als der Junge vor mir sich plötzlich umdrehte, schoss sein Ellbogen genau auf mich zu. Ich blockte ihn mit meinem Unterarm ab. »Pass doch auf.«

Er fuhr herum. »Sorry.«

»Schon okay. Könntest du mir jetzt verdammt noch mal aus dem Weg gehen?«

Er lachte und trat zur Seite. Ich quälte mich mit Jane im Schlepptau durch den Rest der Menge. Als wir an meinem Spind ankamen, ließ ich meinen Rucksack zu Boden fallen, stellte die Kombination des Zahlenschlosses ein und riss die

Tür so heftig auf, dass sie mit einem lauten Knall gegen den Nachbarspind schlug.

»Was hat dir denn der arme Schrank getan?«, fragte eine männliche Stimme.

Ich drehte mich um, um zu sehen, wer da sprach. Es war der Junge, der mir beinahe seinen Ellbogen ins Gesicht gerammt hatte. Was wollte er von mir?

»Sie ist heute Morgen ein bisschen stinkig«, informierte Jane ihn ungefragt. »Der Kerl, mit dem sie zusammen ist, hat sich wie ein Vollpfosten benommen.«

Was sollte das denn jetzt? »Jane, das geht niemanden was an.«

Der Junge lachte. »Ich bin Chase, und du?«

»Haley.«

»Also, Haley, wenn du dich entscheidest, den Vollpfosten abzuservieren, könntest du ja vielleicht mal mit mir ausgehen.«

Die Welt stand kopf. Wenn ich mir richtig Mühe gab, gut auszusehen, beachtete mich der Junge, den ich beeindrucken wollte, überhaupt nicht. Und wenn es mir scheißegal war, wie ich rumlief, und mich wie eine Oberzicke aufführte, wollte sich ein süßer Typ mit mir verabreden.

»Okay.« Ich spürte, wie meine Mundwinkel nach oben wanderten. Ich sah ihm hinterher und bewunderte dabei den Sitz seiner Levi's.

Jane stellte sich neben mich. »Dunkle Haare, dunkle Augen, netter Hintern. Ich denke, du solltest dein Glück versuchen.«

Das machte doch gar keinen Sinn. »Ich hab uralte verwaschene Jeans und einen Rollkragenpulli an. Was ist los?«

Sie trat einen Schritt zurück und musterte mein Outfit. »Wo hast du denn die Jeans her? Die sitzt super.«

»Meine Mom hat für den Flohmarkt im Tierheim ihren Kleiderschrank ausgemistet. Ein paar Sachen hab ich mir unter die Nägel gerissen.«

Sie zeigte auf meinen Kopf. »Und was hast du mit deinen Haaren gemacht?«

»Nichts. Ich habe sie gewaschen, geföhnt und einfach zusammengebunden, weil ich keine Lust hatte, stundenlang vor dem Spiegel zu stehen.«

Jane legte den Kopf schief. »Vielleicht ist es das. Du hast heute so eine Es-ist-mir-scheißegal-was-die-anderen-von-mir-denken-Ausstrahlung, und das ist irgendwie cool.«

Ich? Cool? Angesichts dieser Ironie ging ich lachend zu meiner Klasse.

Ich überlegte, ob ich mir irgendeine Krankheit ausdenken sollte, um früher nach Hause gehen zu können und mir das Jane-Nathan-Bryce-Debakel – auch Mittagessen genannt – nicht antun zu müssen. Jane versuchte zumindest, für sich zu behalten, wie aufgeregt sie war, Nathan zu sehen.

Bevor der Geschichtsunterricht begann, beugte Jane sich auf ihrem Stuhl nach vorne und tippte mir auf die Schulter. »Wenn du möchtest, können wir in der Mittagspause auch an unserem alten Tisch sitzen.«

»Hast du Cupcakes gebacken?«

»Miss Patterson!«

Mist. Ich drehte mich hastig wieder nach vorne und gab mir Mühe, so unschuldig wie möglich auszusehen. »Ja?«

Mr Brimer warf mir einen bösen Blick zu. »Was ist so wichtig, dass Sie meinen Vortrag unterbrechen müssen?«

Dabei hatte er gar keinen Vortrag gehalten. Der Unterricht hatte überhaupt noch nicht richtig begonnen. Ich hätte den Kopf einziehen und mich entschuldigen sollen. Aber dafür war ich heute nicht in der Stimmung. »Ich habe Jane gefragt, ob sie Cupcakes für die Mittagspause mitgebracht hat.«

»Cupcakes?«

Ich nickte. Die gesamte Klasse brach in Gelächter aus.

Mr Brimer runzelte die Stirn. »Ich möchte, dass jetzt alle nach vorn schauen und sich konzentrieren. Mittwoch schreiben wir einen Test, falls Sie das vergessen haben sollten.«

Als die Mittagspause näher rückte, musste ich die Krankheit gar nicht mehr spielen. Durch die Anspannung schien mein Magen ein Selbstzerstörungsprogramm gestartet zu haben und versuchte, meine Eingeweide zu verdauen. »Vielleicht verziehe ich mich zum Essen ins Auto.«

Jane packte mich am Ellbogen. »Kommt nicht infrage. Wir wollen doch, dass Bryce sieht, was er verpasst.«

»Stimmt. Denn wenn ich nicht noch fünfzehn Zentimeter wachse und mir die Brüste machen lasse, ist er definitiv nicht interessiert.«

»So oberflächlich kann er doch gar nicht sein.«

»Oh, doch. Kann er. Falls es dir noch nicht aufgefallen ist, er unterhält sich nur mit Mädchen, die in sein Beuteschema passen – groß und kurvenreich. Ich bin wahrscheinlich das einzige kleine Mädchen, mit dem er jemals gesprochen hat.«

Der eiskalte Wind wirbelte haufenweise Blätter auf dem Bürgersteig auf und pustete sie in alle Richtungen. Jane und ich waren den Rest des Weges damit beschäftigt, uns Blätter aus den Haaren zu zupfen. Als Jane die Tür zur Cafeteria öffnete, wurde diese von einem heftigen Windstoß erfasst und mit einem lauten Knall an die Wand geschlagen. Sämtliche Schüler blickten auf, um zu sehen, wer für diesen lautstarken Auftritt verantwortlich war.

Dass jetzt alle Augen auf mich gerichtet waren, hatte mir gerade noch gefehlt. Alle Augen, mit Ausnahme von Bryce natürlich. Der saß auf seinem üblichen Platz und unterhielt sich mit Nathan, ohne das niedere Fußvolk um ihn herum weiter zu beachten.

»Ist jetzt alles raus?«, fragte Jane.

Immer noch hingen winzige Stückchen braun-gelber Blätter in ihren Haaren. »Nein. Halt still.«

Ich trat hinter sie und fuhr ihr mit den Fingern durchs Haar. »So, ich habe mein Bestes getan. Und was ist mit mir?«

Sie gab sich Mühe, mir die Blätterreste aus den Haaren zu zupfen. Dann gingen wir zu Nathan und Bryce.

»Was war das denn?«, fragte Nathan.

»Was war was?« Jane packte ihr Mittagessen aus.

»Warum habt ihr euch an den Haaren rumgefummelt?«

»Wir haben versucht, uns gegenseitig zu entblättern.« Ich pflückte ein Blattstückchen von meinem Pullover und ließ es in Bryce' kalten gebratenen Reis segeln.

»Pass doch auf!.« Er zuckte zurück.

»Ich hab's ja nicht mit Absicht gemacht.« Um ihn noch weiter zu ärgern, pflückte ich das Teilchen mit den Fingern von seinem Reis.

»Bist du verrückt geworden?« Er schob sein Mittagessen weit von sich.

»Entschuldige. Mir war nicht klar, dass du so empfindlich bist. Hier.« Ich griff mir seinen Löffel, schaufelte die oberste Schicht auf seine Serviette und schob ihm den Reis wieder hin. »Bitte schön. Sämtliche Mädchenbazillen verschwunden.«

Nathan musste sich verdammt zusammenreißen, um nicht laut loszuprusten.

Jane kicherte hinter vorgehaltener Hand.

Bryce sah mich an, als hätte ich ihm einen frisch geköpften Hasen zum Mittagessen angeboten.

»Lass die Finger von meinem Essen.« Bryce klang genau wie meine Brüder, wenn sie mir ein Ultimatum stellten.

Ich bin nicht stolz auf das, was ich dann tat, aber ich glaube, meine Reaktion war das Resultat jahrelanger Rivalität zwischen Geschwistern. Ich streckte die Hand aus und hielt meinen Finger einen Millimeter über seinen Reis. »Ich fass es nicht an. Ich fass es nicht an.«

In dem krampfhaften Versuch, sein Essen nicht über den Tisch zu verteilen, hielt Nathan sich die Hand vor den Mund. Jane hingegen konnte sich nicht beherrschen und spuckte Bryce die Cola, die sie gerade im Mund hatte, in hohem Bogen ins Gesicht. Er blinzelte verwirrt, als könnte er nicht glauben, was gerade passiert war.

Mit knallrotem Kopf schob Jane ihm ein paar Servietten hin. »Tut mir echt leid.«

Bryce reagierte nicht auf ihre Entschuldigung. Er war so wütend, dass seine Nasenflügel bebten.

Ich griff zu meiner eigenen Serviette und wischte die Tropfen ab, die auf seinen Wangenknochen schimmerten. »Keine Sorge, du siehst trotzdem gut aus, du glitzerst nur ein bisschen.« Ich versuchte, mir das Lachen zu verkneifen, aber es gelang mir nicht.

»Du findest das also komisch?« Er nahm seine eigene Coladose und schüttelte sie.

»Das machst du nicht.« Ich rutschte hektisch ein Stück vom Tisch weg, war aber nicht schnell genug. Er zielte mit der Dose auf mich, riss den Deckel ab, und ein Schwall kalter Flüssigkeit traf mich mitten ins Gesicht. Ich kreischte und schlug die Dose weg. Die Cola tropfte von meinem Kinn und aus meinen Haaren. Aber es machte mir nichts aus, denn Bryce lachte aus vollem Hals.

»Na so was. Jetzt glitzerst du auch.« Er wischte sich das Rinnsal ab, das von seiner Stirn lief.

»Was ist hier los?« Die Cafeteria-Aufsicht erschien auf der Bildfläche.

»Seine Coladose ist explodiert«, sagte Jane so cool, als würde so was ständig passieren.

»Das weiß ich.« Er zeigte auf Bryce. »Mr Colton, können Sie mir vielleicht erklären, wie das passiert ist?«

»Mir ist die Dose vorhin runtergefallen, aber ich hätte nicht gedacht, dass das so eine Sauerei verursachen würde.« Bryce schaffte es, wie die Unschuld in Person auszusehen.

»Er ist auch nicht ungeschoren davongekommen.« Jane zeigte auf Bryce' Hemd, das mit karamellfarbenen Flecken verziert war.

Der Mann kniff die Augen zu schmalen Schlitzen zusammen. »So, so. Geht euch sauber machen und zieht eure Sportsachen an.«

»Das wird nicht reichen. Ich muss mehr als mein T-Shirt

wechseln.« Ich lächelte ihn entschuldigend an und hoffte, er würde kapieren, dass mein BH ebenfalls durchnässt war. Das wollte ich nur nicht so deutlich sagen. Als sein Gesicht rot anlief, merkte ich, dass er es geschnallt hatte. »Melde dich im Sekretariat ab. Wenn du bis zum Ende der Mittagspause nicht wieder da bist, musst du nachsitzen.«

»Da wäre noch etwas. Ich habe zurzeit kein Auto. Könnte Jane auch entschuldigt werden?«

»Nein, dein Freund kann dich fahren.« Mit dieser abschließenden Bemerkung drehte er sich um und verschwand.

Ich war mir nicht sicher, ob Bryce besonders begeistert davon war, mich in meinem jetzigen Zustand in seinem Mustang zu haben. Ich suchte seinen Blick. »Sollen wir?«

Er schnipste eine kleine Colapfütze zu mir hinüber. »Du fährst im Kofferraum.«

Elf

Haley

Nachdem ich der Schulsekretärin die Situation erklärt hatte, erhielten wir eine schriftliche Erlaubnis, mit der wir das Schulgelände verlassen durften, unter der Bedingung, dass wir in dreißig Minuten wieder zurück waren. Auf dem Weg von der Cafeteria zum Hauptgebäude hatte ich die Kälte gar nicht bemerkt, weil ich so auf Bryce konzentriert gewesen war. Aber der Marsch zum Parkplatz war eine andere Sache. Nach nicht mal hundert Metern fühlte ich mich wie ein Eiszapfen.

»Verdammt, ist das kalt!« Ohne groß zu fragen, schnappte ich mir Bryce' Arm und legte ihn mir um die Schultern.

Als wir nur noch ein paar Meter von seinem Mustang entfernt waren, drückte Bryce einen Knopf auf seinem Schlüssel, und der Kofferraum sprang auf.

Ich stieß ihn mit der Hüfte an und brachte ihn dadurch aus dem Gleichgewicht. Er lachte und drückte noch einmal auf den Knopf, um die Türen zu entriegeln.

»Ich weiß nicht, ob wir es schaffen, in einer halben Stunde zurück zu sein.« Bryce fuhr vom Parkplatz und in Richtung meines Zuhauses.

»Du könntest dir eins von Matts oder Charlies Hemden leihen«, bot ich ihm an.

»Das fehlt gerade noch.« Er schaltete die Lüftung ein und drehte den Temperaturregler nach oben.

»Ich brauche nicht lange, um mich umzuziehen«, sagte ich.

Bryce beugte sich ein Stück zu mir herüber und schnipste gegen eine meiner Haarsträhnen. »Und was ist damit?«

Meine Haare!

Ich war so auf Bryce konzentriert gewesen, dass ich gar nicht daran gedacht hatte, dass ich wahrscheinlich wie eine ertrunkene Ratte aussah. Ich klappte die Sonnenblende herunter und betrachtete mich im Spiegel. Eigentlich war es gar nicht so dramatisch. Da mein Haar vorher schon zerzaust gewesen war, sah es jetzt nicht viel schlimmer aus, nur etwas hippiemäßiger. »Gefällt dir der Look nicht?«

»Folgender Plan: Ich setze dich bei dir zu Hause ab, fahre zu mir zum Umziehen und hole dich dann wieder ab. Wenn wir es nicht rechtzeitig schaffen, müssen wir eben nachsitzen. Das wird uns auch nicht umbringen.«

Ich musste mir eingestehen, dass ich mir irgendwo im hintersten Winkel meines Gehirns vorgestellt hatte, dass wir einfach nicht mehr in die Schule zurückfahren würden und ich den Rest des Tages mit Bryce verbringen würde – und zwar ohne sein Hemd. Aber das sollte wohl nicht sein. Als wir vor unserem Haus hielten, hatte ich trotzdem so gute Laune, dass ich kurz daran dachte, ihn zu küssen.

Mein Vater, der auf der Veranda zu Mittag aß, bereitete dieser Fantasie ein jähes Ende. Er sprang auf und lief auf den

Wagen zu. Um einem Drama zuvorzukommen, stieg ich aus und ging ihm entgegen.

»Was ist los?« Mein Vater warf Bryce einen finsteren Blick durch die Windschutzscheibe zu.

»Es ist alles okay. Bryce' Cola ist beim Mittagessen explodiert, und die Schule hat mir dreißig Minuten gegeben, um nach Hause zu fahren und mich umzuziehen.« Ich machte Bryce ein Zeichen, dass er besser losfahren sollte, bevor Dad das Verhör startete.

Mit zusammengekniffenen Augen sah Dad dem Wagen hinterher. »Wo will er hin?«

Ich trabte in Richtung Veranda. »Er fährt nach Hause, um sich umzuziehen, dann kommt er wieder und holt mich ab.«

»Haley –«

»Tut mir leid, Dad. Ich habe jetzt keine Zeit zum Reden.« Ich stürmte die Treppe hoch in mein Zimmer, schnappte mir neue Klamotten und ging unter die Dusche. Das heiße Wasser war herrlich. Schade, dass ich es nicht länger genießen konnte. Fünfzehn Minuten später hatte ich eine frische Jeans und ein Spagettiträger-Top an. Ich zog eine Bluse mit V-Ausschnitt darüber, um nicht zu frieren.

Den Fön auf die höchste Stufe gestellt, trocknete ich mir die Haare und drehte sie locker zu einem Knoten zusammen. Wie viel Zeit hätte ich mir in den letzten Jahren sparen können, wenn ich gewusst hätte, dass Jungs auf zerzauste Haare stehen. Da ich nicht zum Mittagessen gekommen war, rannte ich nach unten und schlang ein Sandwich mit Erdnussbutter und Marmelade hinunter.

Laut meiner Uhr musste Bryce in den nächsten zwei Minuten in unserer Auffahrt auftauchen, wenn wir rechtzeitig zurück in der Schule sein wollten. Fünf Minuten verstrichen. Ich überlegte, ihn auf dem Handy anzurufen, tat es dann aber doch nicht. Wenn er zu spät dran war, wusste er das selbst, es ihm unter die Nase zu reiben, würde auch nichts ändern. Was konnte uns im schlimmsten Fall schon passieren? Nachsitzen? Das hatte ich schon einmal hinter mir. Ein weiteres Mal würde mich nicht umbringen.

Die Haustür schwang auf. Mein Vater kam mit dem Teller in der Hand herein. »Sollte Bryce inzwischen nicht zurück sein?«

Ich schaute auf die Uhr. Wir würden es niemals rechtzeitig schaffen. »Soll ich ihn anrufen?«

»Gib ihm noch eine Minute.« Dad schenkte sich eine Tasse Kaffee ein und setzte sich an den Küchentisch.

Zehn Minuten später schnappte ich mir das Handy meines Vaters und scrollte durch die Anruferliste, bis ich Bryce' Nummer gefunden hatte. Er ging beim ersten Klingeln ran.

»Ich biege gerade in eure Auffahrt ein.« Er klang nicht besonders glücklich.

»Ist alles in Ordnung?« Doch er hatte bereits aufgelegt.

»Probleme?«, fragte Dad.

»Möglicherweise ein Stimmungsumschwung in die falsche Richtung.« Ich öffnete die Tür und sah seinen Wagen die Auffahrt entlangbrausen.

Dad trat hinter mich und schaute mir über die Schulter. »Soll ich mit ihm reden?«

Ich warf ihm einen kurzen Blick zu. »Klar, das wäre bestimmt super hilfreich.«

Er lachte und murmelte etwas über Bagger, während ich dem Auto entgegenlief.

Bryce

Alles würde gut werden. Ich musste nur den Rest des Schultags überstehen, und dann konnte ich nach Hause fahren und meinen Vater höflich fragen, warum seine Sekretärin Ginger mittags um zehn vor zwölf in dem Bademantel meiner Mutter in unserer Küche saß.

Mein Kopf hämmerte, als ich die Szene noch einmal Revue passieren ließ. Ich war wie üblich durch die Hintertür hereingekommen und an der Küche vorbeigegangen. Zum Glück hatte Ginger mich nicht gesehen. Ich war in mein Zimmer geschlichen, hatte mir das Gesicht gewaschen, das Hemd gewechselt und das Haus dann durch eine Seitentür verlassen, erleichtert, dass ich meinem Vater nicht in die Arme gelaufen war.

Haleys Schotterpiste entlangzuholpern, hatte meine Laune nicht gerade verbessert. Ich wusste, dass wir zu spät kommen würden. Daran konnte ich nichts ändern. Wir hatten von Anfang an nur eine winzige Chance gehabt, es rechtzeitig zu schaffen. Kaum hatte ich angehalten, flitzte sie auf meinen Wagen zu und stieg ein.

Ein Blick in mein Gesicht, und sie griff nach meiner Hand auf dem Lenkrad. »Was ist passiert?«

Ich schüttelte den Kopf. Darüber zu reden, mich Haley zu öffnen, klang gut, aber ich war noch nicht dazu bereit, und ändern würde es auch nichts.

Sie zog ihre Hand weg und starrte aus dem Fenster. Ich wendete und fuhr den Schotterweg zurück. Das Nachsitzen war uns sicher. Aber im Moment war mir das egal.

Als ich am Ende von Haleys Schotterstraße endlich wieder glatten Asphalt unter den Reifen hatte, gab ich Gas.

Haley sagte etwas, das ich nicht verstand. »Was?«

»Ich sagte, bist du sauer auf mich?«

»Es dreht sich nicht immer alles nur um dich.«

Ich hörte, wie sie nach Luft schnappte. Ganz ehrlich, das Letzte, was ich jetzt gebrauchen konnte, war, dass sie mir noch eine Szene machte. Ich musste mich schon genug zusammenreißen, um nicht nach Hause zurückzufahren und meinen Vater zur Rede zu stellen. Sowohl meine Mutter als auch ich hatten uns mit der ständigen Abwesenheit meines Vaters abgefunden. Er erwartete, dass ich jedes Golf- und Tennismatch gewann, aber kam nie, um zuzuschauen. Und ich kann gar nicht mehr zählen, wie oft er die Wohltätigkeitsveranstaltungen meiner Mutter verpasst hat. Was zum Teufel war bloß los mit ihm?

»Stopp!«, schrie Haley.

Ich trat auf die Bremse, nur wenige Zentimeter von dem Reh entfernt, das vor uns über die Straße sprang. Haley wurde nach vorne geschleudert und dann hart von ihrem Sicherheitsgurt abgebremst. Ich stützte mich am Lenkrad ab und hielt die Luft an. Dann riss ich den Kopf hoch und schaute in den Rückspiegel, in der inständigen Hoffnung, keinen Wagen zu sehen, der auf uns zugerast kam. Glücklicherweise war die Straße hinter uns leer. Ich atmete tief durch, lenkte dann den Mustang vorsichtig auf den Seitenstreifen und versuchte, mich wieder zu sammeln.

Oberste Priorität: Haley. »Bist du verletzt?«

Sie holte stockend Luft. Es klang, als versuchte sie krampfhaft, nicht zu weinen.

Verdammt. Konnte dieser Tag überhaupt noch schlimmer werden?

»Red mit mir, Haley.«

Sie schluchzte auf.

Nachdem ich mich vergewissert hatte, dass hinter uns keine Fahrzeuge kamen, stieg ich aus, ging um den Wagen herum und öffnete die Beifahrertür. Ich kniete mich hin, sodass wir auf Augenhöhe waren. »Sag mir, was dir wehtut.«

»Meine Schulter fühlt sich an, als hätte jemand versucht, mir den Arm abzureißen.«

Ich griff über sie hinweg und löste ihren Sicherheitsgurt. »Lass mal sehen.«

Sie drehte sich um, und ich schob den Ausschnitt ihrer Bluse beiseite, um mir ihre Schulter anzusehen. Ein feuerroter Striemen zeichnete sich auf der blassen Haut ab. Der dünne Stoff ihrer Bluse hatte nicht viel von der Reibung des Sicherheitsgurts abgefangen.

»Mist.«

Ihre Unterlippe zitterte.

»Hey, weinst du etwa?«

»Warum nicht?« Sie fuhr sich mit der Hand über die Augen. »Meine Schulter bringt mich um, wir haben beinahe dieses Reh überfahren, und ich weiß nicht mal, warum du sauer auf mich bist, und wir müssen unbedingt zurück zur Schule.«

Jedenfalls glaube ich, dass sie das sagte. Zum Ende ihres Wortschwalls war ihre Stimme so hoch, dass sie klang wie ein hysterisches Streifenhörnchen.

Nur einen der Punkte, die sie gerade genannt hatte, konnte ich momentan unter Kontrolle bringen.

Ich holte mein Handy heraus und rief in der Schule an. Ich erklärte der Sekretärin die Situation und informierte sie, dass ich Haley nach Hause oder ins Krankenhaus bringen würde. Sie wies mich darauf hin, dass unsere Eltern sich telefonisch in der Schule melden mussten, um unsere Abwesenheit zu entschuldigen. Super! Das war ja im Moment auch wirklich das Wichtigste.

»Mit der Schule ist alles geregelt.« Meine Mutter würde ich anrufen, sobald ich mich um Haley gekümmert hatte. »Möchtest du nach Hause?«

Sie nickte.

Auf dem Rückweg zu ihr hielt ich Ausschau nach großen Landsäugetieren, die es auf uns abgesehen haben konnten. Und noch langsamer holperte ich die Schotterpiste zu ihrem Haus entlang. Zum Teil, weil ich mir Sorgen um ihre Hunde machte, zum Teil, weil ihr Dad mir sicher keinen begeisterten Empfang bereiten würde.

Als wir in der Auffahrt hielten, war von ihrem Vater nichts zu sehen.

»Dein Dad muss in der Schule anrufen.«

»Ich weiß.« Mit gesenktem Kopf öffnete sie ihren Sicherheitsgurt.

»Entschuldige, ich habe das Reh wirklich nicht gesehen. Ich war mit den Gedanken ganz woanders.«

Sie nickte.

Ihr Vater trat aus der Haustür. Ich wäre am liebsten weggefahren, aber das kam nicht infrage. Also stieg ich aus. »Wir sind beinahe mit einem Reh zusammengestoßen. Haley ist ganz schön durch den Wind, und der Sicherheitsgurt hat sie an der Schulter verletzt.«

Bevor ich um den Wagen herumgehen konnte, um Haleys Tür zu öffnen, hielt ihr Vater sie schon im Arm. Sie brach in Tränen aus und und flüsterte etwas, das ich nicht verstand.

Haleys Dad sah zu mir hinüber, und ich wappnete mich gegen die Strafpredigt, die ich zugegebenermaßen verdiente.

»Bist du okay?«, fragte er.

Ich nickte, verwundert über seine Frage.

»Lasst uns reingehen.« Er machte eine Geste, als sollte ich auch mitkommen. Immerhin hatte ich nichts anderes vor. Zu Hause warteten Probleme auf mich, denen ich lieber aus dem Weg gegangen wäre.

Am Küchentisch sitzend, inspizierte Haleys Vater die Abschürfung an ihrer Schulter. »Am besten packen wir ein bisschen Eis drauf.«

Ich rief meine Mutter auf dem Handy an und erklärte ihr die Situation. Nachdem ich ihr versichert hatte, dass mit mir alles in Ordnung war, versprach sie mir, in der Schule anzurufen.

Haleys Dad rief ebenfalls im Sekretariat an, nachdem sie eine Schmerztablette genommen und sich einen Beutel Tiefkühlerbsen auf die Schulter gepresst hatte.

Sie sah ziemlich elend aus. Ich rutschte mit meinem Stuhl

ein Stück näher und nahm ihre Hand. Das schien sie zu überraschen, und ich musste an etwas denken, das sie vorhin gesagt hatte. »Warum hast du gedacht, ich wäre sauer auf dich?«

»Als du mich abgesetzt hast, hatten wir noch Spaß miteinander. Als du zurückkamst, warst du plötzlich total verschlossen und abweisend. Was sollte ich da schon denken?«

»Ich war sauer, aber nicht auf dich.« Obwohl ich nicht vorgehabt hatte, davon zu erzählen, strömten die Worte nur so aus mir heraus. »Als ich nach Hause kam, saß eine Frau in unserer Küche. Sie hatte den Bademantel meiner Mutter an.«

»Wer?«

»Die Sekretärin meines Vaters.« Ich fuhr mir mit der Hand durch die Haare. »Es liegt ja wohl auf der Hand, warum sie sich in diesem Aufzug bei uns zu Hause rumtreibt.«

»Du solltest niemals voreilige Schlüsse ziehen«, sagte Haleys Vater.

Ich hatte ganz vergessen, dass er noch im Raum war. »Warum sollte sie sonst dort sein?«

»Ich weiß es nicht. Aber du weißt es auch nicht. Besser, du fragst nach, statt dich zum Narren zu machen.« Mit dieser scharfen Bemerkung verschwand er durch die Haustür.

Gerade als ich anfing, den Typen zu mögen.

Haley

Das war einer der verrücktesten Tage, die ich je erlebt hatte. Und in Anbetracht der jüngsten Ereignisse in meinem Leben wollte das schon etwas heißen. Es gefiel mir, dass Bryce in unserer Küche saß, meine Hand hielt und um mein Wohlergehen besorgt war.

Und dann war da noch die Sache mit der Sekretärin in seiner Küche. Ich hätte ihm gerne geholfen, aber ich wusste nicht, was ich tun sollte. »Vielleicht rufst du deinen Vater an. Tu so, als hättest du eine Frage wegen deines Autos, und schau, wie er reagiert.«

Bryce schüttelte den Kopf. »Ich darf ihn nicht bei der Arbeit stören. Nur wenn das Haus in Flammen steht.«

»Na, da hast du aber eine wirklich tolle Beziehung zu deinem Vater.«

Er starrte aus dem Küchenfenster. Ein Muskel an seiner Schläfe zuckte. »Mein Vater bevorzugt nun mal ein autoritäres Regime.«

Ich drückte seine Hand. »Das tut mir leid. Klingt ziemlich heftig.«

Er stieß ein kaltes Lachen aus. »Das Geld macht es wieder wett.«

Lügner.

Sein Handy vibrierte. Ich vermutete, dass es jemand aus der Schule war, der sich fragte, wo wir blieben.

Bryce tippte mit einer Hand eine Antwort. »Ich sage Nathan, was passiert ist. Jane bombardiert ihn offenbar mit Nachrichten, weil du kein Handy hast. Das wollte er ihr übrigens erst nicht glauben.«

Normalerweise hätte ich jetzt die Augen verdreht, aber ich fühlte mich plötzlich total erschöpft. Das Adrenalin, das bei dem Beinahe-Zusammenstoß mit dem Reh durch meinen Körper geflutet war, baute sich langsam ab, und meine Augenlider schienen plötzlich eine Tonne zu wiegen. Mist. Und dabei musste ich heute Abend noch die Tiere im Tierheim füttern.

»Kann ich mir mal dein Handy leihen?«

Bryce reichte es mir, und ich gab Deenas Nummer ein und erklärte ihr, dass ich heute nicht kommen konnte. Sie meinte, dass das kein Problem für sie sei, und wünschte mir gute Besserung. Nachdem ich aufgelegt hatte, vibrierte Bryce' Handy wieder. Es war eine SMS von Nathan. Ich reichte es ihm zurück, ohne die Nachricht zu lesen, weil ich nicht neugierig erscheinen wollte.

Okay, ich hätte es liebend gern getan, aber ich riss mich zusammen.

Bryce las den Text. »Jane kommt nach dem Abendessen vorbei und bringt dir Eischokolade mit.« Er legte sein Handy auf den Tisch. »Was ist bitte *Ei*-Schokolade?«

Es dauerte einen Moment, bis mein Gehirn die Nachricht verarbeitet hatte. »Sie meint natürlich *Eis*-Schokolade. Immer, wenn eine von uns beiden traurig oder krank ist, bringt die andere ihr Eis vorbei.«

»Du hast dich doch eben noch beschwert, dass du frierst.«

»Eis ist immer gut. Wenn mir davon kalt wird, decke ich mich eben zu.« Mich unter eine Decke zu verkriechen, klang himmlisch. »Können wir uns einen Moment rüber auf die Couch setzen?«

Sein Blick wanderte zu der Tür, durch die mein Vater verschwunden war. »Sicher.«

Das abgewetzte braune Ledersofa, das im Wohnzimmer stand, hatte schon bessere Tage gesehen, aber es war das bequemste Möbelstück im ganzen Haus. Ob es bei Bryce zu Hause wohl irgendeinen Einrichtungsgegenstand gab, der nicht nagelneu und perfekt war? Wahrscheinlich nicht.

Ich ließ ihn zuerst Platz nehmen. Diplomatisch entschied er sich für die Mitte. Dann setzte ich mich neben ihn und lehnte mich an ihn. Als er nicht zurückzuckte, nahm ich seinen Arm und legte ihn um meine Schulter, um mich zu wärmen.

Er seufzte, als wäre er gereizt oder hätte starke Schmerzen. Okay. Der Wink mit dem Zaunpfahl war angekommen. Ich wand mich unter seinem Arm hervor und rückte ein Stück von ihm ab. »Das war keine gute Idee. Du solltest besser gehen.«

»Haley.«

»Was?« Ich tat so, als würde ich einen Faden vom Ärmel meiner Bluse zupfen.

»Das war nur Spaß.«

»Oh.« Eine Welle der Erleichterung überflutete mich, obwohl ich nicht ganz sicher war, ob ich ihm glauben sollte. Da ich ihm keine zweite Chance geben wollte, mir die kalte Schulter zu zeigen, griff ich zur Fernbedienung und schaltete den Fernseher ein. Ich zappte durch mehrere Seifenopern und landete schließlich bei einer Gameshow.

Bryce räusperte sich, um meine Aufmerksamkeit zu erregen, und streckte mir die Hand hin. Ich klatschte ihm die Fernbedienung in die offene Handfläche. »Mal sehen, ob du was Besseres findest.«

Ein merkwürdiger Ausdruck huschte über sein Gesicht. »Ich wollte nicht die Fernbedienung. Ich wollte, dass du wieder herkommst.«

Ein klügeres Mädchen hätte jetzt gesagt: »Danke, nicht nötig.« Aber ich ignorierte die warnende Stimme in meinem Kopf und rutschte wieder zu ihm hinüber. Er hob den Arm. Ich lehnte mich an ihn und legte meinen Kopf auf seine Schulter. Die Berührung wärmte mich von innen heraus. Die verspannten Muskeln in meinem Nacken und im Rücken lockerten sich. Ich atmete seinen Duft ein, eine Mischung aus frisch gewaschener Wäsche und dem Deo, das er benutzte. Auch wenn er nicht mein richtiger Freund war, fühlte es sich richtig gut an.

In diesem Moment war das Leben in Ordnung.

Bryce

Wie hatte ich mich da bloß reingeritten? Warum hatte ich sie aufgefordert, sich an mich zu lehnen? Ich zappte mich durch die Kanäle des museumsreifen Fernsehers, während Haley mich als Kissen benutzte. Dann ignorierte ich das Programm und betrachtete sie. Sie lächelte, während sie an mich gekuschelt schlief. Komisch, dass jemand, der so klein war, so viele Probleme in meinem Leben verursachen konnte.

Warum wollte sie mit mir zusammen sein? Zuerst war es ihr nur darum gegangen, ihren Ruf zu retten. Aber in letzter

Zeit lag in ihren Blicken so etwas wie echte Zuneigung. Das machte mir eine Höllenangst.

In meiner Familie hielt man nicht viel von Gefühlen. Mein Vater verteilte keine Umarmungen, er verteilte Geschenke. In der kurzen Zeit, die ich Haley jetzt kannte, hatte ich schon ein paar Mal gesehen, dass ihr Vater sie in den Arm genommen hatte. Vielleicht, weil sie ein Mädchen war. Ich bezweifelte, dass er auch ihre Brüder umarmte.

Haley bewegte sich und kuschelte sich noch enger an mich. Das lenkte mich ab. Ihr Duft, irgendetwas mit Blumen, schwebte zu mir hoch. Ich hätte es nie zugegeben, aber es war schön, hier mit ihr zu sitzen. Ich hatte gar kein Recht, ihren Duft einzuatmen, denn die Wahrheit war, dass ich vorhin nicht aus Spaß geseufzt hatte.

Das Letzte, was ich gewollt hatte, war mit Haley auf dem Sofa zu kuscheln, zehn Meter von der Haustür entfernt, durch die ihr Vater und ihre beiden überfürsorglichen Brüder jeden Moment ins Zimmer kommen konnten. Ich hatte gehofft, dass sie den Wink verstehen und mich auffordern würde zu gehen.

Als ich geseufzt hatte, hatte sich ihr gesamter Körper versteift. Und dann war sie plötzlich in sich zusammengesunken. Nachdem sie von mir abgerückt war, hatte sie sich wieder gefangen und mich aufgefordert zu gehen. Wäre ich klüger gewesen, hätte ich mich besser vom Acker gemacht. Aber ihr enttäuschter Blick, als sie von mir wegrutschte, war mir nicht entgangen, und ich hatte es einfach nicht übers Herz gebracht. Ich konnte nicht gehen. Also hatte ich gelogen und gesagt, ich hätte nur Spaß gemacht.

Es war süß, wie sie versucht hatte, so zu tun, als sei es ihr egal, aber ich hatte genau gesehen, wie ihr Gesicht aufleuchtete, als ich sie bat, zu mir zurückzukommen. Warum hatte ich das getan? Das hier war nichts Langfristiges. Eine Woche hatte ich schon geschafft, blieben noch zwei weitere, bis ich mich endlich wieder mit den Mädchen treffen konnte, mit denen ich mich treffen *wollte*. Mädchen, die wussten, wie der Hase lief. Mädchen, die Spaß haben wollten und über die nächtlichen Aktivitäten hinaus keine weiteren Ansprüche stellten.

Plötzlich hörte ich ein Geräusch, das wie lautes Schnuppern klang, und hielt Ausschau nach dreibeinigen Hunden. Keine Tiere zu sehen. Als das Geräusch wieder ertönte, wurde mir klar, dass es Haley war, die schnarchte. Die Tatsache, dass ich auch das irgendwie süß fand, ließ sämtliche Alarmglocken in meinem Kopf schrillen.

»Miau!«

Das war eindeutig nicht Haley.

Ein grauer Kater, der aussah wie Frankenstein, kam ins Zimmer. Er sah mich an, als wäre ich in sein Territorium eingedrungen. Mit nur einem Auge hatte sein Blick allerdings nicht ganz die Wirkung, die sich der Kater erhoffte. Aber die Botschaft kam trotzdem an. Er kannte mich nicht, und er traute mir nicht.

»Gleichfalls«, murmelte ich.

Der Kater drehte mir den Rücken zu, leckte sich die Pfote und versuchte sie sich dann aus unerfindlichen Gründen ins Ohr zu schieben. War das ein normales Verhalten für eine Katze? Oder hatte der Verlust des Auges und einem Viertel seines Schädels den armen Kerl verrückt werden lassen? Wer wusste das schon? Die ganze Situation war jedenfalls ziemlich schräg.

Warum lief nichts im Fernsehen, und warum hatte Haleys Familie nur so wenige Sender? Es gab kaum Spielfilme, aber dafür jede Menge Trash-TV und Dauerwerbesendungen. Schließlich fand ich einen Sportsender, auf dem ein Turnier im Bogenschießen gezeigt wurde. Das war besser als nichts.

Da niemand in der Nähe war, schaute ich mich ein bisschen im Raum um. Das Wohnzimmer, in dem ich saß, bestand aus dem Sofa, zwei Fernsehsesseln und einer Holztruhe, auf der der riesige Fernseher stand. Das Teil war nicht nur unglaublich breit, es war bestimmt auch einen halben Meter tief. Hatten ihre Eltern noch nie etwas von Flachbildschirmen gehört? Ich hatte gar nicht gewusst, dass solche vorsintflutlichen Geräte überhaupt noch existierten. Beim Anblick des schwarzen Klebebands auf der Armlehne des einen Sessels hätte der Innenarchitekt meiner Mutter einen Herzinfarkt bekommen.

Und trotzdem strahlte Haleys Haus Wärme aus. Es fühlte sich bewohnt an. Bei uns gab es Zimmer – und bei Nathan sogar ganze Flügel –, die nur von den Hausangestellten zum Staubwischen betreten wurden. Einmal hatte Nathan es geschafft, eine Kiste mit Feuerwerkskörpern eine Woche lang in einem der nicht genutzten Esszimmer zu verstecken, bevor es jemandem aufgefallen war.

Haleys Körperwärme und das öde Fernsehprogramm waren eine verhängnisvolle Kombination. Mir fielen langsam die Augen zu. Vielleicht sollte ich jetzt lieber aufbrechen. Auf der anderen Seite wusste ich nicht, was mich zu Hause erwartete. Ich gab nach, ließ meinen Kopf zurücksinken und schloss die Augen.

Was konnte schon Schlimmes passieren?

Zwölf

Haley

»Was macht der denn hier?«

»Matt?« Als ich die Augen öffnete, fiel mein Blick auf meine Brüder, die auf mich hinunterstarrten. Genauer gesagt, auf mich und Bryce.

»Ich sagte, was macht –«

»Wir haben dich beim ersten Mal schon verstanden«, sagte Bryce laut gähnend.

Ich lächelte zu ihm auf. »Du bist auch eingeschlafen?«

»Sieht ganz so aus. Wie spät ist es?« Er schaute auf sein Handy.

»Würde jetzt vielleicht mal jemand meine Frage beantworten?« Matt sah aus, als würde ihm gleich eine Ader auf der Stirn platzen.

Diesen Scheiß brauchte ich jetzt echt nicht.

Ich setzte mich aufrecht hin und brachte eine anständige Distanz zwischen Bryce und mich, um meinen Bruder ein wenig zu besänftigen. »Hier die Kurzversion. Wir hätten vorhin beinahe ein Reh überfahren. Dabei habe ich mich an der Schulter verletzt. Bryce hat mich nach Hause gebracht. Dad hat mich verarztet, und dann haben wir uns auf die Couch gesetzt und sind eingeschlafen. Dad weiß, dass er hier ist, also entspann dich.«

»Dir geht's anscheinend wieder besser, also kann er jetzt verschwinden.«

Ich ignorierte meinen Bruder und wandte mich an Bryce. »Möchtest du zum Abendessen bleiben, um Matt so richtig auf die Palme zu bringen?«

Er lachte und fuhr sich mit der Hand durch die Haare. »Das klingt verlockend, aber vielleicht ein andermal.«

Matt stapfte davon.

Charlie warf mir einen finsteren Blick zu.

Egal. Ich hatte im Moment ein ganz anderes Problem. Ich hatte noch immer den Geschmack von Erdnussbutter und Marmelade im Mund. Ich brauchte möglichst schnell wieder frischen Atem.

»Möchtest du noch eine Cola zum Wachwerden mitnehmen?«, fragte ich Bryce.

»Gern.« Er folgte mir in die Küche. Ich nahm zwei Dosen aus dem Kühlschrank und reichte ihm eine davon. Nachdem ich ein Drittel meiner Dose hinuntergestürzt hatte, hatte ich das Gefühl, dass die Säure alle Erdnussbutter-Rückstände in meinem Mund weggeätzt hatte.

»Ich bring dich raus.« Ich deutete auf die Haustür. Bryce öffnete den Mund, als wollte er etwas sagen.

Dann nickte er. »Okay.«

»Danke, dass du noch hiergeblieben bist.«

Er lachte. »Es ist meine Schuld, dass du dich verletzt hast, und du bedankst dich bei mir?«

»Mehr für das, was *nach* dem Unfall passiert ist. Du hättest mich ja auch einfach absetzen und abhauen können.«

»Nein, hätte ich nicht.«

Wir gingen nach draußen zu seinem Mustang. Um die Sache voranzutreiben, folgte ich ihm um den Wagen herum zur Fahrertür. Ein blinkendes Neonschild mit den Worten KÜSS MICH wäre dezenter gewesen, aber das war mir egal. Ich hatte das Gefühl, dass wir auf der Schwelle zu einer echten Beziehung standen. Wenn ich wollte, dass es dazu kam, musste ich den ersten Schritt tun.

Er stand mit dem Rücken zum Haus, sodass ich improvisieren musste. »Meine Brüder sind solche Idioten.«

Er wollte sich umdrehen, aber ich hielt ihn am Arm fest. »Nein. Sieh nicht hin. Ich will nicht, dass sie mitbekommen, wie sehr sie mich nerven.« Davon abgesehen waren sie auch gar nicht da.

Während ich mich dichter an ihn heranschob, sagte ich: »Ich kann verstehen, wenn du Nein sagst, aber könntest du mich vielleicht küssen? Nur, um es ihnen heimzuzahlen?«

Zwischen uns war kaum noch ein Zentimeter Abstand. Ich legte meine Hand in seinen Nacken und fuhr mit den Fingern durch seine Haare. »Es ist für einen guten Zweck.« Todesmutig schmiegte ich mich an ihn.

Er beugte sich zu mir hinunter. Sein warmer Atem strich über meine Lippen. Ein Schauer lief mir über den Rücken. Seine Lippen kamen immer näher und –

Huuup! Huuup!

Erschrocken zuckte ich zurück und drehte mich um. Mein Vater stand neben seinem Truck. Seine Hand lag auf der Mitte des Lenkrads und sein Blick war wie eine Laserwaffe auf Bryce gerichtet.

»Ich sollte jetzt lieber gehen.« Bryce beugte sich zu mir hinunter, presste seine Lippen für einen winzigen Moment auf meine und stieg dann in seinen Wagen.

Ich trat einen Schritt zurück und sah ihm nach, als er davonfuhr. Er hatte mich geküsst. Ganz von alleine. Na gut, es hatte sicher auch damit zu tun, dass er sich von meinem Vater nicht einschüchtern lassen wollte, aber trotzdem.

»Frecher kleiner Bastard.« Mein Vater drückte mir zwei Pizzaschachteln in die Hand. »Bring die schon mal rein. Im Truck habe ich noch mehr.«

Das Abendessen war eine wirklich gelungene Veranstaltung, bei der meine Brüder mich finster anstarrten, meine Mom mich ausfragte und mein Dad mir Vorträge über Sicherheit im Straßenverkehr hielt.

Die Tatsache, dass ich den Wagen gar nicht gefahren hatte, schien für ihn keinen Unterschied zu machen.

»Du hast heute verdammtes Glück gehabt.« Dad nahm sich ein Stück von seiner Pizza. »Es wundert mich, dass seine Airbags nicht aufgegangen sind.«

»Wir waren nicht so schnell.« Ich sammelte die Zwiebeln von meiner Pizza. »Wenn ich mich am Armaturenbrett abgestützt hätte, hätte es meine Schulter nicht so schlimm erwischt.«

»Hast du denn nicht aufgepasst?«, fragte Mom.

»Doch, ich habe aufgepasst. Ich war diejenige, die gesehen hat, dass das Reh auf die Straße springt. Ich war diejenige, die

Bryce gewarnt hat.« Warum ich mich nicht abgestützt hatte? Weil ich dachte, dass wir mit dem Reh zusammenstoßen würden. Mich nach vorne zu beugen, um das Gemetzel aus nächster Nähe zu betrachten, hatte ich nicht besonders verlockend gefunden.

»Du hättest die Schule gar nicht erst verlassen sollen«, fauchte meine Mutter mich an.

»Ich habe dir doch schon gesagt, dass mein T-Shirt völlig durchnässt war. Ich brauchte neue Klamotten und eine Dusche!«

»Und wenn dein Vater nicht hier gewesen wäre?« Meine Mom lehnte sich in ihrem Stuhl zurück und verschränkte die Arme vor der Brust. »Was wäre dann passiert?«

»Genau dasselbe. Bryce hätte mich abgesetzt und wäre nach Hause gefahren, um sich umzuziehen.«

Dad legte meiner Mutter eine Hand auf die Schulter. »Es reicht. Das ist jetzt nicht der richtige Zeitpunkt.«

»Woher willst du das wissen?«, fragte Mom.

Meine Eltern sprachen in Rätseln.

Was lief hier eigentlich?

Ich musterte die Gesichter meiner Brüder. Sie wirkten genauso ratlos wie ich.

Dad seufzte. »Bryce hätte sie auch einfach vor der Tür absetzen können. Hat er aber nicht. Er ist mit reingekommen, um sich zu vergewissern, dass mit ihr alles in Ordnung ist.«

Jawohl, das hatte er.

Die Worte meines Vaters beruhigten meine Mutter offenbar, und sie hörte endlich mit ihren Fragen auf. Sie hatte sich immer darauf verlassen, dass ich mich vernünftig verhielt. Ich verstand nicht, warum die Vorstellung, dass ich mit Bryce zusammen war, sie so aufregte.

Es klingelte an der Haustür. Ich sprang auf, um Jane hereinzulassen. Sie hatte eine kleine Kühlbox in der Hand. »Ich habe Nachtisch mitgebracht.« Ihr Lächeln verebbte, als sie die Stimmung im Raum wahrnahm. »Ich stell das hier mal in den Gefrierschrank, bis ihr so weit seid.« Sie schob vier Becher in das Tiefkühlfach unseres Kühlschranks, behielt zwei für uns und steuerte auf mein Zimmer zu.

Sobald meine Tür geschlossen und der Schlüssel umgedreht war, zeigte Jane in die Richtung, aus der wir gerade gekommen waren. »Was ist denn bei euch los?«

Ich nahm einen Schluck von meiner Eisschokolade. Sie war kalt, süß und einfach wundervoll. »Keine Ahnung.« Ich lieferte ihr eine Zusammenfassung der Vorwürfe meiner Mutter.

»Deine Mom denkt also, ihr hättet die Schule geschwänzt, um hier rumzumachen?« Jane ließ sich auf mein Bett fallen.

Ich hatte zu viel aufgestaute Energie in mir, um mich hinzusetzen. Während ich im Zimmer auf und ab tigerte, ließ ich mir die seltsamen Fragen meiner Mutter noch einmal durch den Kopf gehen. »Warum sollte sie so etwas denken?«

»Bryce sieht gut aus.« Jane grinste. »Nicht so gut wie Nathan natürlich, aber immerhin. Vielleicht hat sie angenommen, dass du seinem sexy Körper nicht widerstehen konntest.«

In meiner Fantasiewelt gar nicht so abwegig, aber im wahren Leben hatte ich die Situation besser im Griff. Ich setzte mich zu Jane aufs Bett und lehnte mich mit dem Rücken gegen die Wand. »Das ist ganz schön verletzend, dass sie kein Vertrauen zu mir hat.«

»Vielleicht hat eine ihrer Freundinnen aus der Highschool mal eine Dummheit gemacht und es bitter bereut. Sie möchte bloß nicht, dass dir jemand wehtut.«

Bryce

Ich fuhr im Schneckentempo nach Hause und hielt Ausschau nach Tieren, die scharf darauf waren, mithilfe meines Mustangs Selbstmord zu begehen. Aber abgesehen von den Insekten, die ab und zu gegen meine Windschutzscheibe flogen, gab es keine weiteren Zwischenfälle. Ich dachte an Haley. Und besonders daran, wie sie mich angesehen hatte, als sie mich bat, sie zu küssen.

Natürlich hatte sie gewollt, dass ich sie küsse, um ihre Brüder zu ärgern, aber das war nicht alles. Es war wie ein kleiner Funke gewesen, der immer größer wurde. Die Art, wie sie mir mit den Fingern durch die Haare gefahren war und sich an mich gelehnt hatte … Ich hätte sie gerne geküsst.

Das hätte ich nie erwartet.

Sie war überhaupt nicht wie die Mädchen, auf die ich normalerweise stand. Vielleicht war das, was ich empfand, vor allem Neugier. Mir war es noch nie passiert, dass sich eine Vorzeigeschülerin für mich interessierte, ein Mädchen, das eine eigene Meinung hatte und sie auch deutlich äußerte, anstatt mir in allem immer nur zuzustimmen.

Über das Autoradio hinweg hörte ich mein Handy klingeln. Es war Nathan. Ich nahm den Anruf über die Freisprechanlage entgegen.

»Was gibt's?«

»Ich wollte dich vorwarnen, dass ein Gerücht über Haley und dich im Umlauf ist.«

»Na super.«

»Ich hab gehört, wie sich ein paar Leute über den Vorfall mit der Coladose unterhalten haben. Sie glauben, dass ihr nur nach Hause wolltet, um rumzuvögeln.«

Das war so bescheuert, dass ich laut loslachte. Ich erzählte ihm alles, was passiert war, nachdem ich ihm geschrieben hatte, inklusive der Tatsache, dass ich Haley geküsst hatte.

»Und ihre Brüder haben euch wirklich beobachtet?«

»Was meinst du?«

»Ich wette, ihre Brüder waren gar nicht in Sichtweite, und sie hat das nur gesagt, um dich rumzukriegen.«

Interessant. Ich hätte sauer sein sollen, dass sie mich ausgetrickst hatte, aber die Tatsache, dass sie sich solche Mühe gemacht hatte, schmeichelte mir. Unzählige Mädchen hatten mir schon ihren Ausschnitt präsentiert, aber noch nie hatte eine versucht, mich zu überlisten, damit ich sie küsste. Haley hatte da offenbar ihre Stärken ausgespielt. Das fand ich in gewisser Weise beeindruckend.

»Selbst wenn das stimmt, weiß ich nicht, ob es mir etwas ausmacht.«

»Also bist du dabei, dich in sie zu verlieben.«

Ich bog in unsere Wohnanlage ein, und der Wachmann winkte mich durchs Tor. »Ich verliebe mich in niemanden. Warum soll ich die Zeit, die ich mit Haley verbringen muss, nicht genießen? Bis morgen, Nathan, ich muss Schluss machen.«

Dummerweise bekam ich erst mit, dass mein Vater in der Garageneinfahrt stand, als ich eingeparkt hatte und aus dem Wagen gestiegen war.

Seine finstere Miene ließ keinen Zweifel daran, dass er nicht besonders glücklich war, mich zu sehen. Das beruhte auf Gegenseitigkeit. Aber weswegen war er überhaupt sauer?

Verdammt. Natürlich wegen diesem Gerücht, dass sein Sohn die Schule geschwänzt hatte, um mit der Tochter des Landschaftsgärtners ins Bett zu hüpfen.

Mit ausdrucksloser Miene nickte ich ihm zu. »Vater.«

»Deine Mutter und ich müssen mit dir reden.« Seine Stimme klang gepresst, kalt und wütend. Ohne eine Antwort abzuwarten, drehte er sich um und marschierte in der Gewissheit, dass ich ihm folgen würde, auf das Haus zu. Was würde er wohl tun, wenn ich ihn einfach ignorierte? Wenn ich statt in sein Büro in mein Zimmer ging? Eines Tages würde ich das ausprobieren.

Meine Mutter wartete bereits auf dem Ledersofa im Büro meines Vaters auf uns. Anders als die Couch bei Haley, bei der man das Gefühl hatte, auf riesigen Marshmallows zu sitzen, war dieses Sofa sehr schlicht und nicht einmal ansatzweise gemütlich. Es war in etwa so bequem wie eine Bank aus Beton, über die man ein Badehandtuch gelegt hatte.

Ich nahm neben Mutter auf dem Sofa Platz, anstatt mich auf den Sessel vor dem Schreibtisch zu setzen. Dieser war nämlich deutlich niedriger als der Schreibtischstuhl meines Vaters – um den Besucher, der dort saß, einzuschüchtern.

»Hallo, Mutter.«

Sie schenkte mir ein winziges Lächeln. »Hallo, mein Schatz.«

Mein Vater schritt vor uns auf dem Perserteppich auf und ab. »Weißt du, was ich heute im Country Club gehört habe, als ich nur auf einen Drink reinschauen wollte?«

Ich hatte nicht vor, in diese Falle zu tappen. »Was du da gehört hast, war eine Lüge. Ich habe nicht die Schule geschwänzt, um mit irgendjemandem rumzumachen.«

»Ich habe versucht, deinem Vater die Situation zu erklären«, fügte meine Mutter hinzu.

»Es geht nicht um das, was tatsächlich passiert ist. Nur das, was die Leute wahrnehmen, ist die Realität. Und in diesem Moment denken alle, dass mein Sohn die Schule geschwänzt hat, um sich mit der Tochter des Gärtners zu amüsieren.«

Ich musste mich zusammenreißen, um meine Hände nicht zu Fäusten zu ballen, aber diese Befriedigung wollte ich ihm nicht gönnen. »Es tut mir leid, wenn dir ein solches Gerücht Unannehmlichkeiten bereitet, Vater. Ich möchte darauf hinweisen, dass Haleys Vater kein Gärtner, sondern der Inhaber eines Gartenbaubetriebs ist. Falls es dich interessiert, Haley und ich haben die Schule verlassen, nachdem eine Getränkedose explodiert ist und uns völlig durchnässt hat. Ich habe sie lediglich zu Hause abgesetzt –«

»Das interessiert mich nicht –«

»Und dann bin ich hierhergekommen«, redete ich einfach weiter.

Er erstarrte.

Ich erhob mich vom Sofa und blickte ihm direkt in die Augen. »Halt mir keine Vorträge über anderer Leute Wahrnehmung. Das, was ich heute Nachmittag gesehen habe, hat *meine*

Wahrnehmung nämlich ganz schön verändert.« Wäre meine Mutter nicht im Raum gewesen, hätte ich ihm deutlicher gesagt, was ich beobachtet hatte. Doch weil ich sie nicht verletzen wollte, formulierte ich meine Anschuldigung so schwammig wie möglich.

Die simple Tatsache, dass ich aus dem Büro stürmen konnte, ohne zurückgehalten zu werden, bewies meiner Meinung nach seine Schuld.

Ich war schon fast in meinem Zimmer, als ich beschloss, noch einen Abstecher in die Küche zu machen, um mir etwas zu essen zu holen. Zu Mittag hatte ich nicht viel bekommen, und ich war halb am Verhungern. Zwei Mal die Woche kam ein Koch zu uns ins Haus und füllte den Kühlschrank mit leckeren Gerichten, die man nur noch warm zu machen brauchte. Doch da mein Vater so selten zu Hause war, war das Abendessen in diesem Hause meistens eine ziemlich einsame Angelegenheit, es sei denn, meine Mutter leistete mir dabei Gesellschaft.

Als ich in die Küche kam, war sie bereits dort und wärmte sich selbst etwas zu essen auf. Als ich eintrat, sah sie auf.

»Ich hatte gehofft, dass du zurückkommst.« Ihre Stimme klang angespannt.

»Wo ist Vater?«

»Er ist wieder ins Büro gegangen.« Meine Mutter deutete auf die Mikrowelle. »Ich mache mir eine vegetarische Lasagne warm. Es gibt aber auch gedünstete Shrimps oder Lachs mit Gemüse.«

Das klang gut. Ich holte mir eine Schüssel Shrimps und wärmte sie auf dem Herd auf, denn das war kein Gericht für die Mikrowelle.

»Erzähl mir, was heute noch passiert ist. Wie hat Haleys Familie auf die ganze Aufregung reagiert?«

»Ihre Brüder hassen mich, aber ihr Vater weiß es offenbar zu schätzen, dass ich mir Sorgen um Haley gemacht habe, auch wenn es ihm lieber wäre, ich würde mich dort nicht mehr blicken lassen.«

Sie lehnte sich zurück und sah mich verwirrt an. »Was ist denn los mit diesen Leuten?«

Wo sollte ich anfangen? »Ihre Brüder wissen, dass ich normalerweise eher mit Mädchen wie Brittney zusammen bin, deswegen können sie sich nicht vorstellen, dass ich echtes Interesse an ihrer Schwester habe.«

»Aber das hast du doch, oder?«

Ich kam mir vor wie in einer Prüfung. »Ja und nein. Sie ist anders. Manchmal ist das gut, und manchmal nervt es.« Der würzige Duft der Shrimps ließ meinen Magen knurren. Es war mir egal, ob sie schon warm genug waren. Ich wollte jetzt essen. Ich füllte die Shrimps auf einen Teller und setzte mich zu meiner Mutter an den Küchentresen.

»An eurer Beziehung muss mehr Gutes als Schlechtes sein, wenn du immer noch mit ihr zusammen sein möchtest.« Meine Mutter sah nachdenklich aus dem Küchenfenster, als ginge ihr noch etwas anderes durch den Kopf. Dachte sie so auch über ihre Ehe? War daran womöglich auch mehr Gutes als Schlechtes, sodass sie sich damit abgefunden hatte, dass mein Vater sie betrog?

Schuldgefühle brodelten in mir hoch. »Mutter, als ich heute Nachmittag nach Hause kam –«

»Nein.« Sie legte mir die Hand auf den Unterarm. »Was auch

immer es ist, ich weiß es wahrscheinlich schon. Und wenn nicht, ist es besser so. Dein Vater und ich sind gerade dabei, unsere Ehe neu zu definieren. Wir hatten ein paar Schwierigkeiten. Mehr musst du nicht wissen.«

»Was bedeutet ›neu definieren‹?«

Sie tätschelte mir den Arm und nahm ihre Gabel wieder in die Hand. »Das geht dich nichts an. Und jetzt erzähl mir mehr über Haley.«

Was sollte ich sagen? »Sie hat zwei dreibeinige Hunde namens Chevy und Ford.« Ich berichtete ihr von der Geschichte der beiden Hunde und von Haleys Tierliebe. Aus irgendeinem Grund erzählte ich ihr auch von dem Abend, den ich mit Haley im Tierheim verbracht hatte, und von Leo, dem Shih Tzu, der auf meinem Schoß gesessen hatte.

»Sie haben ihn auf einem Parkplatz gefunden, und niemand ist gekommen, um ihn abzuholen? Wie traurig.«

Ich stocherte in meinen Shrimps herum. »Er hat etwas zu fressen und ist gut untergebracht.«

»Alles Lebensnotwendige und sogar allen möglichen Luxus zu haben, ist kein Ersatz für jemanden, der sich um einen kümmert.«

Redeten wir immer noch über den Hund oder war ihre Bemerkung doppeldeutig gemeint? »Bist du glücklich mit ihm?«

»Mit wem? Deinem Vater?« Sie lachte glucksend, aber es klang bitter. »Das war ich zumindest. Vor langer Zeit, als ich noch jung und naiv war und an die ewige Liebe glaubte. Jetzt bin ich älter und klüger und muss feststellen, dass unsere Ehe mehr einem Unternehmenszusammenschluss gleicht. Aber ich bin nicht unglücklich. Ich habe dich. Ich habe meine Freunde.

Ich habe ein sehr gutes Leben. Und dieses Gespräch sollte ich mit dir wahrscheinlich gar nicht führen.«

»Keine Angst. Wenn ihr irgendwann Unmengen für meinen Therapeuten bezahlen müsst, wird das nichts mit diesem Gespräch zu tun haben.«

Sie lachte. Genau das hatte ich erreichen wollen.

Da war noch eine Frage, die ich unbedingt loswerden musste. »Ich weiß, dass mich das eigentlich nichts angeht, aber hast du schon mal daran gedacht, ihn zu verlassen?«

Sie erstarrte für einen Moment und sagte dann: »Mir ist eine perfekte Fassade nicht so wichtig wie deinem Vater, aber ich möchte es doch lieber vermeiden, dass die Leute im Country Club schlecht über unsere Familie reden.«

Dreizehn

Haley

Dienstagmorgen stand mein Name wieder ganz oben auf der Tratsch-Liste. Auf dem Weg durch das Schulgebäude beobachtete ich, wie sich die Leute nach mir umdrehten und dann zu flüstern anfingen.

»Na super«, murmelte ich.

Jane verdrehte die Augen. »Wen interessiert schon, was die denken?«

Ich schloss zu ihr auf, als wir durch den Gang zu unseren Schließfächern gingen. »Jane, wenn alle über *dich* reden würden, würdest du dich auch aufregen.«

»Nein. Würde ich nicht. Denn die Leute, die solche Gerüchte verbreiten, sind Idioten.«

Eine Gruppe von Sportlern drängte sich an uns vorbei und stieß Jane dabei den Rucksack von der Schulter.

»Hey!«, rief sie. »Pass doch auf!«

Der Typ, der sie angerempelt hatte, zeigte ihr den Mittelfinger, ohne sich auch nur umzudrehen.

»Blödmann.« Sie rückte ihren Rucksack zurecht, und wir setzten unseren Weg fort. Sobald wir unsere Bücher in den

Schließfächern verstaut hatten, machten wir uns auf den Weg, um uns mit Nathan und Bryce zu treffen. Manchmal kam mir mein Leben wirklich vor wie eine sich endlos wiederholende Folge von Aktivitäten, die sich um Spinde, Mittagessen und Fahrten von und zur Schule drehten. Kein besonders aufregendes Leben.

Und obwohl ich es inzwischen eigentlich besser wissen musste, war es für mich der absolute Höhepunkt des Tages, wenn ich Zeit mit Bryce verbringen konnte. Ich beschloss, nicht darüber nachzudenken, wie jämmerlich das klang. Stattdessen genoss ich seinen Anblick, als ich durch den Flur auf ihn zuging. Sein Haar war vom Wind zerzaust, und seine Lederjacke saß perfekt auf den breiten Schultern. Mein Herzschlag beschleunigte sich. Himmel, sah er gut aus. Komischerweise schüchterten mich sein perfektes Aussehen und sein Geld überhaupt nicht mehr ein. Diese lächerliche Nicht-Beziehung hatte zumindest ein Gutes: die Erkenntnis, dass Leute mit Geld nicht besser waren als ich. Sie fuhren nur bessere Autos.

Nathan und Jane waren das perfekte Beispiel, dass Geld nicht das Entscheidende war. Er mochte sie, und wenn die Gerüchte stimmten, war seine Familie so reich, dass er sich von seinem wöchentlichen Taschengeld vermutlich ein Auto kaufen konnte.

Als Bryce mich entdeckte, grinste er mich an. Ich ertappte mich dabei, wie ich zurücklächelte.

Bei den Jungs angekommen, stellte Jane sich auf die Zehenspitzen und gab Nathan einen schnellen Kuss. Er wirkte überrascht, fing sich aber schnell wieder. Jane grinste mich an.

Ich verdrehte die Augen. »Wenn du meinen Platz an der

Spitze der Klatsch-Hierarchie einnehmen willst, musst du dir schon etwas Besseres einfallen lassen.«

Nathan schnappte sich Jane, hob sie hoch, wirbelte sie herum und gab ihr einen filmreifen Kuss. Als er sie wieder absetzte, war sie sprachlos, und das wollte bei Jane etwas heißen. Die Leute um uns herum klatschten und johlten.

Ich lachte. Bryce sah mich an, als wäre ich nicht ganz dicht. »Was ist?«, fragte ich.

»Bist du nicht sauer wegen der neuen Gerüchte?«

»Ich bin nicht begeistert darüber, aber ich kann ja nicht viel dagegen tun.«

Er legte den Kopf schief und musterte mich leicht irritiert. »Das ist eine überraschend vernünftige Antwort.«

Ich verpasste ihm einen Stoß mit dem Ellbogen. »Pass bloß auf, sonst hetze ich meine dreibeinigen Hunde auf dich.«

»Lieber die als deine Brüder.«

Die Erinnerung an das, was meine Mutter gestern beim Essen gesagt hatte, versetzte mir einen Dämpfer. »Egal, was meine Brüder auch sagen oder tun, das ist immer noch besser, als es mit meiner Mom aufzunehmen.« Ich lieferte ihm eine kurze Zusammenfassung des merkwürdigen Verhaltens meiner Mutter vom Vorabend.

»Redet deine Mutter immer so mit dir?«, fragte er.

»Nein.« Ich zuckte mit den Achseln und blickte zu Boden. »In letzter Zeit sieht sie überall Gespenster und überhäuft mich mit merkwürdigen Anschuldigungen. Als würde sie mir auf einmal nicht mehr trauen.«

»Vielleicht fühlst du dich ein bisschen besser, wenn ich dir erzähle, dass mein Vater mir aufgelauert hat, als ich nach

Hause kam. Er hatte das Gerücht im Country Club gehört. Ich habe ihm gesagt, wie es wirklich war, und er hat mir eine seiner Gardinenpredigten gehalten.«

»Und deine Mutter?«

»Sie war ganz verständnisvoll. Wir haben hinterher zusammen gegessen, während mein Vater sich in seinem Büro verkrochen hat. Ich bin mir ziemlich sicher, dass er das nur macht, um seiner Familie aus dem Weg zu gehen.«

»Also haben wir beide jeweils ein Elternteil, das funktioniert, und eines, das nicht ganz dicht ist.«

Bryce lachte lauthals und musste sich schließlich an seinen Spind lehnen, um wieder zu Atem zu kommen.

Ich fand das überhaupt nicht komisch. »Was ist los?«

Er wischte sich die Tränen aus den Augen. »Ich habe schon eine Menge Bezeichnungen für meinen Vater gehört: ehrenwert, brillant, hart arbeitend … aber ›nicht ganz dicht‹ war bisher noch nicht dabei.«

Es heiterte mich auf, dass ich ihn zum Lachen gebracht hatte. »Schön, dass ich deine Laune etwas verbessern konnte.«

Es klingelte zum Unterrichtsbeginn. Zum ersten Mal hatte ich das Gefühl, dass ich auf der Suche nach einem festen Freund vorankam.

Bis zur Mittagspause hatte ich ein Dutzend verschiedene Gerüchte gehört, die Bryce' und meine Abwesenheit am Vortag erklären sollten. Meine Top drei waren:

Bryce und ich hatten in einem schäbigen Motel eingecheckt. Lächerlich, denn in dem Fall hätte er bestimmt auf einem Fünf-Sterne-Hotel bestanden.

Bryce und ich hätten bei mir zu Hause ein Schäferstündchen gehabt, und mein Dad hätte uns dabei erwischt. In diesem Fall würde Bryce dank des Baggers meines Vaters längst zwei Meter unter der Erde liegen.

Bryce und ich waren durchgebrannt, weil ich schwanger war. Das war mein persönlicher Favorit. Was dachten die Leute eigentlich, wohin sich zwei Teenager in ihrer Mittagspause mal eben absetzen konnten, um heimlich zu heiraten? Schließlich hatte Bryce keinen Privatjet abflugbereit irgendwo stehen, der uns mal eben schnell nach Las Vegas gebracht hätte. Zumindest wusste ich bis jetzt von keinem Privatjet. Vielleicht sollte ich das mal recherchieren. Wer weiß, wozu es gut war.

Während ich in der Cafeteria Bryce gegenüber am Tisch saß, versuchte ich, das Tuscheln um uns herum zu ignorieren. Es gab heute Chili in der Schulkantine. Welches Genie war bloß auf die grandiose Idee gekommen, Bohnen an eine Horde von Jungs im Teenageralter zu verfüttern? Mein Mitgefühl galt den armen Lehrern, die mit ihnen in fensterlosen Klassenzimmern gefangen waren.

»Was ist das verrückteste Gerücht, das du aufgeschnappt hast?«, fragte ich Bryce.

Er öffnete seine Lunchbox, in der sich irgendein Reisgericht befand. »Lass mich mal überlegen … Hast du die Variante gehört, in der wir heimlich von einem Richter getraut wurden, weil wir Angst haben, du könntest schwanger sein?«

Ich riss meine Chipstüte auf und seufzte. »Das mit dem Richter ist neu.«

Jane öffnete ihre Cupcakedose und verkündete: »Heute ist

ein besonderer Tag.« Sie griff nach einem Schokoladencupcake mit karamellfarbener Glasur und stellte ihn vor Bryce' Teller. »Heute bekommst du einen ganzen Cupcake.«

Bryce rollte mit den Augen.

»Aber nicht einfach runterschlingen«, ermahnte sie ihn. »Das ist Erdnussbutterglasur.«

Ich schnappte mir einen Cupcake aus der Schachtel und leckte etwas von der Glasur ab. Sie schmeckte einfach himmlisch. »Das ist das Beste, was du jemals gebacken hast.«

»Danke.« Jane reichte Nathan einen Cupcake. »Dann weiß ich ja, was für einen Geburtstagskuchen du dieses Jahr bekommst.«

Bryce machte ein komisches Gesicht.

»Was ist?«, fragte ich.

Er schüttelte den Kopf und machte sich wieder über sein Essen her.

Ich ignorierte mein Truthahnsandwich und verdrückte stattdessen den leckersten Cupcake, den ich in meinem ganzen Leben gegessen hatte. Die cremige Erdnussbutter in Kombination mit dem saftigen Schokokuchen machte mich wunschlos glücklich. Sobald ich meinen Cupcake verschlungen hatte, beäugte ich Bryce' Exemplar.

»Du solltest mir deinen auch geben.«

Er zog den Cupcake näher zu sich heran. »Warum sollte ich das tun?«

»Mal sehen.« Ich trommelte mit meinen Fingern auf dem Tisch und näherte mich dabei unauffällig dem Objekt meiner Begierde. »Es wird gemunkelt, dass ich dein Kind unter dem Herzen trage.«

»Wenn es so wäre, würde ich ihn dir geben. Aber da wir beide wissen, dass es nicht stimmt, vergiss es.«

Nathan schob die Hand über den Tisch und berührte Janes Arm. »Ich muss dieses Wochenende an einem stinklangweiligen Bankett im Country Club teilnehmen. Du kannst mitkommen und dich mit mir zusammen langweilen, wenn du willst. Aber ich kann auch verstehen, wenn du da keine Lust drauf hast.«

Jane hüpfte auf ihrem Stuhl auf und ab. »Willst du mich auf den Arm nehmen? Mir ist jeder Vorwand recht, um mich aufzustylen.«

»Sag nicht, ich hätte dich nicht gewarnt.« Nathan wandte sich wieder seinem Essen zu.

Ich wartete darauf, dass Bryce mich fragte, ob ich auch mitkommen wollte. Sekunden verstrichen, wurden zu Minuten … und – nichts. Ich erstarrte innerlich. Bryce war ebenfalls Mitglied im Country Club. Unter Garantie ging er auch zu dieser todlangweiligen Veranstaltung. Nathan hatte Jane eingeladen, also wäre es nur natürlich gewesen, wenn er mich gefragt hätte. Aber er tat es nicht. Vielleicht weil wir unser vereinbartes Date schon gehabt hatten und er nicht das geringste Interesse daran hatte, es zu wiederholen.

Ich aß mechanisch weiter und versuchte, das Schweigen zu ignorieren, das sich an unserem Tisch ausgebreitet hatte. Biss von meinem Sandwich ab. Kaute. Schluckte. Nahm einen Schluck Cola. Biss von meinem Sandwich ab. Kaute. Schluckte. Nahm einen Schluck Cola.

»Bryce? Möchtest du Haley nicht etwas fragen?«, versuchte Jane ihm auf die Sprünge zu helfen.

Oh nein. Ich musste sie stoppen, bevor sie alles noch schlimmer machte. »Jane, nicht. Wenn er mich hätte fragen wollen, hätte er es getan. Ende Gelände.«

Wären wir vier allein in der Cafeteria gewesen, hätte man jetzt eine Stecknadel fallen hören können. Doch da der Raum voller lärmender Teenager war, fiel die Stille an unserem Tisch nicht weiter auf.

Ich versuchte, stolz auf mich zu sein, weil ich ihre Steilvorlage nicht genutzt hatte. Aber es funktionierte nicht. Ich nahm es Bryce übel, dass er mich nicht gefragt hatte, und ich hasste mich dafür, dass es mir etwas ausmachte. Die Stille zog sich in die Länge, bis ich das Gefühl hatte, dass die Luft um mich herum anfing zu knistern.

Meine Nicht-Beziehung mit Bryce schien einem durchgängigen Muster zu folgen: einen Schritt vorwärts, zwei oder mehr zurück. Er war nur dann wirklich nett zu mir, wenn er zu meiner Rettung eilen konnte. An dem Abend, als mein Wagen beschmiert worden war, hatte er sich großartig verhalten, und er hatte sich um mich gekümmert, als ich mich bei unserem Beinahe-Unfall an der Schulter verletzt hatte.

Ich schloss die Augen, als ich mich an das Gefühl erinnerte, wie ich meinen Kopf an seine Brust gelehnt hatte und eingeschlafen war. Ich hätte schwören können, dass er etwas für mich empfunden hatte. Trotz der vielen Dinge, die uns trennten, hatte ich das Gefühl gehabt, dass es zwischen uns ganz gut lief. Da hatte ich wohl falschgelegen.

Die ganze Situation war so verdammt frustrierend. Am liebsten hätte ich ihm den Stuhl über den Kopf gehauen. Aber da sein Rechtsanwalt meine Familie dann wahrscheinlich in den Bankrott treiben würde, hielt ich mich zurück. Zeit, mich zusammenzureißen und so zu tun, als wäre alles okay.

»Themawechsel«, verkündete ich. »Im Tierheim findet demnächst ein Flohmarkt statt, wenn ihr also irgendetwas loswerden wollt, wäre das eine gute Gelegenheit, es zu spenden.«

»An welchem Tag ist denn der Flohmarkt?«, fragte Jane. Ich wusste nicht, ob es sie wirklich interessierte oder ob sie nur das Gespräch in Gang halten wollte. Auf jeden Fall funktionierte es.

»Am übernächsten Wochenende.« Mir kam ein Gedanke. »Am selben Tag, an dem Bryce endlich wieder Single ist.

Er öffnete den Mund, um etwas zu erwidern, aber ich schnitt ihm das Wort ab. »Was? Als würdest du nicht die Tage zählen.«

Er presste die Lippen fest zusammen, als wollte er die Worte daran hindern, herauszuströmen.

»Keine Angst, auch wenn du gestern nett zu mir warst, gebe ich mich nicht der Wahnvorstellung hin, dass du dich unsterblich in mich verliebst. Ich weiß Bescheid.«

»Schön. Es gibt keinen Grund, warum wir während unserer gemeinsamen Zeit nicht gut miteinander klarkommen sollten.«

»Genau.« Ich lächelte, als sei diese Regelung für mich völlig in Ordnung. Aber innerlich fühlte ich mich, als hätte ich ein Dutzend Eiswürfel verschluckt. Mein Hals tat weh, und mein Magen krampfte sich zusammen.

Den Rest des Tages lief ich wie ein Zombie durch die Gegend. Jedes Mal wenn Jane versuchte, über Bryce zu reden, würgte ich sie ab. Im Sportunterricht nutzte sie meine Abneigung, mich beim Umziehen zu unterhalten, um mich vollzutexten.

»Ich verstehe das nicht. Warum hat er sich so angestellt? Warum hat er dich nicht zu diesem Bankett eingeladen? Er hätte dich fragen müssen, weil Nathan mich auch gefragt hat. Ich meine, was wird er an dem Abend sonst vorhaben?«

Als ich angezogen war, trottete ich aus der Umkleide. Da das Wetter kälter geworden war, mussten wir in der Turnhalle laufen. Das war so was von todlangweilig, und es gab nichts, was mich von meinen Problemen ablenken konnte. Wenigstens musste ich mir um Brittney keine Gedanken machen, denn die spielte mit den anderen Amazonen Basketball.

Jane holte mich ein. »Wenn du so weitermachst, gibt es bald keine Cupcakes mehr für dich.«

Ich schüttelte den Kopf. »Es ist lieb, dass du dich beim Mittagessen für mich eingesetzt hast, aber Bryce hat ziemlich deutlich gemacht, dass ich für etwas Langfristiges nicht infrage komme.« Ich knurrte frustriert. »Wegen ihm zweifle ich noch an meinem Verstand. Ich weiß, dass er Spaß hatte, als wir zusammen waren. Warum gibt er sich dann so viel Mühe, möglichst wenig Zeit mit mir zu verbringen?«

»Das ist echt scheiße.«

»So könnte man es auch sagen.« Am liebsten hätte ich irgendetwas geschlagen oder getreten, aber ich begnügte mich damit, mir die Nägel in die Handflächen zu bohren.

Vierzehn

Bryce

»Warum hast du Haley nicht gefragt?« Nathan schob sich den Rucksack höher auf die Schulter, als wir nach der Schule zu unseren Autos gingen.

»Es wäre überhaupt kein Ding gewesen, wenn du Jane nicht direkt vor Haleys Nase eingeladen hättest.« Ich war stinksauer. Es fühlte sich an, als hätte er mir eine Falle gestellt.

»Wenn ich gewusst hätte, dass du nicht vorhast, Haley zu fragen, hätte ich es nicht erwähnt. Es ist doch nicht meine Schuld, wenn du mir nicht rechtzeitig Bescheid gibst.«

Ich blieb wie angewurzelt stehen. »Seit wann muss ich meine Pläne fürs Wochenende mit dir absprechen?«

Wir kamen bei Nathans BMW an. Er öffnete die Tür und warf seinen Rucksack hinein. »Du bist ein Arsch.«

»Danke gleichfalls.« Ich ließ ihn stehen und ging zu meinem Mustang. Haley und Jane verließen gerade das Schulgebäude. Wir sahen uns genau gleichzeitig.

Jane starrte mich an, als würde ich zum Spaß kleine Katzen quälen.

Haleys Gesicht verschloss sich. Ihr Blick wurde ausdruckslos, und sie presste die Lippen fest zu einer schmalen Linie zusammen.

Mir reichte es. Zeit, in die Offensive zu gehen. Ich lief ihnen entgegen und traf sie auf halbem Weg. »Haley, ich habe dich nicht zum Bankett eingeladen, weil ich gar nicht hingehe.«

Jane sah mich verständnislos an. »Warum hast du das nicht gleich gesagt?«

Ich ignorierte sie und konzentrierte mich auf Haley. »Ich konnte ja nicht ahnen, dass du mir deswegen die Hölle heißmachst. Es ist doch nur ein blödes Essen.«

Haleys Gesichtsausdruck veränderte sich nicht. Sie verschränkte die Arme vor der Brust. »Ich glaube, du lügst, weil du meine Gefühle verletzt hast und dich jetzt schuldig fühlst.«

Notiz an mich selbst: Mit einem intelligenten Mädchen zusammen zu sein, ist echt ätzend. »Glaub doch, was du willst.« Ich hatte meinen Teil getan. Jetzt war sie dran.

»Wenn du nicht zu diesem Bankett gehst, dann kannst du ja irgendwas anderes mit Haley unternehmen«, mischte Jane sich wieder ein.

Ich wollte ihr gerade sagen, sie solle sich um ihre eigenen Angelegenheiten kümmern, als ich etwas in Haleys Augen auf flackern sah. Es war nur ein kurzer Moment, aber ich wusste genau, was es gewesen war: Hoffnung. Sie wollte, dass ich mit ihr ausging.

Verdammt.

Wollte ich überhaupt ein weiteres Date mit ihr?

Wir hatten keine Gemeinsamkeiten, aber sie war lustig, und ich konnte mich gut mit ihr unterhalten. Außerdem musste ich das in Ordnung bringen. »Bevor du so durchgedreht bist, wollte ich dich eigentlich fragen, ob du am Wochenende mit mir ins Kino gehen willst.«

Sie stieß den Fuß in den Kies und wirbelte eine kleine Staubwolke auf. »Ich weiß nicht, ob ich dir das glauben soll.«

Noch einmal: Lass dich niemals mit einem intelligenten Mädchen ein. »Spielt das eine Rolle? Es ist auf jeden Fall ein Friedensangebot. Nimm es an, oder lass es bleiben.«

Sie hielt meinem Blick so lange stand, dass ich anfing, nervös zu werden.

»Ich würde mir gerne einen Film mit dir ansehen.«

Wenigstens diese Last fiel von meinen Schultern. »Na dann.«

Ich drehte mich um und ging zu meinem Auto. Was mich betraf, konnten die restlichen anderthalb Wochen gar nicht schnell genug vorbeigehen. Wenn ich das hier hinter mir hatte, würde ich mich nie wieder mit einem so komplizierten Mädchen verabreden.

Als ich in meinem Wagen saß, starrte ich das Lenkrad an und überlegte, wo ich hinfahren sollte. Meine Mutter hatte heute Abend eine Wohltätigkeitsveranstaltung, was hieß, dass mein Vater und ich womöglich allein zu Hause sein würden. Keine gute Idee.

Vielleicht sollte ich in den Country Club fahren und dort zu Abend essen. Mein Vater nahm höchstens mal einen Drink im Salon oder aß im Restaurant, aber er ging niemals zur Grillhütte am Pool. Der Pool war zwar für diese Saison bereits geschlossen, aber die Grillhütte blieb bis zum ersten Schnee in Betrieb.

Beim Country Club angekommen, nahm ich meinen Rucksack mit hinein. Wenn ich so tat, als würde ich Hausaufgaben machen, würde man mich bestimmt in Ruhe lassen. Zum Glück war der Außenbereich größtenteils menschenleer.

Ich suchte mir einen schwarzen schmiedeeisernen Tisch aus, der direkt unter einem der Heizschirme stand. Ich ließ meinen Rucksack fallen und ging zum Tresen, um meine Bestellung aufzugeben.

Platsch!

Ein kalter, nasser Tropfen landete auf meinem Kopf, gefolgt von einem Dutzend weiterer. Nicht mal die Heizschirme konnten es mit dem eiskalten Regen aufnehmen. Also bestellte ich mir etwas zum Mitnehmen.

Fünf Minuten später war ich auf dem Heimweg und aß dabei meinen Burger mit einer Hand. Der Regen schien aus allen Richtungen zu kommen und fiel in dichten Schwaden. Er prasselte so laut auf meinen Wagen, dass er sogar das Radio übertönte. Die Mittellinie, die die Fahrspuren voneinander trennte, war nicht mehr zu sehen. Zum Glück waren nicht viele Autos auf den Straßen unterwegs. Alle anderen waren wahrscheinlich zu Hause und hatten jemanden, mit dem sie zu Abend essen konnten.

Moment. Wo war das denn jetzt hergekommen? Ich brauchte keine Gesellschaft beim Essen. Ich kam super alleine klar.

Es blitzte. Etwas Kleines schoss auf die Straße. Mit zusammengebissenen Zähnen trat ich auf die Bremse. Mein Wagen kam mit quietschenden Reifen vor einem kleinen, schlammverschmierten Hund zum Stehen. Während mein Herz wie verrückt klopfte, hoffte ich, dass er dorthin rannte, wo er hergekommen war. Er sah mich an, als erwartete er, dass ich ihn gleich überfahren würde.

Verdammt.

Ich schaltete die Warnblinkanlage ein. Nachdem ich mich vergewissert hatte, dass kein Auto kam, stieg ich mit dem Hamburger in der Hand aus.

»Komm her, Hund.« Ich bewegte mich ganz langsam auf ihn zu. Eiskaltes Wasser lief mir übers Gesicht und durchnässte meinen Mantel. Wieder sah ich mich nach anderen Autos um. Alles frei, aber wenn mich hier jemand über den Haufen fuhr, würde ich als Geist zurückkommen und Haley den Rest ihres Lebens heimsuchen. Es war ihre Schuld, dass ich für einen blöden Köter meinen Hals riskierte.

Ich hockte mich hin und streckte die Hand aus. »Komm her, Hund. Hamburger.«

Der Kleine hob die Nase und schnüffelte. Langsam bewegte er sich auf mich zu und machte den Hals so lang, wie es ging. Der Verschluss eines Halsbands glitzerte im Licht der Straßenbeleuchtung. Als er nahe genug war, um abzubeißen, ließ ich den Burger los und packte ihn am Halsband.

Der undankbare Kerl knurrte mich an, als wollte ich ihm sein Fressen wegnehmen. Das Geräusch eines heranbrausenden Fahrzeugs ließ mich einen Zahn zulegen. Ich schnappte mir den Hund und rannte zu meinem Wagen. Der Kleine protestierte nicht, als ich ihn auf den Beifahrersitz warf. Ich legte den Gang ein und fuhr los. Kaugeräusche verrieten mir, dass der Hund meinen Burger fraß. Das war doch bestimmt ein gutes Zeichen.

Was sollte ich jetzt mit ihm machen? Ich konnte ihn nicht mit nach Hause nehmen. Vom Beifahrersitz ertönte ein leises Winseln. Ich streckte die Hand aus, um ihn zu streicheln. »Es wird alles wieder gut. Ich kenne jemanden, der sich um dich kümmern wird.«

Haley

Nach der Schule fuhr Jane mich zum Tierheim, wo ich die Katzen und Hunde fütterte. Von so vielen Fellknäulen umgeben fühlte ich mich gleich besser. In einer Welt, die nur mit Katzen und Hunden und ein paar ausgewählten Menschen, zu denen Bryce bestimmt nicht gehören würde, bevölkert war, musste das Leben himmlisch sein.

Als ich wieder zu Hause war, stellte ich fest, dass ich heute mit Kochen dran war. Ich goss gerade die Spaghetti ab, als es an der Haustür klopfte. Meine Brüder, die auf der Couch lümmelten und fernsahen, durfte man mit so etwas nicht behelligen. Meine Eltern waren noch nicht von der Arbeit zurück, also blieb nur ich übrig.

»Macht euch bloß keine Mühe. Ich gehe schon.« Ich stapfte zur Tür.

Auf unserer Schwelle stand Bryce, den nassesten und dreckigsten Hund der Welt auf dem Arm. »Ich wusste nicht, was ich mit ihm machen sollte.«

Ich trat einen Schritt zurück und winkte ihn ins Haus. Irgendetwas stimmte mit Bryce nicht. Dann fiel es mir wie Schuppen von den Augen. Seine Haare klebten ihm am Kopf, und die Vorderseite seines teuren Mantels stand vor Dreck. Regen tropfte ihm von der Nase und lief über sein Gesicht.

Heilige Scheiße, er war ausnahmsweise mal nicht perfekt! »Lass uns ins Bad gehen. Wir machen den Hund sauber und legen dich trocken.«

Matt und Charlie bemerkten Bryce erst, als wir direkt vor dem Fernseher vorbeiliefen.

»Was macht denn dieser Idiot hier?«, fragte Matt.

»Und warum hat er einen Hund auf dem Arm?«, fügte Charlie hinzu.

Bryce blieb stehen und warf ihnen einen finsteren Blick zu. Ich musste mir das Lachen verkneifen.

»Na los, wenn ich gecheckt habe, ob mit dem Hund alles in Ordnung ist, suche ich dir ein trockenes Hemd raus.«

Ich erwartete Protest, dass er zuerst dran sei. Aber er schwieg. Im Bad bat ich Bryce, den Hund auf dem Waschtisch abzusetzen. »Halt ihn gut fest, damit er nicht runterfällt.«

Er warf mir einen Ich-bin-doch-nicht-blöd-Blick zu.

Ich rubbelte den Hund mit einem Handtuch trocken und untersuchte ihn auf Schnittwunden oder andere Verletzungen. »Du bist aber ein Süßer.« Ich musterte sein Halsband. Keine Hundemarke.

»Warum stinkt er denn so?«, fragte Bryce.

»Das ist der typische Geruch von nassen Hunden.« Ich wickelte den Kleinen in das Handtuch, hob ihn hoch und drückte ihn wie ein Baby an meine Schulter. Nachdem er an meinem Hals geschnüffelt hatte, entspannte sich sein Körper. »Er ist es offenbar gewöhnt, auf den Arm genommen zu werden, also ist er wahrscheinlich das Haustier von jemandem.«

»Solltest du ihn nicht baden?«

»Er ist schon traumatisiert genug. Ich möchte, dass er Vertrauen zu mir aufbaut. Warum schnappst du dir nicht auch ein Handtuch und trocknest dich ab?«

Bryce zog seinen nassen Mantel aus und hängte ihn an einen der Wandhaken. Jetzt, wo ich mir den Platz mit ihm teilen musste, kam mir das Badezimmer deutlich kleiner vor als sonst. Weil ich ihn nicht anstarren wollte, streichelte ich den Hund und redete leise mit ihm. »Bestimmt sucht schon jemand nach dir.«

Aus dem Augenwinkel beobachtete ich Bryce, der sich die Haare trocken rubbelte. Sie fielen in natürlichen Wellen, die er sich mit den Fingern zurechtkämmte. Einfach unglaublich. Der Typ konnte in einen Wolkenbruch geraten, und seine Frisur saß immer noch.

»Soll ich dir trockene Klamotten raussuchen?« Er würde garantiert nichts von meinen Brüdern anziehen. »Ich habe ein paar T-Shirts in XL von der Tierhilfe im Schrank.«

Er fuhr sich mit dem Handtuch über sein ehemals weißes Hemd. »Das sollte reichen.«

Auf dem Weg in mein Zimmer legte ich einen Zwischenstopp im Wohnzimmer ein und reichte Charlie den Hund. »Halt ihn mal eine Minute.«

Charlie murmelte etwas vor sich hin, aber nahm mir den Kleinen ab. »Hallo, Kumpel. Du musst keine Angst haben.« Er rümpfte die Nase. »Mann, Alter, du brauchst echt dringend ein Bad.«

Ich lachte und rannte in mein Zimmer. In meiner Schublade mit den Schlafklamotten entdeckte ich ein dunkelblaues Shirt mit langen Ärmeln. *Adoptiere einen Hund aus dem Tierheim, und du hast einen Freund fürs Leben* stand darauf.

Als ich zum Bad zurückkam, war die Tür geschlossen. Ich klopfte. Bryce, immer noch im nassen Hemd, öffnete die Tür. Schade. Ich hielt ihm das blaue T-Shirt hin. »Hier. Das müsste passen.«

Im Wohnzimmer stolperte ich über Matt, der mit zusammengekniffenen Augen aus dem Fenster starrte. »Ich kann es nicht erkennen. Es ist zu dunkel.«

Charlie zeigte auf mich. »Sie weiß es. Was für einen Wagen fährt er?«

»Einen Mustang. Warum?«

»Das passt doch.« Charlie kraulte dem Hund die Ohren. »Hast du das gehört? Dein Name ist Mustang.«

Die Haustür schwang auf. Dad trat sich auf der Matte die Füße ab und schüttelte sich das Wasser von der Jacke. »Was macht Bryce denn hier?« Offenbar hatte er seinen Wagen in der Auffahrt gesehen. »Und wessen Hund ist das?«

Ich grinste. »Bryce hat ihn auf der Straße gefunden und hergebracht.«

In diesem Moment kam Bryce aus dem Bad. Das T-Shirt hatte zwar die richtige Größe, aber es passte überhaupt nicht zu ihm. Ich hatte ihn noch nie ohne ein Hemd mit ordentlichem Kragen gesehen. Er war überhaupt kein T-Shirt-Typ.

Als Mustang Bryce sah, fing er an zu bellen. Charlie setzte den Hund auf den Boden. Er wand sich aus dem Handtuch, trottete zu Bryce und ließ sich zu seinen Füßen nieder.

»Wuff!«

Bryce schaute mich an. »Kannst du das übersetzen?«

»Ich glaube, er möchte, dass du ihn auf den Arm nimmst.« Ich biss mir auf die Unterlippe und wartete, was Bryce tun würde.

Er hockte sich hin und streichelte dem Kleinen den Kopf. »Hör mal, Hund –«

»Er heißt jetzt Mustang«, sagte Matt.

Bryce zeigte auf den Hund. »Falls es dir nicht aufgefallen sein sollte, er hat noch alle vier Beine.«

»Wuff!«

Mustang stützte sich mit den Vorderpfoten auf Bryce' Knie. »Er möchte wirklich, dass ich ihn hochhebe, oder?«

Ich nickte.

»Bist du sicher, dass wir ihn nicht baden können?«

Als er »wir« statt »du« sagte, schmolz ich ein klein wenig dahin.

»Vielleicht doch. Er wirkt nicht allzu mitgenommen.«

»Hast du es noch geschafft, das Abendessen zu machen, bevor der da aufgetaucht ist?«, fragte Dad und nickte mit dem Kopf in Richtung Wohnzimmer.

Ich wusste nicht, ob er Bryce oder Mustang damit meinte. »Ja, die Nudeln sind fertig. Nur die Bolognese muss noch mal aufgewärmt werden, dann können wir essen.«

Da ich davon ausging, dass mein Dad das Ruder übernehmen und meine Brüder dazu verdonnern würde, das Abendessen fertig zu machen, schnappte ich mir Mustang und trug ihn zurück ins Badezimmer.

»Er ist klein genug, dass wir ihn im Waschbecken waschen können.« Ich setzte ihn in das Becken und ließ nur ganz wenig Wasser laufen, damit er sich erst mal daran gewöhnen konnte.

»Das Hundeshampoo ist im Schränkchen über der Toilette.«

Als Bryce die Tür aufmachte, fiel eine Schachtel mit Tampons heraus. Ihr Inhalt verteilte sich über den gesamten Boden. Sein Gesicht lief rot an. Ich traute meinen Augen nicht. Bryce Colton, der coolste Junge der Schule, wurde wegen ein paar Tampons knallrot.

Mein Gesicht war natürlich ebenfalls ganz heiß geworden, aber ich fand die Situation trotzdem witzig.

»Wollen wir tauschen?«, fragte ich.

Er nickte und kam rüber, um Mustang am Halsband festzuhalten. Ich sammelte die Tampons so schnell wie möglich auf und stopfte sie in die Schachtel zurück. Nachdem ich das Shampoo aus dem Schrank genommen hatte, stellte ich die Tampons wieder hinein und knallte die Tür zu.

Also los. »Entweder du sorgst dafür, dass er im Waschbecken bleibt, oder du wäschst ihn. Such dir was aus.«

»Dann halte ich ihn fest.«

»Ich sollte dich fairerweise warnen. Die meisten Hunde mögen das nicht besonders.«

Nachdem ich mich vergewissert hatte, dass das Wasser angenehm warm war, stellte ich den Strahl etwas kräftiger ein. Daraufhin versuchte Mustang zu türmen. »Es dauert nicht lange. Versprochen.« Ich hielt den Hund unter das Wasser und seifte ihn ein. Mustang brachte seinen Ärger über die Situation zum Ausdruck, indem er sich vom Kopf bis zum Schwanz schüttelte, sodass Hundehaare und Seifenwasser in alle Richtungen flogen.

»Was war das denn?« Bryce wischte sich mit einer Hand Schaum vom Kinn.

»Das ist ein Schutzmechanismus.« Ich benutzte meinen Ärmel, um mir die Wange abzuwischen. Mustang versuchte abzuhauen, und Seifenwasser schwappte aus dem Becken.

»Er ist kräftiger, als er aussieht«, murmelte Bryce.

Ich spülte den Hund ab und wickelte ihn in ein trockenes Handtuch. Bevor ich ihn auf den Boden setzte, sagte ich: »Er wird sich gleich noch mal schütteln.«

Bryce wich einen Schritt zurück. Ich ließ Mustang los, der sich daraufhin von dem Handtuch befreite und sich so kräftig schüttelte, dass die Wassertropfen nur so durch die Gegend spritzten. Dann rollte er sich auf dem Handtuch wild herum.

»Will er sich selbst eine Gehirnerschütterung verpassen?«, fragte Bryce.

»Die meisten Hunde mögen den Geruch des Shampoos nicht. Deswegen versuchen sie, ihn wegzurubbeln.«

»Glaub mir, Hund, du riechst jetzt viel besser.«

Mustang hörte auf, hin und her zu kullern, blieb auf dem Rücken liegen und streckte alle vier Pfoten in die Luft.

»Wuff!«

»Das ist Hundesprache für ›Kraul mir den Bauch‹.« Ich hockte mich hin und streichelte ihn. Mustang streckte seine Vorder- und Hinterbeine genüsslich aus. »Ist er nicht unglaublich niedlich?«

»Ich glaube schon.«

An Mustangs Stelle wäre ich beleidigt gewesen. »Du *glaubst?*«

»Seine Beine sind ziemlich kurz.«

»Und, was hast du gegen kurze Beine?«

Er schaute kurz auf meine Beine. »Wie man sieht, hast du das gleiche Problem.«

»Kleine Menschen brauchen weniger Platz. Wir sind viel ökonomischer.«

»Das ist doch Quatsch.«

Ich tat so, als sei ich sauer. »Jetzt hör mir mal gut zu. Bloß weil du mit ein paar Extrazentimetern gesegnet bist, heißt das noch lange nicht, dass du dich über uns andere lustig machen darfst.«

Er kniete sich hin, legte zaghaft die Hand auf Mustangs Brust und bewegte sie langsam hin und her. »Mustang, eins solltest du wissen. Die Leute, die in diesem Haus wohnen, sind zwar nett, aber nicht ganz richtig im Kopf.«

Bryce

Haley sah mich mit gespielter Entrüstung an.

»In eurem Vorgarten stehen riesige Metallhühner«, erinnerte ich sie.

»Das ist Kunst.«

»Nein. Ist es nicht.«

»Es hat vielleicht keine Museumsqualität«, sagte sie, »aber es ist trotzdem Kunst.«

»Das ist die Makkaronikette, die ich im Kindergarten aufgezogen habe, auch, aber das heißt noch lange nicht, dass es auch gut ist.«

Sie tappte mit ihrem Fuß auf den Boden und sah mich finster an. »Weißt du was? Ich glaube, so ein Metallhuhn wäre eine hervorragende Kühlerfigur für deinen Mustang.«

Das selbstzufriedene Grinsen, das sich daraufhin auf ihrem Gesicht ausbreitete, brachte mich zum Lachen. Sie sah aus, als wäre sie mächtig stolz darauf, dass ihr etwas eingefallen war, womit sie mir ernsthaft drohen konnte. Ich spielte mit und richtete mich zu voller Größe auf, um möglichst einschüchternd zu wirken. »Denk nicht mal dran.«

Sie lachte mich mit funkelnden Augen und geröteten Wangen aus. Irgendwie fühlte ich mich plötzlich ganz leicht. Das Gewicht der ganzen Welt, das auf mir lastete, war verschwunden, nur weil ein cleveres Mädchen voller Schaum und Hundehaare sich über mich lustig machte. Unter diesen Umständen schien es nur eine logische Reaktion zu geben. Ich beugte mich vor und presste meinen Mund auf ihren.

Haley erstarrte für einen Moment, dann erwiderte sie meinen Kuss.

Ich legte einen Arm um ihre Taille und zog sie näher zu mir heran. Sie glitt mit den Händen über meine Brust und vergrub dann ihre Finger in meinen Haaren. Mein Körper fing langsam Feuer. Die Hitze durchzuckte mich nicht wie ein Blitz, so wie bei Brittney, es fühlte sich völlig anders an.

»Wuff!«

Das Bellen erschreckte mich. Mein Kopf zuckte ein Stück zurück, während ich Haley weiter festhielt. »Was ist?«, fragte ich den Hund. Dabei wurden mir zwei beunruhigende Dinge gleichzeitig klar. Erstens: Ich redete mit einem Hund. Zweitens: Ich wollte Haley nicht loslassen.

Es klopfte an der Badezimmertür. »Es kann ja wohl nicht so

lange dauern, einen Hund zu waschen!«, meckerte Matt. »Seht zu, dass ihr rauskommt, sonst schicke ich euch Dad rein.«

Haley grinste mich an. »Wir sind in einer Minute da.« Dann stellte sie sich auf die Zehenspitzen und fuhr sanft mit ihren Lippen über meine. »Wir sollten lieber zu den anderen zurückgehen.«

Ich nickte und trat einen Schritt zurück. Sofort kam Mustang an und tapste mir mit der Pfote auf den Schuh.

»Wuff!«

Die Versuchung war groß, aber ich wollte mir gar nicht erst angewöhnen, laut mit ihm zu sprechen. Stattdessen hob ich ihn hoch und hielt ihn wie einen Football im Arm. Ihm schien es zu gefallen.

»Du hast uns vor Matt gewarnt, nicht wahr?« Haley kraulte Mustang den Kopf. »Guter Hund.«

Sie machte die Tür auf, damit ihre Brüder beruhigt waren, und wischte das Becken mit einem Handtuch aus. »Alles klar.«

Ich hatte keine große Lust, das Bad zu verlassen und ihrem Vater und ihren Brüdern unter die Augen zu treten. Doch als wir ins Wohnzimmer kamen, Haley neben mir regelrecht strahlend vor Glück, musterte mich ausgerechnet das einzige Familienmitglied, das ich noch nicht kennengelernt hatte, als wäre ich ein gemeingefährlicher Axtmörder.

Haley erstarrte. »Hey, Mom.«

»Was willst du denn hier?« Ich nahm an, dass sie mich damit meinte, Haley wohnte schließlich hier.

»Ich habe auf der Straße einen Hund gefunden, und weil ich dachte, dass Haley weiß, was zu tun ist, habe ich ihn hierhergebracht.«

Ihr Blick wanderte zu Mustang. »Verstehe. Und jetzt hast du vor, das Problem einfach bei ihr abzuladen und wieder zu verschwinden?«

Was sollte ich darauf antworten? Wenn einer ihrer Brüder diesen Scheiß abgezogen hätte, hätte ich mich zur Wehr gesetzt. Aber da es sich hier um eine Frau und noch dazu um Haleys Mutter handelte, wusste ich nicht, was ich sagen sollte.

Eine warme Hand schob sich in meine, und Haley kam ein Stück näher. »Wenn wir seine Besitzer nicht finden können, nehme ich ihn mit ins Tierheim.«

Ihre Mutter öffnete den Mund, um etwas zu erwidern, aber in diesem Moment rief ihr Dad: »Essen ist fertig!«

»Bist *du* heute nicht mit Kochen dran?«, fauchte ihre Mutter Haley an.

Ich drückte Haleys Hand, um ihr das Gefühl zu geben, dass sie nicht alleine war.

»Ich habe gekocht. Dad hat nur die Soße aufgewärmt, während wir Mustang gebadet haben.«

Ich wusste nicht, wie ich ihr helfen sollte. Mit tyrannischen Vätern konnte ich umgehen, aber angriffslustige Mütter? Das war eine ganz andere Nummer.

Haleys Vater kam herein, legte ihrer Mutter den Arm um die Schulter und flüsterte ihr etwas ins Ohr. Sie neigte den Kopf und lächelte. Dann sagte sie: »Wenn du möchtest, kannst du zum Essen bleiben, Bryce.«

Sie litt ganz offensichtlich an einer multiplen Persönlichkeitsstörung, das war die einzige Erklärung. Da ich keine Ahnung hatte, wie ich reagieren sollte, blickte ich Hilfe suchend zu Haley. »Was meinst du dazu?«

Ihre Haltung entspannte sich. »Ich möchte, dass du bleibst.«

»Dann bleibe ich.« In Wahrheit wollte ich nicht schon wieder alleine sein. Trotz der merkwürdigen Feindseligkeit, die von ihrer Familie ausging, fühlte es sich gut an, hier bei Haley zu sein.

»Solltest du nicht deine Mutter anrufen und ihr sagen, dass du nicht nach Hause kommst?«, fragte Haleys Mom.

Ach, auf einmal machte sie sich Sorgen um mein Wohlergehen. Um sie nicht wieder zu reizen, ließ ich widerstrebend Haleys Hand los und zog mein Handy aus der Tasche. Ich erreichte nur die Mailbox meiner Mutter, auf der ich eine kurze Nachricht hinterließ, dass ich zum Abendessen bei ... beinahe hätte ich gesagt dass ich bei »einem Freund« sei, doch so, wie Haleys Mom mich anschaute, wurde mir klar, dass sie mir eine Falle gestellt hatte und nur darauf wartete, dass ich hineintappte. Also sagte ich hastig, dass ich zum Abendessen bei Haley sei und später nach Hause kommen würde.

»Und deine Mutter weiß auch, wer Haley ist?«, hakte sie nach.

»Ja.«

»Ich finde –«, setzte sie an.

»Wir wollen doch nicht, dass das Essen kalt wird«, unterbrach Haleys Dad sie. »Warum lassen wir die Kids nicht in der Küche essen, und wir beide gehen runter und schauen uns den Film zu Ende an, den wir gestern Abend angefangen haben.«

Haleys Mutter zögerte kurz, doch dann nickte sie. »In Ordnung.«

Ich blieb ein Stück zurück, als Haleys Eltern und ihre Brüder in Richtung Küche verschwanden. »Was war das denn eben?«

»Ich habe dir doch gesagt, dass sie in letzter Zeit echt komisch ist.«

Ich legte Haley den Arm um die Schultern und zog sie zu mir heran. »Tut mir leid.«

Sie blinzelte hastig. »Ich kann nichts daran ändern.«

Fünfzehn

Haley

Nicht mal Moms Verhalten konnte dem Glücksgefühl etwas anhaben, das der Kuss von Bryce bei mir ausgelöst hatte. Er hatte mich ganz von alleine geküsst. Weil er es wollte. In echt. Und jetzt blieb er zum Essen. Würde diese nette Seite seiner Persönlichkeit überwiegen, wäre er gar kein so schlechter Freund.

Charlie und Matt, die uns über den Küchentisch hinweg finstere Blicke zuwarfen, sorgten nicht gerade für eine romantische Dinneratmosphäre, aber Bryce ignorierte die beiden einfach.

Mustang saß auf dem Teppich vor der Spüle und fraß eine Schüssel Trockenfutter.

»Er hat auf dem Weg hierher einen halben Hamburger verdrückt.« Bryce nahm sich ein Messer und schnitt seine Spaghetti klein. »Ich wundere mich, dass er nicht pappsatt ist.«

»Hunde sind niemals satt.« Wären wir allein gewesen, hätte ich Bryce damit aufgezogen, dass er alle Nudeln auf die gleiche Länge gestutzt hatte, aber ich verkniff es mir. »Wo hattest du denn den Burger her?«

»Ich habe auf dem Heimweg angehalten, um mir etwas zu essen zu holen, weil ich wusste, dass meine Mutter heute Abend nicht zu Hause sein würde. Sie ist auf einer Wohltätigkeitsveranstaltung, die sie organisiert hat.«

Er sagte das in dem Tonfall, in dem ich sagen würde, dass meine Mutter zum Supermarkt gefahren war.

Bryce' Handy klingelte. Er warf einen Blick aufs Display, runzelte die Stirn und ignorierte den Anruf.

Oh, oh. »Wer war das denn?«

»Mein Vater.«

»Warum willst du nicht mit ihm reden?«, fragte Matt.

Ich weiß nicht, ob er ein Gespräch in Gang bringen wollte oder einfach nur neugierig war.

Bryce starrte Matt ein bisschen zu lange an, bevor er antwortete. »Das letzte Mal, als ich mit meinem Vater gesprochen habe, haben wir uns gestritten. Mir ist jetzt nicht danach, mit ihm zu reden.«

»Das Gute daran, kein Handy zu haben, ist, dass die Leute einen nicht ständig nerven können.« Matt griff sich den Parmesanstreuer und schüttete die Hälfte des Inhalts auf seine Spaghetti.

Charlie sah aus, als wollte er etwas sagen, traute sich aber nicht, damit herauszurücken. Ich beschloss, ihm auf die Sprünge zu helfen. »Spuck's aus, Charlie.«

Er beugte sich vor und sagte mit leiser Stimme: »Hast du 'ne Ahnung, was in letzter Zeit mit Mom los ist?«

»Nein.« Ich wünschte, ich wüsste es.

»Sie verhält sich so merkwürdig, seit du mit Bryce zusammen bist«, fügte Matt hinzu.

»Also hatte sie schon etwas gegen mich, bevor sie mich überhaupt kennengelernt hat«, sagte Bryce.

»Das ist echt komisch«, murmelte Matt. »Ich meine, wir mögen dich nicht, *weil* wir dich kennen.«

Ich versetzte Matt unter dem Tisch einen Tritt. »Hör auf mit dem Scheiß.«

»Hey!« Er langte nach unten und rieb sich das schmerzende Schienbein.

Bryce räusperte sich. »Okay, mag ja sein, dass ihr ein Problem damit habt, wie ich mein Leben lebe. Aber heute Abend habe ich angehalten, um einen nassen, dreckigen Hund während eines Gewitters aufzusammeln. Und jetzt esse ich hier mit euch und benehme mich anständig. Vielleicht bin ich ja gar nicht so schlimm, wie ihr denkt.«

»Vielleicht«, murmelte Matt.

»Zurück zur eigentlichen Frage«, sagte Bryce zu mir. »Warum hasst deine Mutter mich?«

Charlie grinste. »Da könnte ich dir eine ganze Liste möglicher Gründe nennen, aber dann kassiere ich auch noch einen Tritt von Haley.«

»Ja, allerdings. Obwohl das bei dem Winkel nicht so einfach wäre.«

Matt aß seine Spaghetti auf und lehnte sich zurück, ohne Bryce aus den Augen zu lassen.

»Ich geb's nur ungern zu, aber vielleicht bist du doch nicht so ein Arsch, wie ich dachte.«

»Danke für die Blumen«, witzelte Bryce mit unbewegter Miene.

Charlie leerte seinen Teller und stand auf, um sein Geschirr in die Spüle zu stellen. »Aber vergiss den Holzhäcksler nicht.« Matt lachte und stand ebenfalls vom Tisch auf.

Bryce machte sich nicht die Mühe, darauf zu antworten. Ich versuchte, mir das Lachen zu verkneifen.

Er schaute auf seinen eigenen Teller, der noch halb voll war. »Kauen deine Brüder das Essen überhaupt?«

»Ich glaube nicht. Ich hab schon mal gesehen, wie sie eine Familienpizza in weniger als fünf Minuten weggeputzt haben.«

»Ich muss los«, meinte Bryce nach dem Essen.

»Möchtest du Mustang mitnehmen?«

Er grinste. »Der Gesichtsausdruck meines Vaters wäre die Sache wert, aber ich muss leider passen.«

»Kein Problem. Er kann heute Nacht in meinem Zimmer schlafen.« Ich folgte Bryce zur Tür und hinaus auf die Veranda. In meinem Bauch tanzten Hunderte von Schmetterlingen.

Bryce blieb auf der obersten Stufe stehen. »Danke für deine Hilfe mit Mustang. Ich –«

Die Verandabeleuchtung flammte auf. Es fühlte sich an, als hätte man einen Scheinwerfer auf uns gerichtet.

»Oh, Entschuldigung. Ich hab euch doch nicht etwa bei irgendwas gestört?« Charlie stand im Türrahmen.

Ich machte mir nicht die Mühe, ihm zu antworten. Stattdessen nahm ich Bryce' Hand und zog ihn ein Stück die Veranda hinunter, bis wir wieder im Schatten waren.

»Tut mir leid.«

Die Schmetterlinge in meinem Bauch begannen, wie wild mit den Flügeln zu schlagen, als Bryce mich mit einem eigenartigen Gesichtsausdruck ansah.

»Was ist? Habe ich Tomatensoße am Kinn?«

»Nein.« Er beugte sich zu mir hinunter und küsste mich sanft. Ich seufzte und ließ mich gegen seine Brust sinken. Ein warmes, kribbelndes Gefühl flutete durch meinen Körper. Es fühlte sich an, als würde ich von innen heraus glühen.

Als Bryce sich von mir löste, war ich noch nicht bereit, ihn gehen zu lassen. »Wegen morgen …«, setzte ich an.

»Was ist mit morgen?«

Sollte ich es riskieren, etwas zu sagen und diesen Moment zu ruinieren? Aber ich wusste nicht, ob ich schlafen konnte, wenn ich nicht fragte. »Das klingt jetzt wahrscheinlich total blöd, aber die letzten Male, als wir uns gut verstanden haben, hast du dich am nächsten Tag nicht besonders gefreut, mich zu sehen. Ich glaube, ich möchte einfach wissen, wie es morgen sein wird.«

Er runzelte die Stirn. »Ich verstehe nicht, was du meinst.«

Mist. »Vergiss es.«

»Nein. Erklär es mir.«

In diesem Moment hätte ich alles für eine Zeitmaschine gegeben, um mein Leben drei Minuten zurückspulen zu können. Da ich keine hatte, trat ich die Flucht nach vorne an. »An dem Nachmittag, als Brittney mein Auto beschmiert hat, warst du nett zu mir. Am nächsten Morgen wolltest du nichts mehr mit mir zu tun haben.«

Er löste seine Hände von meiner Taille und trat einen Schritt zurück. Das wundervolle Glühen, das ich noch einen Moment zuvor gespürt hatte, wich einer arktischen Kälte. Die Sekunden verstrichen quälend langsam, während er auf einen Punkt dreißig Zentimeter über meinem Kopf starrte.

»Vergiss, was ich gesagt habe. Dieser Abend war wunderschön. Ich –«

Er sah mir fest in die Augen. »Was willst du, Haley?«

Ich wollte *ihn*. Der Plan, dass er nur den Weg für potenzielle zukünftige Freunde ebnen sollte, war gestorben. Ich wollte, dass wir eine richtige Beziehung hatten. Doch unsere Küsse, die für mich etwas ganz Besonderes waren, bedeuteten ihm vielleicht gar nichts. Er hatte schon eine Menge Mädchen geküsst. Meine Erfolgsbilanz in dieser Hinsicht fiel dagegen eher mager aus.

Ach, verdammt! Wild entschlossen, alles auf eine Karte zu setzen, warf ich mich in seine Arme, verschränkte die Hände in seinem Nacken und zog ihn zu mir heran, um ihn zu küssen. Er stolperte einen Schritt nach vorn, bevor er sein Gleichgewicht wiederfand, und dann … lachte er mich aus.

Mein Gesicht brannte. Ich stieß ihn weg und stolperte auf die Haustür zu.

»Haley, warte!« Eine Hand legte sich auf meine Schulter und wirbelte mich herum. »Was ist denn los?«

Ich konnte ihm nicht in die Augen sehen. »Ich habe versucht, dich zu küssen, und du hast mich ausgelacht.«

»Was? Nein, ich habe dich nicht ausgelacht.« Er legte seine Hand unter mein Kinn und hob es mit sanftem Druck an, damit ich ihn anschauen musste. »Du hast mich überrumpelt. Du bist stärker, als du aussiehst.«

Seine Stimme klang aufrichtig. Ich schluckte gegen den Kloß in meiner Kehle an.

»Du wirst doch jetzt nicht anfangen zu weinen, oder?«

Ich boxte ihn gegen die Schulter. »Wenn ich heule, ist es

deine Schuld. Den einen Tag bist du nett zu mir und den anderen ignorierst du mich. Manchmal fühlt es sich an wie eine gefakte Beziehung und dann wieder, als wäre alles echt. Du machst mich wahnsinnig.« Und dann sprudelte es einfach aus mir heraus: »Wenn du mich nicht auf der Stelle in den Arm nimmst, trete ich dir vors Schienbein.«

Er seufzte und streckte die Hände aus. »Komm her.«

Ich ging auf ihn zu und legte meinen Kopf an seine Brust. Das Geräusch seines Herzschlags und die Wärme seiner Umarmung beruhigten mich. Nachdem ich ein paarmal tief Luft geholt hatte, verschwand auch der Kloß in meinem Hals. Ich löste mich von ihm und wich etwas zurück. »Danke. Jetzt geht's wieder.«

»Gut. Dann hör mir mal zu.« Er beugte sich zu mir hinunter, legte seine Lippen für einen Moment auf meine und zog sich dann ein winziges Stück zurück. »*Das* hier ist real.« Sein Atem streifte zart meine Lippen, bevor er den Abstand zwischen uns überwand und mich noch einmal küsste. Und die Welt und all meine Sorgen schwanden dahin, als sich in meinem Bauch eine glückselige Wärme ausbreitete. Als der Kuss schließlich endete, war ich ganz außer Atem.

»Wir sehen uns morgen, und morgen wird ein guter Tag sein.«

Bryce

Als ich meinen Mustang in die Garage fuhr, standen zwei Dinge ganz oben auf meiner Prioritätenliste: den Wagen sauber machen und duschen. Den Dreck und die Überreste des Hamburgers vom Lederpolster zu entfernen, war nicht weiter schwer, aber der Geruch nach nassem Hund war eine andere Sache. In der Hoffnung, dass der Gestank am nächsten Morgen verschwunden sein würde, ließ ich die Fenster offen.

Ich betrat das Haus durch den Wintergarten und war überrascht, meine Mutter und meinen Vater im Esszimmer vorzufinden, wo sie Martinis tranken. Die Reste des Abendessens standen zwischen ihnen auf dem Tisch.

»Bryce, wo bist du gewesen?«, rief mein Vater.

Er wusste garantiert schon längst, wo ich gewesen war. Meine Mutter hatte es ihm sicher erzählt. Ich trat ins Zimmer, doch bevor ich ein Wort sagen konnte, verzog mein Vater das Gesicht. »Was hast du da an, und was ist das für ein Gestank?«

»Das«, ich zupfte an dem blauen T-Shirt vom Tierschutzverein, »ist ein T-Shirt, das ich mir von Haley geliehen habe, und es stinkt nach nassem Hund. Ich wollte gerade duschen gehen. Wenn du hinterher mit mir reden willst, komme ich gerne wieder runter.« Ich wollte mich umdrehen und in Richtung Tür verschwinden.

»Und warum um alles in der Welt riechst du nach nassem Hund?«, bohrte mein Vater weiter.

Es gab kein Entrinnen für mich. »Ich habe einen Hund auf der Straße gefunden und ihn zu Haley gebracht –«

»Wer ist Haley?«

Er versuchte, mich in die Falle zu locken, aber ich würde nicht darauf hereinfallen. »Haley ist das Mädchen, mit dem ich zusammen bin.«

»Und was soll sie mit irgendeinem Köter anfangen, den du auf der Straße aufgelesen hast?«

Ich gab den Plan, einen schnellen Abgang zu machen, auf, und setzte mich meinem Vater gegenüber an den Tisch. Vielleicht wurde ihm von meinem Gestank schlecht, und er ließ mich gehen. »Sie arbeitet im Tierheim. Ich dachte, sie wüsste, was man mit einem entlaufenen Hund macht.«

»War er verletzt?«, fragte meine Mutter.

»Nein. Er brauchte nur ein Bad und etwas zu fressen. Er hatte ein Halsband, aber keine Hundemarke oder so. Haley wird ihn morgen früh mit ins Tierheim nehmen und ihn scannen, um rauszubekommen, ob er einen Mikrochip hat.«

»Aber das erklärt immer noch nicht deinen Aufzug oder deinen Gestank.«

Warum wollte er unbedingt einen Streit vom Zaun brechen? Egal. Ich zupfte noch einmal am Vorderteil meines Shirts. »Ich rieche nach nassem Hund, weil wir den Hund gebadet haben. Haley hat mir dieses lächerliche Teil hier gegeben, weil mein Hemd völlig durchnässt war.« Bei der Erinnerung an das, was nach der Badeaktion passiert war, musste ich lächeln. Ich hatte nicht geplant, Haley in diesem Moment zu küssen, aber ich hatte vor, es wieder zu tun.

»Ich glaube, Haley tut dir gut.« Meine Mutter fischte die Olive aus ihrem Martini und rümpfte dann die Nase. »Und ich finde, du solltest jetzt wirklich duschen gehen.«

Vielleicht tat Haley mir tatsächlich gut. Und ihre Brüder waren längst nicht so gemeingefährlich, wie ich gedacht hatte. Ihre Mutter hingegen … tja, da war ich mir noch nicht so sicher.

Ich sah zu, dass ich wegkam. Nach einer langen, heißen Dusche rief ich Nathan an und berichtete ihm von den Ereignissen des Abends.

»Du hast angehalten, um einen nassen, schmutzigen Hund mitzunehmen?« Er klang überrascht, und das ärgerte mich.

»Was hast du denn gedacht? Dass ich noch extra Gas gebe und ihn überfahre?«

»Nein, natürlich nicht.« Nathan lachte. »Ich hätte erwartet, dass du so lange hupst, bis er aus dem Weg geht, und dann dein Abendprogramm weiter durchziehst.«

»Du bist mir ja ein toller bester Freund.«

»Ach komm. Bevor du Haley kennengelernt hast, hättest du dich nie im Leben um einen herrenlosen Hund gekümmert, das weißt du genau.«

Ich drückte das Gespräch weg. Das Erschreckende war, dass er recht hatte. Was sagte das über mich aus? Vorhin im Esszimmer hatte mein Vater nicht verstanden, warum ich angehalten hatte, um einem streunenden Hund zu helfen. War ich ihm inzwischen so ähnlich geworden? Was für ein beängstigender Gedanke.

Am nächsten Morgen, auf der Fahrt zur Schule, musste ich wieder daran denken, was Haley gestern Abend gesagt hatte. Sie hatte recht. Immer wenn wir einen guten Tag gehabt hatten, schien danach irgendetwas schiefzulaufen. Ihr Gesichtsausdruck, als sie dachte, ich hätte sie ausgelacht, war wie ein

Schlag in die Magengrube gewesen. Ich wusste zwar nicht, ob das mit uns eine Zukunft haben würde, aber auf keinen Fall wollte ich derjenige sein, wegen dem sie so unglücklich aussah.

Vielleicht sollte ich sie überraschen und heute Morgen an ihrem Spind auf sie warten. Sie kam sonst immer zu meinem, vielleicht konnte ich so ein paar Pluspunkte sammeln. Na bitte, das war doch mal ein Plan.

Dieser Plan löste sich in Luft auf, als ich auf den Parkplatz einbog und sah, wie Haley einen Typen umarmte, der eine Jacke mit Tarnmuster trug. Ich stieß die Wagentür auf und ging steifbeinig auf die beiden zu. Haley drehte sich um und sah mich. Anstatt schuldbewusst zu gucken, was ja wohl das Mindeste gewesen wäre, grinste sie mich an.

»Ich habe Mustangs Herrchen gefunden! Ich meine natürlich *Sparkys* Besitzer.«

Der Typ stürzte auf mich zu, ergriff meine Hand und klatschte mir auf den Oberarm. »Mann, danke, dass du Sparky aufgesammelt hast. Wir haben ihn wie verrückt gesucht. Als wir beim Tierheim angerufen haben und hörten, dass Haley ihn vorbeigebracht hat, ist meine Mutter in Tränen ausgebrochen.«

Die Anspannung in meinen Muskeln löste sich. »Kein Problem.« Auf der Suche nach dem Hund schaute ich mich um. »Wo ist er denn?«

»Meine Mutter hat ihn mit nach Hause genommen. Ich wollte mich bei euch beiden bedanken.«

Für einen kurzen, schreckerfüllten Moment dachte ich, er würde mich ebenfalls umarmen. Stattdessen ließ er meine Hand los.

»Freut mich, dass wir helfen konnten.« Ich ging vorsichtshalber ein bisschen auf Abstand. Er klopfte mir auf die Schulter, nickte und ging davon.

Ich wandte mich Haley zu. Um sicherzugehen, dass alles in Ordnung war, legte ich meinen Arm um ihre Taille und zog sie an mich. »Heute wird ein guter Tag.«

»Testen wir die Theorie doch mal.« Sie zog mich an meinem Hemd näher zu sich heran. Ich beugte mich hinunter und küsste sie. Und wieder seufzte sie und schmiegte sich an mich. Es war, als würde sie zu meinem Körper passen wie kein anderes Mädchen zuvor. Während ich sie so festhielt, wünschte ich, wir müssten nicht zur Schule.

»Verdammt, Bryce, hör auf, meine Schwester zu küssen!«

Ich löste mich ein wenig aus unserer Umarmung und grinste Matt an. »Genau genommen hat sie *mich* geküsst.«

Er funkelte mich an, als würde er mir am liebsten die Eingeweide rausreißen. Doch nachdem wir zusammen zu Abend gegessen hatten, wirkte dieser Blick längst nicht mehr so einschüchternd.

»Wenn du nicht noch mehr Küsse sehen willst, solltest du dich jetzt besser verziehen«, warnte ihn Haley.

Er murmelte etwas, in dem das Wort Holzhäcksler vorkam, und stapfte davon. Ich achtete nicht weiter auf ihn, denn Haley zupfte wieder an meinem Hemd, und ich wollte nicht unhöflich sein.

Haley

Ein warmes, glückliches Gefühl flutete durch meinen Körper, als Bryce mich küsste. Okay, eigentlich hatte ich angefangen, aber das schien ihn nicht weiter zu stören. Die Wärme verwandelte sich nach und nach in eine glühende Hitze.

Es klingelte zur ersten Stunde. Bedauernd löste ich mich von Bryce.

»Wir sollten einfach die Schule schwänzen«, sagte er in sachlichem Ton.

Ich starrte ihn überrascht an, dann lachte ich los. »Ich bin eine Einser-Schülerin. Ich schwänze keine Schule.«

Er schlang einen Arm um meine Taille und beugte sich ganz dicht zu mir, als wollte er mir etwas zuflüstern, das niemand anders hören sollte. Sein heißer Atem berührte mein Ohr, und dann machte er irgendetwas Magisches mit meinem Ohrläppchen, das sämtliche Nervenenden meines Körpers wie ein Feuerwerk explodieren ließ. Ich hielt mich an seinem Hemd fest, weil ich weiche Knie bekam. Ganz schön klischeehaft, ich weiß, aber so war es nun mal. Obwohl ich mir auf die Lippe biss, konnte ich einen gehauchten Seufzer nicht ganz unterdrücken.

Als ich spürte, wie die Röte meinen Hals hinaufkroch, öffnete ich die Augen und stellte fest, dass Bryce mich angrinste. Ich pikste ihm in die Brust. »Das ist nicht fair. Du solltest deine Kräfte für etwas Gutes einsetzen, nicht für etwas Gemeines.«

Er lachte, und seinen Arm immer noch um meine Taille gelegt steuerten wir auf die Schule zu. Eine Cheerleaderin und ihre Freundin starrten uns an und steckten die Köpfe zusammen, als wir vorbeigingen. Hatten sie gesehen, wie wir uns geküsst hatten? Vor oder nach der Schule war das auf dem Parkplatz schließlich kein besonders ungewöhnliches Ereignis.

Zwei Jungs liefen flüsternd an uns vorbei und brachen dann in ein ziemlich dreckiges Lachen aus. »Haben wir irgendwas nicht mitbekommen?«

Bryce ließ seinen Blick durch die Gegend wandern. »Da ist was im Busch, aber ich weiß nicht, was.«

Im Schulgebäude schlängelten wir uns zwischen den Gaffern hindurch, legten einen kurzen Zwischenstopp an meinem Spind ein und gingen dann zu seinem. Jane und Nathan warteten bereits auf uns. Sie standen vor Bryce' Spind, als würden sie irgendetwas bewachen.

Jane griff nach meiner Hand. »Nicht ausrasten. Möglicherweise ist es nicht das, wonach es aussieht.«

Na toll. Wenn mir jemand sagte, ich sollte nicht ausrasten, schaltete mein Körper auf höchste Alarmstufe. Ich spürte, wie sich Bryce' Körper anspannte. Er zog mich näher an sich heran.

»Ich wollte, dass ihr es seht, bevor wir es entsorgen.« Nathan trat ein Stück beiseite.

An Bryce' Spind klebte eine Karte mit der Aufschrift *Alles Gute zum Vatertag*.

»Sie ist unterschrieben«, bemerkte Jane.

Bryce riss die Karte vom Spind und öffnete sie. Brittneys Name war hineingekritzelt.

»Sie ist doch nicht etwa … Die will sich bestimmt bloß aufspielen«, stotterte ich.

Sein Arm glitt von meiner Taille.

»Das kann doch nicht sein … oder?« Das war mir reflexartig rausgerutscht. Natürlich konnte es sein.

»Bei dir vielleicht nicht«, ertönte Brittneys Stimme hinter mir. Bryce und ich drehten uns um und starrten sie an. Für eine angeblich Schwangere wirkte sie ausgesprochen selbstzufrieden. »Aber bei mir könnte es durchaus sein, stimmt's, Bryce?«

»Ist das wahr?« Seine Stimme klang eiskalt, gepresst und tonlos.

Sie zeigte auf die Karte in seiner Hand. »Die spricht doch für sich.«

Mir reichte es. »Wenn du schwanger wärst, würdest du es garantiert nicht in der ganzen Schule herumposaunen. Und selbst wenn es stimmt, wird Bryce sicher auf einem Vaterschaftstest bestehen.«

Diese Irre schaffte es doch tatsächlich, eine beleidigte Miene aufzusetzen, und hauchte mit einem tiefen Seufzer: »Bryce, willst du wirklich zulassen, dass deine Exfreundin so mit der Mutter deines Kindes redet?«

Bryce reagierte nicht darauf und zog sein Handy aus der Tasche. »Ich rufe unseren Anwalt an. Er wird für heute Nachmittag einen Termin für einen Schwangerschaftstest vereinbaren. Und unsere Eltern werden als Zeugen dabei sein.«

Brittney wurde blass. »Das ist nicht nötig. Ich habe schon einen Test gemacht.«

Bryce ignorierte sie, drehte ihr den Rücken zu und begann zu telefonieren. Brittney stürzte auf ihn zu und zerrte an seinem Arm. »Hör auf!«

»Warum sollte ich?«

»Ich … Das ist eine persönliche Sache zwischen dir und

mir.« Dann wechselte sie die Taktik, beugte sich aufreizend vor und schmiegte sich an ihn. »Das sollten wir unter uns ausmachen«, flüsterte sie in verführerischem Ton.

»Wenn es was Persönliches ist, warum klebst du dann diese Karte an meinen Spind, wo sie jeder sehen kann?«

Brittney wirkte plötzlich nicht mehr ganz so selbstsicher. Sie sackte förmlich in sich zusammen. »Ich wusste, dass du nicht mit mir reden würdest. Deswegen dachte ich, es wäre die einzige Möglichkeit, dich dazu zu bringen, dass du mir zuhörst.«

»Ich höre dir zu. Die ganze Schule hört dir zu und redet über diese Aktion. Und es wird auch meinem Vater zu Ohren kommen – und deinem. Hast du daran schon mal gedacht?«

»Wir erzählen ihnen einfach, dass es nur ein Scherz gewesen ist.«

»Sie reitet sich immer tiefer rein, was?«, flüsterte Jane neben mir. Weil ich glauben wollte, dass Brittney log, nickte ich.

»Du hast dreißig Sekunden, um mir die Wahrheit zu sagen, bevor ich meinen Anwalt zurückrufe.« Bryce' Gesicht war völlig emotionslos. Sein starrer, ausdrucksloser Blick in Verbindung mit dem eisigen Ton machte jedem klar, dass er es todernst meinte.

»Was ist hier los?«, rief Rektor Evans, während er auf uns zusteuerte.

»Jetzt ist die Kacke am Dampfen«, zischte ich Jane zu.

Bryce hielt die Karte immer noch in der Hand und machte keine Anstalten, sie zu verstecken.

»Warum redet heute Morgen die ganze Schule über dich, Brittney?« Rektor Evans blieb zwischen ihr und Bryce stehen.

»Ich habe keine Ahnung.« Obwohl Brittney das blonde

Dummchen sehr überzeugend spielte, schien Rektor Evans es ihr nicht abzukaufen.

Er wandte sich an Bryce. »Erklär mir, was hier läuft.«

»Ich glaube, jemand hat mir einen Streich gespielt.« Er hielt den Blick starr auf Brittney gerichtet.

Brittney zeigte auf die Karte, die Bryce in der Hand hatte. »Jemand hat das an seinen Spind geklebt. Ich weiß nicht, warum es heißt, ich sei schwanger. Wir sind gar nicht mehr zusammen. Es würde mehr Sinn machen, *Haleys* Namen auf die Karte zu setzen, und nicht meinen.«

Wollte sie mich jetzt auch noch mit reinziehen? »Du brauchst ernsthaft Hilfe.«

Rektor Evans sah zwischen Brittney und mir hin und her. »Muss eine von euch beiden mit der Schulkrankenschwester oder mit dem Vertrauenslehrer sprechen?« Das sollte wohl so viel bedeuten wie: »Bist du schwanger?«

»Nein«, sagte ich entschieden.

Brittney schüttelte den Kopf.

Ich hätte ihr gern eine verpasst.

»Dann wäre das ja geklärt«, sagte Bryce. »Hier ist niemand schwanger. Stimmt's, Brittney?«

»Stimmt.« Sie versuchte es mit einem zuckersüßen Lächeln. »Es war ein gemeiner Streich.«

Rektor Evans fuhr sich mit der Hand über den kahlen Kopf. »Ich weiß nicht, wie weit in diesem Fall die Schule Verantwortung übernehmen muss. Ich glaube, ihr Mädchen kommt am besten mit mir.«

»Was? Wieso?« Ich sah Hilfe suchend zu Bryce, aber der zuckte nur mit den Schultern.

»Wir werden eure Eltern anrufen und sie über diesen Vorfall informieren. Falls sie es für nötig halten, können sie wegen eines Schwangerschaftstests mit euch zum Arzt gehen.«

Ich war geliefert. »Das können Sie nicht machen.« Ich deutete auf die Karte. »Da steht doch nicht *mein* Name drauf! Bryce und ich sind in die Schule gekommen und haben sie hier an seinem Spind gefunden. Wir waren beide überrascht. Jane und Nathan waren vor uns da. Sie haben uns die Karte gezeigt. Das geht auf Brittneys Konto, und wenn Sie meine Eltern anrufen, lassen die mich nie wieder aus dem Haus.«

»Es tut mir leid, aber das ist unumgänglich.« Rektor Evans zeigte den Flur hinunter. »Gehen wir.«

Nein. Nein. Nein. »Das ist frauenfeindlich! Warum bestrafen Sie nur die Mädchen? Warum muss Bryce nicht auch seine Eltern anrufen?«

Jetzt sah Bryce mich an, als hätte ich ihm ein Messer in den Rücken gerammt. Und das hatte ich wohl auch. Irgendwie. Ich hatte erwartet, dass er seinen Rechtsanwalt anrufen und den Rektor davon abbringen würde, meine Eltern zu informieren. Schließlich hatte ich damit nicht das Geringste zu tun. Warum half er mir nicht?

»Nun gut. Dann kommt ihr eben alle drei mit.«

Als ich durch den Flur in mein sicheres Verderben marschierte, rief Jane mir hinterher: »Keine Angst, ich rede mit deinen Brüdern!«

Sechzehn

Haley

Offensichtlich gab es in der Highschool kein Recht auf Privatsphäre. Der Direktor und die Schulkrankenschwester hörten mit, als Brittney mit ihren Eltern sprach. Dieses Miststück schaffte es doch tatsächlich, sich ein paar Tränchen abzuringen, als sie mit ihren Eltern telefonierte. Das war wirklich nicht mehr normal.

Bryce schmorte neben mir, während wir darauf warteten, dass wir mit Telefonieren dran waren. Als ich versuchte, ihn am Arm zu berühren, zog er ihn weg.

Rektor Evans wählte unsere Festnetznummer und reichte mir den Hörer.

Bitte lass meinen Dad rangehen. Bitte. Bitte. Bitte.

»Hallo?«

Mein Leben war gelaufen. »Mom? Hör zu, heute in der Schule ist etwas Merkwürdiges passiert. Jemand hat eine Vatertagskarte an Bryce' Spind geklebt und damit das Gerücht in die Welt gesetzt, dass seine Exfreundin schwanger ist. Und diese Ex behauptet jetzt, dass *ich* vielleicht damit gemeint wäre. Was nicht sein kann. Es sei denn, die Gesetze der Biologie haben sich geändert und man kann vom Küssen schwanger werden. Aber Mr Evans wollte trotzdem, dass ich dich anrufe.«

Völlig verkrampft wartete ich auf ihre Gardinenpredigt. Stattdessen brach meine Mutter in Tränen aus und schluchzte so herzzerreißend, als wäre jemand gestorben. »Mom? Was ist los? Mom?«

Ich hörte die Stimme meines Vaters im Hintergrund. Er nahm sich den Hörer. »Haley, was geht hier vor?«

Ich wiederholte meine Geschichte und endete mit den Worten: »Warum weint Mom denn?« Während ich auf seine Antwort wartete, brach mir der kalte Schweiß auf der Stirn aus.

»Das ist kompliziert.« Mein Vater seufzte, als wäre er tausend Jahre alt. »Und du sagst, du kannst unmöglich schwanger sein?«

»Auf keinen Fall. Null. Nada. Niente.« Als Brittney kicherte, zeigte ich ihr unauffällig den Mittelfinger. »Bist du sicher, dass mit Mom alles in Ordnung ist?«

»Das wird schon wieder, aber es wäre besser, wenn du nachher nicht gleich nach Hause kommst. Sieh zu, dass du nach der Schule mit zu Jane fährst. Am besten übernachtest du gleich bei ihr.«

Ich hatte das Gefühl, als hätte mir jemand eine schallende Ohrfeige verpasst. »Ich darf nicht nach Hause kommen?« Tränen stiegen mir in die Augen. »Aber ich habe dir doch gesagt, dass ich nicht –«

»Das hat nichts mit dir zu tun, Haley. Es geht um deine Mutter. Sie braucht ein bisschen Zeit … um ein paar Dinge zu verarbeiten. Ich rufe dich später bei Jane an, und dann reden wir in Ruhe.«

Er legte auf. Benommen starrte ich den Hörer an, als könnte er mir die Antwort geben, warum meine Mutter sich so seltsam verhielt.

»Haley?« Eine warme Hand berührte mich an der Schulter. Wenigstens bedeutete ich Bryce so viel, dass er sich Sorgen um mich machte, auch wenn er sauer auf mich war.

»Aber ich hab doch gar nichts getan«, war das Einzige, was ich herausbrachte, dann brach ich in Tränen aus.

Bryce zog mich an seine Brust und strich mir tröstend über den Rücken. Ich atmete tief durch und versuchte, vernünftig zu denken. Mein Vater hatte nicht gesagt, dass ich nie wieder nach Hause kommen durfte. Er brauchte Zeit, um meiner Mutter zu helfen, ihre Probleme zu verarbeiten – was auch immer das für Probleme sein mochten. Ich atmete noch einmal tief ein, hielt die Luft an und stieß sie langsam wieder aus. Nach ein paar weiteren tiefen Atemzügen waren meine Tränen versiegt.

»Bitte entschuldige.« Ich sah zu Bryce auf.

»Was ist passiert?«

»Meine Mom ist ausgerastet, und mein Dad hat gesagt … Er sagte, ich solle nicht nach Hause kommen, bis er sie beruhigt hat.«

Brittney versuchte halbherzig, ein Kichern zu unterdrücken. Mein ganzer Körper verkrampfte sich, als ich mich zu ihr umdrehte. Am liebsten hätte ich ihr eine geklebt, um ihr den überheblichen Ausdruck vom Gesicht zu wischen. Dass Rektor Evans hinter ihr stand, war mir dabei völlig egal.

Bryce musste gespürt haben, was mir durch den Kopf ging, denn er verstärkte seinen Griff um meine Schultern. »Kompliment, Brittney. Du hast es geschafft, Haley und mir Probleme zu machen, und du hast dafür gesorgt, dass sie Ärger mit ihren Eltern hat. Bist du jetzt zufrieden?«

»Nein, ich bin erst zufrieden, wenn du wieder mit *mir* zusammen bist.«

Rektor Evans räusperte sich vernehmlich. »Das klingt für mich wie ein Schuldeingeständnis. Ich denke, ich kann mir nun ein Bild davon machen, was hier passiert ist.« Er sah erst mich an und dann Bryce. »Ihr beiden könnt gehen. Denkt daran, euch einen Verspätungszettel ausstellen zu lassen, bevor ihr das Sekretariat verlasst.«

Der Vertrauenslehrer begleitete uns zurück ins Sekretariat. Während er bei einer der Sekretärinnen Verspätungszettel für uns ausfüllen ließ, lehnte ich meinen Kopf an Bryce' Brust. »Es tut mir leid, dass ich gesagt habe, du solltest auch deine Eltern anrufen. Ich dachte, wir würden vielleicht drumherumkommen, wenn du mit Evans diskutierst.«

»Mach dir deswegen keinen Kopf. Es ist alles in Ordnung.«

»Danke.«

Die Tür zum Sekretariat öffnete sich mit einem lauten Knall, und Matt und Charlie stürmten mit Mordlust in den Augen herein. Bryce' Muskeln spannten sich an, als würde er sich auf einen Kampf vorbereiten.

»Stopp!«, rief ich. »Das war Brittney. Ich bin nicht schwanger.«

Der Vertrauenslehrer drehte sich zu uns um. »Solltet ihr nicht im –«

»Warum weinst du?« Charlie knackte mit den Knöcheln, während Matt so aussah, als würde er überlegen, wie er Bryce am besten in den Schwitzkasten nehmen konnte.

So knapp wie möglich erzählte ich ihnen, dass ich zu Hause

angerufen hatte und dass Dad mich quasi verbannt hatte. »Bryce kann nichts dafür, dass ich geweint habe.«

Die Anspannung im Raum ließ merklich nach.

»Was ist bloß los mit Mom?«, fragte Matt und wirkte niedergeschlagen.

»Ich habe keinen blassen Schimmer.«

»Ich glaube, wir übernachten heute auch besser bei Freunden«, fügte Charlie hinzu.

»Ihr müsst jetzt alle in den Unterricht«, erklärte der Vertrauenslehrer mit Nachdruck in der Stimme.

Ich nahm Bryce' Hand und zog ihn zur Tür. Mit unseren Verspätungszetteln in der Hand gingen wir zusammen zu meinem ersten Kurs. »Leute wie Brittney sind der Grund dafür, dass es Auftragskiller gibt«, murmelte ich.

»Ich glaube, da hast du recht.« Bryce blieb kurz vor der Tür meines Klassenzimmers stehen. »Wir sehen uns beim Mittagessen.«

Ich wollte ihn nicht gehen lassen, ohne zu wissen, woran ich war. »Ist zwischen uns alles gut?«

»So gut wie eben möglich.« Er ließ meine Hand los und ging weiter den Flur entlang.

Seine Worte beruhigten mich nicht wirklich.

Siebzehn

Haley

Kaum hatte ich die Klasse betreten, steckten die Leute die Köpfe zusammen und fingen an zu tuscheln. Bis jetzt war mein schöner Plan, Bryce zu erpressen, um meinen guten Ruf wiederherzustellen, komplett in die Hose gegangen. Seitdem ich mit ihm zusammen war, redeten die Leute mehr über mich als in meiner ganzen bisherigen Schulzeit zusammengenommen.

Um ehrlich zu sein, dachte ich nicht gern darüber nach, wie ich Bryce zu unserer Fake-Beziehung gedrängt hatte. Aber hatten wir in Bryce' Augen denn immer noch eine Scheinbeziehung? Die Art, wie er mich umarmt hatte, als ich geweint hatte, zeigte, dass ihm etwas an mir lag. Auf der anderen Seite würde jeder anständige Kerl ein weinendes Mädchen trösten. Er hatte gesagt, der Kuss von letzter Nacht sei echt gewesen. Aber was meinte er damit? Echt für die nächsten paar Tage, bis unser Deal ausgelaufen war, oder *richtig* echt, ohne Zeitlimit?

Ich gab mir Mühe, in meinen restlichen Vormittagskursen aufzupassen. Aber mein Gehirn spuckte eine Frage nach der anderen aus. Was hatte meine Mom für Probleme, die sie verarbeiten musste? Was hatte das alles mit mir zu tun? Wann würde Brittney die Quittung für den ganzen Scheiß bekommen, den sie angezettelt hatte? Konnte ich ihre Leiche mit dem Bagger verbuddeln und ohne Strafe davonkommen?

Um die Mittagszeit war ich geistig und emotional völlig ausgepowert. Ich hatte das Gefühl, als würde ein großer Betonklotz über mir schweben. Und jeden Moment konnten die Gesetze der Schwerkraft wieder einsetzen und ihn auf meinen Kopf krachen lassen.

Jane lotste mich in Richtung Cafeteria. »Das ist blöd, aber doch keine große Sache. Dein Dad hat schließlich nicht gesagt, dass du nie wieder nach Hause kommen darfst. Du übernachtest zur Abwechslung einfach mal unter der Woche bei mir statt am Wochenende. Wir ziehen uns einen Film rein und essen Pizza. Das wird bestimmt lustig.«

»Bestimmt.« Als ich die Türen der Cafeteria aufzog, wehte mir der würzige Duft von mexikanischem Essen entgegen. Ich musste wirklich ziemlich neben der Spur sein, denn ich fand, dass es gar nicht mal so schlecht roch.

Als wir zu unserem Tisch gingen, gab ich mir Mühe, das Getuschel und die Blicke der anderen zu ignorieren. »Meinst du, es würde den Gerüchten um meine Schwangerschaft ein Ende setzen, wenn ich jetzt auf den Tisch klettern und verkünden würde, dass ich nach wie vor die Voraussetzungen hätte, um Nonne zu werden?«

»Vielleicht wenn du es in einen Song verpacken und dazu steppen würdest.«

Ich lachte. Jane war die beste aller Freundinnen.

Nathan und Bryce waren in eine hitzige Debatte verstrickt, als wir an ihrem Tisch ankamen.

»Was ist los?« Ich holte mein übliches Truthahnsandwich und die Chips heraus.

»Nathan meint, wir sollten Brittney mit jemandem verkuppeln, um sie zu beschäftigen und sie uns vom Hals zu halten.« Bryce öffnete seine Cola. »Mal sehen. Wen kann ich nicht leiden, der es verdient hat, Zeit mit Brittney zu verbringen? Vielleicht einer deiner Brüder?

»Das ist nicht witzig.«

Jane packte vier große Kekse aus und verteilte sie.

»Heute gibt's Haferflocken-Rosinencookies mit Schokoladenstückchen.«

Bryce schob mir seinen Cookie rüber. »Heute ist dein Glückstag. Ich mag keine Rosinen.«

Das mit dem Glückstag wagte ich zu bezweifeln, aber ich nahm sein Angebot an. »Danke. Haben die Leute über dich auch den ganzen Tag getuschelt?«

Er blickte zur Decke. »Schlimmer. Irgendwer muss es irgendwem erzählt haben, der damit zu seinen Eltern gerannt ist, die wiederum meinen Vater darüber informiert haben, dass ihr beide schwanger seid. Brittney *und* du.«

Ich verschluckte mich an meinem Cookie, atmete Krümel ein und bekam einen Hustenanfall. Jane schlug mir auf den Rücken, was ich immer schon für sinnlos gehalten hatte. Es tat weh und änderte auch nichts an den Kekskrümeln in meiner Lunge. Nachdem ich endlich wieder richtig Luft bekam, tränten meine Augen.

Mit einer Stimme, die eher einem quakenden Frosch ähnelte, sagte ich: »Warn mich nächstes Mal doch bitte vor, wenn du so was sagst. Du hast mich beinahe umgebracht.«

»Sorry.« Bryce beugte sich über den Tisch und legte seine Hand auf meine. »Iss besser nichts, bevor ich zu Ende erzählt habe. Du kannst dir sicher lebhaft vorstellen, wie begeistert mein Vater von dem Gerücht war, dass er gleich zweifacher Großvater wird. Es wundert mich, dass er keinen Herzinfarkt bekommen hat.«

»Hat er dir eine Nachricht geschickt?«, fragte Nathan.

»Nein. Er hat angerufen und mich aus dem Unterricht holen lassen. Ich musste mir fünf Minuten lang anhören, was für eine Enttäuschung ich für ihn sei, bevor ich ihm erklären konnte, was wirklich gelaufen ist.«

»Hat er sich entschuldigt?« Auch wenn das nach allem, was ich über ihn gehört hatte, ziemlich unwahrscheinlich war.

»Nein. Er will, dass ich mir etwas einfallen lasse, um diese Gerüchte zu widerlegen. Ich habe keine Ahnung, wie er sich das vorstellt.« Er trank einen Schluck von seiner Cola.

»Du könntest allen sagen, du wärst schwul«, schlug Jane vor.

Bryce verschluckte sich an seiner Cola und bekam einen Hustenanfall, der fast so eindrucksvoll war wie meiner. Ich schaffte es, nicht zu lachen. Na ja, jedenfalls fast.

Als Bryce sich wieder erholt hatte, warf er Jane einen strafenden Blick zu. »Die Regel gilt auch für dich. Wenn du irgendetwas Lächerliches sagst, warn die Leute gefälligst vor.«

»War nur so ein Gedanke. Aber ganz ehrlich, was sollst du seiner Meinung nach denn tun, um die Gerüchte zum Verstummen zu bringen?«

»Keine Ahnung.« Er griff nach seinem Burger. »Aber bitte behalt deine Vorschläge für dich, bis ich mit Essen fertig bin.«

Mein Truthahnsandwich sah kalt und schlapp aus. »Bilde

ich mir das eigentlich nur ein, oder riecht das Essen heute richtig gut?«

Jane schnüffelte. »Gar nicht so übel. Soll ich mich mit dir anstellen?«

Ich war ein großes Mädchen. Das konnte ich alleine. »Kein Ding. Bin gleich zurück.«

Angesichts der Tatsache, dass die meisten Leute inzwischen schon kauend an den Tischen saßen, war die Schlange an der Essensausgabe ziemlich kurz. Vor mir standen drei Mädchen, die kicherten und miteinander tuschelten. Da sie das auch schon getan hatten, bevor ich mich angestellt hatte, vermutete ich, dass sie nicht über mich redeten. Die beiden Jungs vor dem Trio checkten erst die Mädchen ab, dann sahen sie zu mir herüber. Ich hätte schwören können, dass ihre Blicke zu meinem Bauch wanderten. Ich tat so, als sei ich in Gedanken versunken, und reagierte nicht darauf. Das fiel mir momentan nicht schwer.

Der würzige Duft von Salsa und Jalapeños ließ meinen Magen knurren. Ich hatte den Tresen erreicht und musste mich zwischen zwei Gerichten entscheiden. Ich wählte die Nachos, weil ich mir dachte, dass die Cafeteria bei geschmolzenem Käse nicht allzu viel falsch machen konnte.

»Na, isst du für zwei?«, fragte eine höhnische Stimme.

Ohne aufzusehen, sagte ich: »Nö. Nur für mich.«

»Wer's glaubt. Warum sollte Bryce wohl sonst mit jemandem wie dir zusammen sein?«

Ich drehte mich zu dem Mädchen hinter mir um. Kannte ich sie? Nein. Komisch, aber ich dachte tatsächlich ernsthaft über ihre Frage nach. Warum sollte Bryce ausgerechnet mit mir zusammen sein wollen? »Mal sehen. Ich glaube, er mag mich, weil ich witzig und klug bin, und weil ich Hunde rette.«

Das Mädchen starrte mich an, als hätte ich ihr erzählt, dass in der Cafeteria Känguruhoden serviert würden. Zufrieden mit meiner Antwort, bezahlte ich und ging zurück an den Tisch.

»Was ist denn da gelaufen?«, fragte Bryce.

»Sie hat einen Spruch abgelassen, und ich habe mich revanchiert. Nicht weiter wild.« Moment mal. »Kennst du sie?«

»Nicht wirklich.«

Was sollte das denn jetzt wieder heißen? Aber das war im Moment nicht so wichtig. Ich war voll darauf konzentriert, mir den Nachokäse nicht auf mein Shirt zu kleckern.

Jane wedelte mit der Hand vor meinem Gesicht herum. Ich zuckte erschrocken zurück und spritzte dabei einen Klumpen neonorangen Käse auf meine Jeans. Na super. Ich tupfte an dem Fleck herum und warf Jane einen bösen Blick zu.

»Entschuldige. Ich habe dich gefragt, welchen Film du heute Abend sehen willst, aber du hast nicht geantwortet.«

Meine Jeans waren nicht mehr zu retten. »Einen mit haufenweise Explosionen.Und ich muss mir ein paar Klamotten von dir leihen.«

»Deine Jeans können wir heute Abend waschen, und du kannst ein T-Shirt von mir haben.«

»Danke.« Ich mampfte still vor mich hin. Meine Tischgenossen unterhielten sich, während ich mich innerlich ausgeklinkt hatte. Plötzlich schoss eine Serviette unter mein Kinn und erwischte gerade noch einen Faden Käse.

»Wenn du so was isst, solltest du lieber ein Lätzchen tragen.« Bryce warf die Serviette nach mir.

»Du bist der Retter in der Not, was?«

Seine Augenbrauen zogen sich auf eine Art zusammen, die nichts Gutes verhieß. Zumindest das wusste ich inzwischen über ihn. Ich beeilte mich, seinen drohenden Ausraster abzublocken. »Das sollte keine Beleidigung sein. Ich habe es ernst gemeint. Du bist für einen da, wenn es ein Problem gibt. Das ist echt lieb von dir.«

Nathan kicherte, was mich ziemlich sauer machte. »Was ist daran so witzig?«

Er räusperte sich und schaffte es, eine schuldbewusste Miene aufzusetzen. »*Lieb* ist ein Wort, das ich nicht unbedingt mit Bryce in Verbindung bringen würde.«

Ich streckte meine Hand aus, um die von Bryce zu berühren. »Er hat während eines Gewitters einen Hund gerettet, und das heißt, dass er ein guter Mensch ist.«

Bryce drehte seine Hand um und verflocht seine Finger mit meinen. Eine Wärme, die nicht nur rein körperlicher Natur war, schoss durch meine Adern. In der Erwartung, ihn lächeln zu sehen, schaute ich ihm in die Augen. Stattdessen wirkte er verwirrt.

»Was denn? Hältst du dich etwa nicht für einen guten Menschen?«

»Mustang ist der erste Hund, den ich gerettet habe. Für mich ist es ungewohnt, wenn mich jemand als guten Menschen bezeichnet.«

Bryce

Haley hielt mich also für einen guten Menschen. Bis jetzt hatte mich noch nie jemand gut oder lieb genannt. Ich wusste nicht, ob ich geschmeichelt oder beleidigt sein sollte. Kein Junge bekam gerne das Etikett »lieb« verpasst, aber »gut« war eine andere Sache. Ich wusste, dass ich nicht dumm war und mich aus den meisten Situationen herauswinden konnte, ohne ins Schwitzen zu kommen. Aber gut? Das war etwas ganz Neues.

»Die Theorie vom guten Menschen solltest du lieber für dich behalten. Ich habe schließlich einen Ruf zu verlieren.«

»Komm schon, zurzeit ist dein Ruf genauso angekratzt wie meiner.«

Ich richtete mich auf meinem Stuhl auf. »Wenigstens hatte ich einen Ruf, bevor mein Leben den Bach runtergegangen ist.«

Haleys Finger versteiften sich, dann zog sie abrupt ihre Hand weg. »Und wann *genau* ist dein Leben den Bach runtergegangen?«

Wenn ich ehrlich gewesen wäre, hätte ich sagen müssen, ab dem Moment, als sie mich erpresst hatte, aber weil ich ihre Gefühle nicht verletzen wollte, log ich. »Als wir heute Morgen die blöde Karte an meinem Spind gefunden haben. Warum? Was dachtest du denn, was ich gemeint habe?«

Sie legte ihre Hand wieder in meine. »Ich hatte Angst, dass es der Moment war, als du mich getroffen hast.«

»Bevor wir den Hund gebadet haben, hätte ich dir da glatt zugestimmt.« Gott. Es war mir unangenehm, so ehrlich zu sein, aber es entlockte Haley ein Lächeln.

»Was hat denn ein gebadeter Hund damit zu tun?«, fragte Nathan.

Haleys Wangen färbten sich zartrosa, und ich fand es irgendwie süß. Was war nur mit mir los?

»Ich würde mal schätzen, dass er sie da zum ersten Mal geküsst hat.« Jane sagte das so, als wäre es nur eine Vermutung, aber ich hätte tausend Dollar darauf verwettet, dass Haley ihr fünf Minuten später alles brühwarm erzählt hatte.

Nathan räumte die Reste seines Mittagessens zusammen und verstaute sie in seiner Tasche. »Klingt für mich nicht besonders romantisch. Aber zurück zu deinem Problem, Bryce. Was sollen wir denn nun gegen die Schwangerschaftsgerüchte unternehmen?«

»Ist den meisten Leuten nicht sowieso klar, dass Brittney ein verlogenes Miststück ist?«, warf Jane ein.

»Sie ist nicht mein Typ«, sagte Nathan, »aber ich glaube auch nicht, dass die Kerle viel Wert auf ihre Persönlichkeit legen.«

Bei diesen Worten warf Haley mir einen bösen Blick zu.

»Hey, ich habe dreimal mit ihr Schluss gemacht, schon vergessen?«

»Lasst uns über etwas anderes reden«, sagte sie, und damit war das Thema erst mal vom Tisch. »Wollen wir Samstag immer noch ins Kino gehen, oder möchtest du Jane und Nathan beim Bankett Gesellschaft leisten?«

Würde es die Gerüchte zum Verstummen bringen oder sie erst recht anfachen, wenn wir zum Bankett gingen? Was würde mein Vater davon halten? Ich fuhr mir mit der Hand durch die Haare. Was würde mir schneller aus der Patsche helfen? »Lass mich erst mal mit meiner Mutter sprechen und ihre Meinung dazu hören. Wenn sie denkt, dass es die Situation mit meinem Vater entspannen würde, dann können wir zum Bankett gehen. Und wenn sie meint, dass es alles nur noch schlimmer macht, dann verziehen wir uns ins Kino. Abgemacht?«

»Abgemacht.« Haley drückte noch einmal meine Hand, bevor sie ihre Abfälle vom Mittagessen wegräumte.

»Wie wär's, wenn wir ein Kleid für dich kaufen gehen?«, schlug Jane vor. »Selbst wenn du nicht zum Bankett kommen solltest, wird Bryce dich bestimmt mal irgendwoandershin ausführen, wo du es tragen kannst.«

Als es zum Ende der Mittagspause klingelte, ließen wir uns mit der Flut der Schüler Richtung Ausgang treiben. Mir fiel auf, dass ich Haley wieder die Hand auf den Rücken gelegt hatte. Das war keine bewusste Entscheidung gewesen. Aber es bedeutete sicher nichts.

Haley

Die Wärme von Bryce' Hand, die ich durch mein Shirt spürte, machte mich ganz benommen. Ich hätte mich am liebsten an ihn geschmiegt und ihn geküsst. Aber das in der Schule zu tun … Keine gute Idee. Es wurde schon genug über uns getratscht. Andererseits … Die gesamte Schülerschaft hielt mich für schwanger. Was hatte ich noch zu verlieren?

Als wir den Gang vor meinem Klassenzimmer erreichten, blieb Bryce stehen und drehte sich zu mir um. Ich legte meine Hand auf seine Brust, schob meine Finger in die Öffnung zwischen zwei Knöpfen und zog leicht an seinem Hemd.

Er lachte, aber diesmal wusste ich genau, dass er nicht über mich lachte. Die Tatsache, dass er sich hinunterbeugte und mich küsste, zeigte, dass er nichts gegen meinen Einfall hatte. Der Kuss dauerte nur fünf Sekunden, aber meine Lippen fühlten sich ganz warm an und kribbelten. Ich betrat den Physikraum mit einem Lächeln im Gesicht.

Ich war nicht mehr ganz so beunruhigt darüber, dass Dad mich gebeten hatte, bei Jane zu bleiben. Ich war zwar nicht begeistert darüber, aber Bryce' Nähe machte die Situation für mich einfacher. Es fühlte sich richtig an, bei ihm zu sein. Wenn ich ganz ehrlich war, hatte ich den Plan, mit seiner Hilfe einen Freund anzulocken, schon längst über Bord geworfen.

Der Einzige, den ich wollte, war Bryce.

Der Rest des Tages verging wie im Flug. Ich ignorierte die gemurmelten Kommentare der anderen Schüler im Gang. In der Turnhalle hielt ich mich von Brittney fern, aus Angst, ich könnte dem brennenden Verlangen, ihr die Hände um den Hals zu legen, nicht widerstehen. Ich hatte mich nie für einen besonders gewalttätigen Menschen gehalten, aber für sie war ich möglicherweise bereit, eine Ausnahme zu machen. Das musste sie gespürt haben, denn auch sie hielt Abstand. Ständig gluckten mehrere Mädchen um sie herum. Was hatte sie mit ihnen zu tuscheln? Würde sie zugeben, dass sie die Karte an Bryce' Spind geklebt hatte? Wahrscheinlich nicht. Ich konnte mir nicht vorstellen, dass sie im Ernst geglaubt hatte, Bryce würde ihr ihre Schwangerschaft abkaufen und mich abservieren. Je länger ich darüber nachdachte, desto stärker wurde das Hämmern in meinem Kopf. Zum Glück war der Schultag zu Ende. Ich wollte nur noch nach Hause und mich unter meiner Decke verkriechen. Aber ich konnte nicht nach Hause. Diese Erkenntnis besserte meine Kopfschmerzen nicht gerade.

Wir trafen uns mit Bryce und Nathan auf dem Parkplatz. Eine unwiderstehliche Kraft zog mich zu Bryce hin. Ob es ihm genauso ging? Ich lehnte mich an seinen Mustang, meinen Arm ein paar Zentimeter von seinem entfernt. Als er näher rückte und seinen Arm um meine Schultern legte, floss der Stress von mir ab wie Wasser. Ich schmiegte mich in seine Wärme.

Er lachte leise.

»Was ist?«

»Du erinnerst mich an diesen Hund aus dem Tierheim, den ich auf dem Schoß hatte. Wie hieß er noch mal?«

»Leo.« Ich stieß ihm meinen Ellbogen in die Rippen. »Wenn ich Leo nicht so gernhätte, würde ich diese Bemerkung als Beleidigung auffassen.«

Er drückte mich sanft an sich. »Du weißt doch, wie ich es gemeint habe.«

Dass ich auf seinem Schoß sitzen und gestreichelt werden wollte? Okay. Mein Gehirn geriet kurzfristig auf Abwege. Hastig schob ich den Gedanken beiseite. »Ich bin gerade viel zu entspannt, um zu streiten. Wenn ich mit dir zusammen bin, kommt mir alles nicht mehr so schlimm vor.«

Ein merkwürdiger, leicht panischer Ausdruck huschte über sein Gesicht.

»Oh nein. Vergiss es. Wenn ich bei deinem Kommentar nicht

ausflippe, wirst du es bei meinem auch nicht.« Ich stieß ihn mit der Hüfte an. »Abgemacht?«

»Abgemacht.«

»Wenn ihr beiden mit eurer abgefahrenen Unterhaltung fertig seid, hätte ich einen Vorschlag«, schaltete sich Nathan ein. »Warum fahren wir nicht alle zu mir, bestellen Pizza und sehen uns einen Film an?«

Jane und ich saßen in ihrem Auto und warteten, bis Nathan, der mit seinem Auto vor uns her gefahren war, dem Wachmann am Eingang ihrer Wohnsiedlung erklärt hatte, dass wir seine Gäste waren. Das Gelände, auf dem das Haus von Nathans Eltern stand, war nicht nur Teil einer riesigen bewachten Wohnanlage, die zum Country Club gehörte. Es gab sogar einen richtigen gemauerten Wachturm, in dem ein Mann in Uniform saß und die Ausweise kontrollierte, bevor man passieren durfte.

»Wollen sie uns auch noch die Fingerabdrücke nehmen?«, murmelte Jane.

»Je reicher die Leute sind, desto mehr Angst haben sie offenbar, dass jemand versuchen könnte, ihnen ihr Geld wegzunehmen.«

Nathan kam natürlich problemlos durch die Kontrolle. Bryce hielt kurz seinen Ausweis aus dem Fenster und sagte etwas, das den Wachmann zum Lachen brachte. Jane kurbelte ihr Fenster herunter und ließ ihren Wagen ein Stück vorrollen, bis sie auf Höhe des uniformierten Wachmanns war. »Hallo, ich bin Jane, und das ist Haley.«

Wir hielten ihm unsere Führerscheine hin. Der Typ sah mich an, als versuchte er, ein besonders kniffliges Rätsel zu lösen.

»Du bist doch die Tochter von diesem Landschaftsgärtner, oder nicht?«

Ich nickte. Dann musterte er Jane von oben bis unten. Nicht auf eine bedrohliche Art, es wirkte eher so, als würde er sich ihre Gesichtszüge genau einprägen, um sie notfalls einem Phantombildzeichner beschreiben zu können. Er überprüfte zusätzlich noch unsere Ausweise, schrieb sich Janes Nummernschild auf und winkte uns dann durch.

Bryce wartete mit seinem Mustang nur ein paar Meter hinter der Kontrolle. Er fuhr uns auf der geraden Straße voraus, die zu beiden Seiten von hohen Hecken gesäumt war. Häuser waren nicht zu sehen.

»Das ist die perfekte Szenerie für einen Horrorfilm. Man erwartet, dass jeden Moment irgendetwas aus dem Gebüsch springt.« Was verbarg sich wohl hinter den dichten Hecken?

Wir bogen noch zweimal ab, und dann verschlug es mir den Atem. Ich hatte mich schon öfter auf dem Gelände des Country Clubs aufgehalten, um rund um das Clubhaus und den Pool Blumen zu pflanzen, aber die dazugehörigen Häuser hatte ich noch nie gesehen. Die Villa, die sich zu unserer Rechten erstreckte, war in etwa so groß wie die gesamte Highschool.

»Was machen die bloß mit dem ganzen Platz?«, fragte Jane. »Ziellos herumwandern und sich verlaufen?«

Ein weiteres riesiges Anwesen tauchte zu unserer Linken auf. Dieses hatte immer noch die Größe einer Grundschule. Wir fuhren weiter und bestaunten mit offenem Mund die Villen, die mit gebührendem Abstand voneinander zu beiden Seiten der Straße lagen. Ein Straßenschild informierte uns darüber, dass wir uns einer Sackgasse näherten.

»Nathan wohnt wahrscheinlich am Wendehammer.« Jane schlug das Lenkrad ein und trat dann auf die Bremse. »Das gibt's doch nicht!«

Nathans Haus befand sich nicht am Ende der Sackgasse, es *war* die Sackgasse. Aus gewaltigen Steinblöcken erbaut, drei Stockwerke hoch, und mit seinen zwei Seitenflügeln sah es aus wie ein Schloss.

»Ist sein Vater ein Graf oder so?«

»Ich schätze, das werden wir noch rausfinden.« Jane trat aufs Gaspedal, und wir rollten weiter. Bryce wartete am Beginn der Auffahrt in seinem Mustang. Wir folgten ihm um einen Pool von olympischen Ausmaßen herum und parkten in einem Gebäude, das Platz für zwei Dutzend Pferde geboten hätte.

»Ich komme mir vor wie ein Bauerntrampel«, murmelte Jane, als wir aus dem Wagen stiegen.

Nathan wartete an sein Auto gelehnt auf uns, ohne zu ahnen, dass Jane gerade knietief in Minderwertigkeitsgefühlen versank.

»Bekommen eure Besucher Lagepläne ausgehändigt, damit sie sich nicht verlaufen?«, fragte ich, als auch Bryce aus seinem Wagen geklettert war.

»Nein«, erwiderte Nathan. »Wir stellen Essen und Wasser für die bereit, die nicht mehr zu ihrem Wagen zurückfinden.« Er nahm Janes Hand und zog sie zu einer Tür.

»Ist euer Haus auch so groß?«, fragte ich Bryce, während wir unseren Freunden folgten.

»Nicht mal ansatzweise, und das macht meinen Vater jedes Mal wahnsinnig, wenn er hier an einer Veranstaltung teilnehmen muss.«

»Veranstaltung?« Bei ihm klang das so, als würde Nathans Familie riesige Feste ausrichten.

»Wohltätigkeitsdinner, Poolpartys, politische Zusammenkünfte, lauter solche Sachen.«

Nachdem wir eine gigantische Eingangshalle betreten hatten, mehreren endlos langen Fluren gefolgt waren und eine imposante Freitreppe erklommen hatten, kamen wir zu Nathans höchstpersönlichem Privatkino. Ohne Scheiß. Es gab mehrere Sitzreihen, die nach oben anstiegen, und eine Leinwand, die die gesamte Breite des Raumes einnahm.

»Hast du auch noch eine Bowlingbahn im Keller?«, fragte Jane.

»Warum sollte ich Bowling spielen?« Nathan griff nach einem Telefon und drückte eine Taste. »Wir brauchen zwei große Pizzen. Kleinen Moment bitte.« Er zeigte auf Jane. »Peperoni?«

Sie nickte. Dann sah er mich an. »Peperoni«, sagte ich, als ob ich mit dem Angestellten in einem Drive-in sprechen würde.

Nachdem er seine Bestellung bei der geheimnisvollen Person am anderen Ende der Leitung abgegeben hatte, legte er auf und stieg die Stufen hinunter in Richtung Leinwand. Wir folgten ihm. Es gab nicht nur Einzelsitze, wie ich jetzt bemerkte, sondern auch breitere, sofaähnliche Sitzgelegenheiten. Alles war mit schwarzem Leder bezogen, und der Boden und die Wände waren mit rauchgrauem Teppich bedeckt.

»Warum habt ihr denn Teppich an den Wänden?«, sprach Jane das aus, was mir durch den Kopf ging.

»Das wirkt schallschluckend«, antwortete Bryce so beiläufig, als würde es sich dabei um Allgemeinwissen handeln. Dann ließ er sich auf einen der Einzelsitze fallen. Er war nun mal ein Gewohnheitsmensch, also handelte es sich garantiert um seinen üblichen Platz. Klar, mit Nathan wollte er beim Filmeschauen sicher nicht kuscheln.

Ich sollte nicht so viel hineininterpretieren. Aber trotzdem. Ich stand mir hier die Beine in den Bauch und starrte ihn an wie eine Idiotin. Warum merkte er das denn nicht? Er merkte es nicht, weil er gerade eine Zeitschrift durchblätterte, die er aus einer Tasche, die am Vordersitz befestigt war, genommen hatte.

Ich schob mich an ihm vorbei, um mich hinzusetzen, wobei ich einen Sitz zwischen uns frei ließ. Er hielt den Blick auf seine Zeitschrift gerichtet, als würde sie alle Geheimnisse des Universums enthalten. Ignorierte er mich absichtlich? Ich überlegte kurz, mir die Zeitung zu schnappen, sie aufzurollen und ihm über den Kopf zu ziehen.

»Bryce?«

»Ja?« Er sah nicht auf.

Als ich nichts weiter sagte, fuhr er einfach fort zu lesen. Was sollte das denn jetzt? Es war, als würde Bryce sich alle achtundvierzig Stunden in einen Volltrottel zurückverwandeln. Aber weil ich hier nicht einfach rumsitzen und ihn wie ein Idiot anstarren konnte, verließ ich die Sitzreihe am anderen Ende und stieg die Stufen hinauf. Irgendwo in diesem Monstrum von einem Haus musste es doch ein Badezimmer geben.

Beim Erklimmen der Stufen in Richtung Ausgang ließ ich mir Zeit. Oben angekommen wartete ich, bis Jane mich bemerkte. Als sie zu mir hochblickte, machte ich ihr ein Zeichen, dass sie mitkommen sollte.

Im Flur vor dem Kino ließ ich mich gegen die Wand sinken.

»Was ist los?«, fragte Jane.

Ich stieß mich von der Wand ab und marschierte den Flur entlang. »Gute Frage. Bryce hat sich lieber auf einen Einzelplatz gesetzt anstatt neben mich, was ja an sich noch nicht dramatisch ist, aber dann hat er seinen Kopf sofort in einer Zeitschrift vergraben, und als ich versucht habe, mit ihm zu reden, hat er nicht mal hochgeschaut. Wo ist denn das blöde Badezimmer?«

Jane drehte sich einmal im Kreis und entschied sich dann für einen schmaleren Seitenflur. Na endlich, da war eine Tür mit der Aufschrift *Damen* in goldenen Metallbuchstaben.

Wir schoben uns durch die Türöffnung und blieben einen Moment mit offenem Mund stehen. In der Mitte des Raums befand sich ein Marmorbrunnen, wie man ihn sonst nur in den Eingangshallen piekfeiner Bürogebäude sah. Glänzende schwarze Lederbänke säumten die Wände.

Jane ging um den Brunnen herum und zwischen den Marmorsäulen hindurch, die zu einem Raum mit Waschbecken und Toilettenkabinen aus Marmor führten. Ich folgte ihr und spritzte mir an einem der Waschbecken kaltes Wasser ins Gesicht. Als wir uns bei den Lederbänken im Raum mit den Brunnen wiedertrafen, sagte Jane: »Und was willst du jetzt tun?«

»Ich würde ihm am liebsten sagen, dass er sich nicht wie ein richtiger Freund verhält, aber ich glaube, das würde nur wieder in einem Streit enden.«

»Wahrscheinlich.« Jane starrte ins Leere. »Ich verstehe das nicht. Okay, die ganze Sache hat mit einer Erpressung angefangen, aber ich hatte echt das Gefühl, er würde sich mehr und mehr auf dich einlassen.«

»Ich weiß. Gestern Abend und heute Morgen hat es sich total echt angefühlt. Jetzt bin ich mir da nicht mehr so sicher. Klammere ich zu sehr? Muss ich ihm mehr Freiraum lassen?« Frustriert ließ ich mich zurücksinken und starrte an die Decke. Kleine dicke Engelchen, die auf Wolken schwebten, grinsten auf mich herab. »Das ist echt übertrieben.« Ich zeigte nach oben, damit Jane sah, wovon ich redete.

»Sie hätten sich entweder auf den Brunnen *oder* das Deckengemälde beschränken sollen. Beides ist eindeutig *too much*.« Sie stand auf. »Geben wir Bryce die Gelegenheit, den nächsten Schritt zu machen. Wir gehen gemeinsam rein. Du kannst bei mir und Nathan sitzen. Die Pizza müsste eigentlich auch bald kommen. Wir drei können zusammen essen, und wenn Bryce sich dann immer noch so idiotisch verhält, verschwinden wir einfach.«

Bryce sah nicht mal auf, als ich mit Jane den Kinosaal betrat. Nathan tat so, als sei alles in Ordnung. Wir sprachen über die Filme, die er auf DVD hatte. Als kurze Zeit später die Pizza kam, merkte Bryce endlich, dass er der Außenseiter war.

Jane und ich hatten uns neben Nathan auf ein kleines Sofa gequetscht, und Bryce setzte sich uns gegenüber in einen Drehsessel.

»Hast du schon von dem neuen Bla-bla-Auto gehört?«, fragte Bryce Nathan. Okay, *so* hatte er es natürlich nicht gesagt, aber er benutzte irgendeinen technischen Ausdruck, den ich noch nie in meinem Leben gehört hatte. Als Nathan ihm antwortete, klang es so, als würden sie sich in einer Geheimsprache unterhalten.

»Irgendeine Idee, worum es gerade geht?«, flüsterte Jane.

»Glänzendes Metall, wrumm-wrumm, noch mehr glänzendes Metall. Das ist alles, was ich verstanden habe.«

Sie schnappte sich eine saubere Gabel und pikste Nathan damit in die Schulter.

Er fuhr zusammen. »Wofür war das denn jetzt?«

»Wir sind deine Gäste, und du ignorierst uns und redest über ein Thema, von dem wir keine Ahnung haben. Wenn ihr beiden alleine sein wollt, müsst ihr es nur sagen. Dann versuchen Haley und ich eben, uns auf eigene Faust bis zu meinem Wagen durchzuschlagen, ohne uns in diesem Monsterhaus zu verlaufen.«

»Na schön, dann muss ich mit Bryce eben ein andermal über Autos reden.«

Sie rutschte näher an ihn heran. »Gute Entscheidung.«

Bryce schien das nicht zu gefallen. Er saß mit zusammengekniffenen Augen da, aß seine Pizza und starrte ins Leere. Nur um es noch mal zusammenzufassen: Nathan und Jane hatten es sich auf der Couch gemütlich gemacht, und Bryce tat so, als wäre ich unsichtbar.

Ich schnappte mir die Zeitschrift, in der er geblättert hatte, und zog ihm damit eine über. »Wie sind wir denn jetzt wieder hier gelandet?«

Er blinzelte und sah mich an, als hätte ich mich plötzlich aus dem Nichts vor ihm materialisiert. »Wir sind doch noch nie zusammen hier gewesen.«

Ich musste meine gesamte Selbstbeherrschung zusammennehmen, um ihm nicht eine Reihe von Schimpfwörtern an den Kopf zu werfen. Ich verschränkte die Arme vor der Brust und lehnte mich in meinem Sitz zurück. »Ich rede von dieser Situation, nicht von diesem Ort. Heute Morgen wolltest du noch, dass ich die Schule mit dir schwänze, und jetzt fällt dir nichts Besseres ein, als dir die Augen zuzuhalten und zu sagen: ›Ich seh dich nicht.‹«

Er stellte seinen Teller ab und lehnte sich in seinem Sessel zurück. »Du solltest eigentlich gar nicht hier sein.«

Jeder einzelne Muskel in meinem Körper spannte sich an. »Wie bitte?«

Er rieb sich die Stirn. »So habe ich das nicht gemeint. Ich wollte sagen, dass Nathan und ich das oft nach der Schule machen. Wir reden über Autos, essen Pizza und sehen uns Filme an. Dass du hier bist, bringt alles irgendwie durcheinander.«

Ich nickte in Nathans Richtung. »Er kommt anscheinend bestens mit der Änderung eures Routineprogramms klar. Warum du nicht?«

Er tippte sich auf die Brust. »Ich steh nicht auf Veränderungen, schon vergessen?«

»Offenbar ist Nathan anpassungsfähiger als du. Da wir das geklärt haben, könntest du dich jetzt vielleicht wieder in jemanden verwandeln, der nicht genervt von meiner Anwesenheit ist?«

»Klar.« Er beugte sich vor und griff sich noch ein Stück Pizza.

»Übertreib's bloß nicht mit deiner Begeisterung«, stieß ich zwischen zusammengebissenen Zähnen hervor.

Das Stück Pizza ein paar Zentimeter von seinem Mund entfernt, hielt er mitten in der Bewegung inne. »Und wer ist jetzt die Nervensäge?«

»Jetzt reicht's.« Jane stand auf und zeigte auf Bryce. »Du musst langsam mal kapieren, dass normale Menschen Gefühle haben.« Sie zeigte auf mich. »Und du musst akzeptieren, dass Bryce ein emotionaler Krüppel ist. Wenn ihr euch mit diesen Tatsachen arrangiert, besteht noch die Chance auf einen netten Abend.« Sie verschränkte die Arme vor der Brust. »Na, wie sieht's aus?«

Ich fühlte mich wie ein Kind, dem man einen Klaps auf die Finger gegeben hatte. »Na gut, Frau Oberlehrerin. Ich finde mich mit Bryce' Schwächen ab, wenn er sich auch mit meinen abfindet.«

Bryce ignorierte Jane und sprach mit Nathan. »Habe ich dir schon gesagt, dass deine Freundin ganz schön nervig sein kann?«

Nathan überging seine Bemerkung und richtete eine Fernbedienung auf die Leinwand. »Der Film beginnt in zehn Sekunden. Sucht euch eine *Couch.*« Er betonte das letzte Wort, als würde Bryce nicht von alleine darauf kommen, sich neben mich zu setzen. Tja, andererseits konnte der Knabe jede Unterstützung gebrauchen, die er kriegen konnte.

Achtzehn

Bryce

Habe ich schon erwähnt, dass es total nervig ist, mit einem klugen Mädchen zusammen zu sein? Ich hing hier einfach ab und machte alles genau wie sonst, und sie dachte, ich würde sie provozieren. Tat ich aber nicht. Jedenfalls nicht mit Absicht.

Sobald wir unsere Pizza aufgegessen hatten, suchte ich mir eine Couch aus, auf der Haley neben mir sitzen konnte. Darauf wäre ich auch ohne Nathans Wink mit dem Zaunpfahl gekommen. Ich hätte vielleicht eine Weile länger dafür gebraucht, aber ein eisiger Blick von Haley hätte mir schon auf die Sprünge geholfen.

Jetzt schien sie wieder gut drauf zu sein. Aber warum saß sie dann ein ganzes Stück von mir entfernt? Sollte das ein Machtspielchen sein? Wollte sie mich testen und sehen, ob ich zu ihr rüberkam? Als sie sich ein bisschen bewegte, verrutschte ihre Bluse und enthüllte einen roten BH-Träger. Ich rückte ein paar Zentimeter an sie heran und legte ihr den Arm um die Schultern.

Sie warf mir einen Seitenblick zu. »Ist das eine Einladung, näher zu kommen?«

»Klugscheißerin.«

Sie machte sich klein und kuschelte sich an mich. Erschreckend, wie vertraut es sich anfühlte, sie im Arm zu halten. Ein süßer Duft lag in der Luft. Nicht aufdringlich, wie das Parfüm mancher Mädchen, sondern irgendwie angenehm. Die Anspannung des Tages fiel langsam von mir ab.

Mit einem ohrenbetäubenden Knall flog auf der Leinwand etwas in die Luft. Haley zuckte erschrocken zusammen, was mich zum Lachen brachte. Sie stieß mir ihren Ellbogen in die Rippen. Nach mehreren Verfolgungsjagden per Auto und ein paar weiteren Explosionen wechselte die Szene zu einem Paar, das sich küsste. Wie würde Haley reagieren, wenn ich versuchte, sie zu küssen? Es gab nur eine Möglichkeit, das herauszufinden. Ich berührte sanft ihr Kinn und drehte ihr Gesicht zu mir. Ihr Lächeln zeigte mir, dass sie genau wusste, was ich vorhatte. Als ich mich zu ihr hinunterbeugte, kam sie mir auf halbem Weg entgegen.

Zuerst war es nur ein knisternder Funke, doch er verwandelte sich in ein langsames Glühen, als sie etwas mutiger wurde und mir mit den Fingern durchs Haar fuhr. Der Film und alles um uns herum verblasste.

Haley zu küssen, bei ihr zu sein, fühlte sich so richtig an. Nicht wie eine kurze Affäre. Eher wie etwas, das Zukunft hatte. Seltsamerweise erschreckte mich das nicht so sehr, wie ich gedacht hätte. Die Geräusche des Films traten immer mehr in den Hintergrund, während ich Haleys Hals küsste, bis ich eine Stelle gefunden hatte, bei der ihr der Atem stockte. Realistisch betrachtet war mir klar, dass dies hier über Küssen nicht hinausgehen würde, aber das war okay.

Als der Film zu Ende war und die Lichter wieder angingen, fuhren wir erschrocken zusammen. Haleys Haare waren zerzaust und ihre Lippen geschwollen. Mann, sah sie heiß aus. Und dann fiel mein Blick auf ihren Hals. »Oh. Shit.«

»Was?«

Ich zeigte auf die dunklen Verfärbungen an ihrem Hals. »Das war keine Absicht.«

»Wovon redest du?« *Klick!* Der Groschen war gefallen. »Oh nein. Hast du mir etwa einen Knutschfleck verpasst?«

Ich nickte und versuchte, nicht zu lachen, als ich ihre entsetzte Stimme hörte. »Das ist nicht so schlimm. Du trägst einfach einen Rollkragenpullover, bis sie wieder weg sind.«

»*Sie?* Soll das heißen, es ist mehr als einer?« Haley sprang auf und rannte zur Tür hinaus.

Haley

Im Badezimmerspiegel starrte ich die beiden roten Male an, die meinen Hals zierten.

Was sollte ich jetzt tun?

Jane stürmte durch die Tür, warf einen Blick auf meinen Hals und begann zu lachen.

»Das ist nicht lustig!«

»Entschuldige. Aber heilige Scheiße! Hat er das mit Absicht gemacht?«

Ich rief mir seine Reaktion in Erinnerung. »Er schien überrascht zu sein.«

»Du bekommst eben leicht blaue Flecke.« Jane versuchte mühsam, sich das Lachen zu verkneifen.

Ich starrte sie böse an. »Nicht. Lustig.«

Sie biss sich auf die Lippe und nickte. »Sorry. Vielleicht könntest du behaupten, es sei ein Ausschlag.«

Als wir wieder bei den Jungs waren, wanderte Nathans Blick sofort zu meinem Hals. Er stieß einen leisen Pfiff aus. »Nicht schlecht.«

So eine blöde Bemerkung hatte mir gerade noch gefehlt.

Bryce nahm meine Hand. »Es tut mir wirklich leid.«

Er sah mir tief in die Augen. Mein Ärger verrauchte. »Schon okay. Zum Glück ist Winter, und ich kann meine Rollkragenpullis tragen. Wenn du dir das im Sommer geleistet hättest, hätte ich dich umgebracht.«

»Wie sollen wir dich an meiner Mutter vorbeischleusen?«, fragte Jane.

»Ich nehme an, in diesem Haus gibt es keinen Rollkragenpullover, den ich mir leihen könnte?«, wandte ich mich an Nathan.

»Meine Mutter ist einen Kopf größer als du, das würde nicht funktionieren«, sagte er. »Aber ich wette, wir finden in einem der Gästezimmer etwas für dich. Lass mich nur mal kurz telefonieren.«

Er griff nach seinem Zaubertelefon und erklärte der unbekannten Person am anderen Ende der Leitung, was er brauchte. Zehn Minuten später betrat eine Frau mit stahlgrauen Haaren und einem Stapel Kleidung auf dem Arm den Raum. Als sie meinen Hals sah, verschwand das Lächeln mit einem Wisch aus ihrem Gesicht.

»Danke, Winifred«, sagte Bryce und zog damit ihren missbilligenden Blick auf sich. Er nahm ihr die Sachen ab und reichte sie mir.

Ich probierte die Rollkragenpullover im Badezimmer an und fand einen schwarzen und einen dunkelblauen, die passten. Dann warf ich einen Blick auf die eingenähten Etiketten. »Ein Männerpullover in Größe M. Das ist deprimierend.«

»Sie stehen dir«, sagte Jane, »und sie haben einen hohen Kragen. Ich denke, du solltest sie nehmen.«

Bryce schien Janes Einschätzung zu teilen, denn er sah mich auf eine Weise an, die mir eine Gänsehaut über den Rücken laufen ließ.

»Die kannst du behalten. Mein Cousin wird sie nicht vermissen.« Nathan legte seinen Arm um Janes Taille und führte sie zur Tür.

Mein Herz setzte einen Schlag aus, als Bryce nach meiner Hand griff. Ich rechnete damit, dass er den beiden folgen würde. Stattdessen zog er mich an sich, bis sich unsere Lippen zart berührten. Der Kuss war ganz sanft, und er bedeute so viel mehr als die hormongeschwängerte Knutschorgie eben auf der Couch. Es fühlte sich an, als würde ihm wirklich etwas an mir liegen.

Schließlich begleitete er mich zu Janes Wagen und gab mir einen Abschiedskuss. »Tut mir leid mit deinem Hals. Nächstes Mal passe ich besser auf.«

Nächstes Mal? Das hieß, dass er vorhatte, mich wieder zu

küssen. Und anders als neulich im Kino war er diesmal er derjenige, der das Thema anschnitt.

Ich küsste ihn noch einmal, und dann verabschiedeten wir uns voneinander.

Ich wartete, bis wir die Wohnanlage verlassen hatten, bevor ich damit herausplatzte. »Ich glaube, Bryce mag mich.«

»Dein Hals ist der beste Beweis.« Jane bog auf zwei Rädern um eine Kurve.

»Okay, es ist nicht zu übersehen, dass er *scharf* auf mich ist, aber ich glaube, dass er mich vielleicht *richtig* mag.«

Ein prickelndes Glücksgefühl stieg in mir hoch.

Mitten in der Woche bei Jane zu übernachten, fühlte sich komisch an. Da ihre Mutter keine Fragen stellte, nahm ich an, dass Jane ihr die Situation erklärt hatte. Ich hoffte die ganze Zeit, mein Vater würde anrufen und verkünden, dass meine Mutter ihre Krise überstanden hatte und ich nach Hause kommen konnte. Aber nichts dergleichen.

»Ich bin sicher, morgen läuft alles wieder ganz normal.« Jane war fertig mit dem Aufpumpen der Luftmatratze und warf mir frische Bettwäsche zu.

»Ich weiß nicht, was mit meiner Mom los ist.«

Jane half mir, mein provisorisches Bett zu beziehen. Anschließend legte ich mich hin und starrte an die Decke. »Meinst du, deine Mutter würde morgen für mich in der Schule anrufen und mich krankmelden?«

»Nein, ich glaube nicht. Das macht sie nur, wenn du dir die Seele aus dem Leib kotzt.«

Das Klingeln von Janes Handy weckte mich, und ich sah schlaftrunken zu, wie sie danach griff und es versehentlich vom Nachttisch stieß.

»Ich geh ran.« Der Name meines Vaters leuchtete auf dem Display. »Hallo? Dad?«

»Entschuldige, dass ich dich so früh anrufe, aber ich wollte dir sagen, dass du heute Abend nicht noch einmal bei Jane übernachten musst.«

»Oh, danke.« Anscheinend funktionierte meine Schlagfertigkeit um diese Uhrzeit noch nicht.

»Haley …« Er klang nicht wütend, nur irgendwie müde und frustriert. »Sag mal, schreibt ihr heute irgendwelche wichtigen Arbeiten?«

»Nein.« Was sollte das denn jetzt?

»Was hältst du davon, wenn ich dich heute in der Schule krankmelde, damit wir in Ruhe über alles sprechen können?«

Mein Vater hatte mir noch nie angeboten, mich in der Schule zu entschuldigen. »Liegt jemand im Sterben?«

»Was? Nein. Ich denke nur, es wäre gut, ein klärendes Gespräch zu führen. Kann Jane dich auf dem Weg zur Schule bei uns absetzen?«

»Sicher.«

»Was ist los?«, murmelte Jane.

Ich erklärte ihr die Situation. »Hast du eine Idee, was das soll?«

»Um diese Uhrzeit? Nein.« Sie warf einen Blick auf den Wecker und ließ sich dann wieder aufs Kissen fallen. »Wir können noch vierzig Minuten schlafen.«

Ich machte die Augen wieder zu, aber die Gedanken, die in

meinem Kopf herumwirbelten, ließen mich nicht mehr einschlafen. Würde ich herausfinden, warum meine Mom sich in letzter Zeit so seltsam benommen hatte? Und wenn ja, würde es etwas ändern?

Auf der Fahrt zu mir rückte Jane damit heraus, was sie von der Sache hielt. »Ich finde es nett, dass dein Vater jetzt mit dir reden will. Er hätte dich auch noch den ganzen Tag in der Schule schmoren lassen können.«

»Wahrscheinlich hast du recht.« Ich fischte die Seiten mit meinen Hausaufgaben aus dem Rucksack. »Versprichst du mir, die für mich abzugeben?«

»Natürlich, und ich sage Bryce Bescheid. Du brauchst unbedingt ein Handy. Vielleicht kannst du die dramatische Situation ja ausnutzen.«

»Wohl kaum.« Ich stopfte meine Hausaufgaben in Janes Rucksack. Lautes Gebell ertönte. Ford und Chevy flitzten über den Rasen, um mit dem Wagen Schritt zu halten. Dad saß auf der Veranda und trank Kaffe. Keine Mom in Sichtweite.

Aus irgendeinem Grund war ich enttäuscht. Mit ausdrucksloser Miene stieg ich aus dem Auto.

»Ruf mich an«, rief Jane mir hinterher.

Dad stellte seinen Kaffee ab und kam mir auf halbem Wege entgegen. Wortlos nahm er mich in den Arm und hob mich hoch. Dann setzte er mich wieder ab. »Komm, deine Mom backt Pfannkuchen.«

Meine Mutter hatte seit Jahren keine Pfannkuchen gebacken. Wir waren die Art Familie, die sich tiefgefrorene Waffeln im Toaster heiß machte. »Gibt's einen Anlass?«

»Sie wollte etwas Nettes für dich machen.«

Okay.

Als wir in die Küche kamen, stand meine Mom am Herd. Sie drehte sich zu uns um und lächelte Dad an. »Sie sind fast fertig. Haley, würdest du uns schon mal Milch einschenken?«

»Klar.« Der süße Duft der Pfannkuchen ließ meinen Magen lautstark knurren.

Sobald wir alle saßen und etwas zu essen auf dem Teller hatten, beugte sich meine Mutter über den Tisch und berührte meine Hand. »Es tut mir leid wegen gestern. Wir reden nach dem Frühstück, ja?«

Ich nickte und goss Ahornsirup über meine noch warmen Pfannkuchen, während ich mich fragte, worüber wir eigentlich reden wollten.

»Hattest du mit Jane gestern einen netten Abend?«, fragte Dad. Er wirkte ein wenig schuldbewusst.

Da der gestrige Abend tatsächlich super gewesen war, war ich nicht so streng mit ihm. »Jane, Bryce und ich sind zu Nathan gefahren, um uns einen Film anzuschauen.« Das riesige Anwesen tauchte vor meinem inneren Auge auf. »Hast du schon mal die Häuser auf dem Gelände des Country Clubs gesehen? Die sind gigantisch.«

Mein Vater nickte. »Seine Familie lebt in diesem Monstrum in der Sackgasse.«

»Ich kann mir nicht vorstellen, dass eine Familie so viel Platz braucht. Obwohl die Leinwand im Kinoformat schon genial ist.«

»Es ist nicht gut, sich Dinge zu wünschen, die man nicht haben kann«, fauchte meine Mutter mich an.

Ging das schon wieder los? Ich knallte meine Gabel hin, rückte mit meinem Stuhl vom Tisch zurück und stand auf. »Ich habe nicht gesagt, dass ich mir das wünsche!«

»Haley ...« Mein Vater klang erschöpft.

»Ich kann nichts dafür. Ständig wirft sie mir irgendetwas vor.« Ich hätte gute Miene zum bösen Spiel machen und mein Frühstück aufessen sollen, aber jetzt war die Katze aus dem Sack und ließ sich auch nicht wieder hineinstopfen.

»Haley, setz dich bitte wieder hin.« Mein Dad stand auf, um sich Kaffee einzuschenken.

»Na schön.« Ich ließ mich auf meinen Stuhl fallen. »Aber ich möchte ein paar Antworten.«

Mom wirbelte mit der Gabel ein Stück Pfannkuchen in einer Siruppfütze herum, bis es sich in seine Einzelteile zerlegt hatte. Vor wenigen Minuten hatte der Ahornsirup noch lecker gerochen, aber jetzt kam er mir nur noch widerlich süß vor.

Mein Vater setzte sich wieder hin und pustete in seine Kaffeetasse. Dampf stieg auf. »Ich fange einfach mal an. Erinnerst du dich, dass ich dir erzählt habe, dass deine Mutter und ich auf der Highschool unzertrennlich waren?«

Ich nickte.

»Tja, nach unserem Abschluss waren wir eine Zeit lang getrennt. Ich möchte da jetzt nicht ins Detail gehen. Sagen wir einfach, ich habe eines Abends zu viel getrunken und etwas Dummes gemacht. Als ich es deiner Mutter beichtete, hat sie mir den Laufpass gegeben. Das war der absolute Tiefpunkt meines Lebens. Ich habe mich jeden Tag bei ihr entschuldigt und ihr gesagt, dass ich sie über alles liebe und dass sie mir eine zweite Chance geben soll, wann immer sie dazu bereit ist.«

Er ergriff die Hand meiner Mutter. Die Liebe, die aus seinen Augen strahlte, war unübersehbar.

Ich wusste nicht, worauf er hinauswollte.

»Deine Mutter war ein paar Monate mit einem Jungen aus dem Country Club zusammen. Ich habe mir dauernd ausgemalt, diesen hochnäsigen Mistkerl mit meinem Truck zu überfahren. Eines Tages verließ er die Stadt. Es war der schönste Tag meines Lebens, als deine Mutter vor meiner Tür stand und mich fragte, ob ich sie immer noch wollte. Und das tat ich.«

Meine Mom schluchzte, und Tränen liefen ihr über die Wangen. »Das ist noch nicht alles.« Sie tupfte sich die Augen mit einer Serviette trocken. »Der Grund, warum der andere Junge die Stadt verlassen hat … Ich war schwanger.«

Damit hatte ich nicht gerechnet. »Was für ein Arsch.«

Sie nickte. »Das habe ich dann auch gemerkt. Aber ich war so böse auf deinen Dad. Und ich war geschmeichelt, dass dieser Typ mit seinem schicken Auto und dem großen Haus sich für mich interessierte. Ich war jung und dumm.« Sie schloss die Augen. »Als ich deinem Vater sagte, ich sei schwanger, hat er nicht mal mit der Wimper gezuckt. Er nahm mich in die Arme, und wir fuhren nach Las Vegas und heirateten noch am selben Wochenende. Als man es langsam sah, erzählten wir allen, ich sei während der Flitterwochen schwanger geworden.«

Wie bitte?

»Da es Zwillinge waren, stellte niemand Fragen, als sie einen Monat zu früh kamen.«

Meine ganze Welt geriet ins Wanken. Ein schrilles Klingeln gellte in meinen Ohren. »Matt und Charlie?«

»Sie sind meine Jungen.« Die Stimme meines Vaters klang

tränenerstickt. »Sie gehören zu mir. Und du darfst ihnen niemals etwas anderes sagen.«

»Das werde ich nicht.« Das Klingeln in meinen Ohren wurde lauter. »Einen Moment.« Ich beugte mich vor, steckte den Kopf zwischen die Knie und atmete flach.

Meine Brüder waren in Wahrheit meine Halbbrüder.

Meine Mutter hatte alles Recht der Welt, reiche Jungs zu hassen, und mein Vater war der beste Mensch auf dem ganzen Planeten.

Als das klingelnde Geräusch nachließ, setzte ich mich auf. »Und deswegen kannst du Bryce nicht leiden?«

Meine Mutter nickte. »Ich … Es ist nur … Du erinnerst mich so sehr an mich selbst damals und an mein Verhalten. Ich möchte nicht, dass du die gleichen Fehler machst. Wäre dein Vater nicht der wundervolle Mensch, der er nun mal ist, wäre mein Leben ruiniert gewesen.«

»Ich bin nicht du. Wenn du einfach mit mir geredet hättest, anstatt mir alles Mögliche vorzuwerfen, wäre dir das klar geworden.« Ich wusste, dass ich wütend klang, aber das konnte ich nicht ändern.

Ich erwartete, dass mein Dad ihr Verhalten verteidigte. Sie sah ihn auffordernd an, doch er zuckte nur mit den Achseln. »Haley hat recht. Sie ist ein kluges Mädchen. Wenn du dir Sorgen machst, dann rede mit ihr.«

»Tut mir leid.« Sie schniefte und lächelte mich zögernd an. »Was hältst du davon, wenn wir heute Morgen Plätzchen backen und reden? Von Frau zu Frau?«

»Das wäre schön.«

Eine Stunde später saß ich mit meiner Mutter am Küchentisch und aß warme Schoko-Cookies frisch aus dem Ofen. Bei jedem Bissen quoll die geschmolzene Schokolade heraus. »Die sind oberlecker.«

Meine Mom nickte mit vollem Mund.

Wie gerne hätte ich gesagt, dass wir über das gemeinsame Backen wieder zueinander gefunden hatten und dass alles Friede, Freude, Eierkuchen war, aber das wäre eine Lüge gewesen. Die Stimmung war noch immer angespannt. Allerdings fühlte sich die Trennlinie zwischen uns nicht mehr an wie eine massive Betonwand, sondern nur noch wie eine Glasscheibe.

»Erzähl mir von Bryce.« Sie zerbrach einen Keks in zwei Hälften und tunkte ihn in eine Tasse mit Milch.

Wo sollte ich anfangen? »Er ist witzig, klug und hat seinen ganz eigenen Kopf. Deswegen geraten wir aber auch oft aneinander.«

»Das klingt ja nicht so toll.«

Bryce' Laune war zwar ein Glücksspiel, aber er war da, wenn ich ihn brauchte. Und inzwischen hatte ich das Gefühl, dass er sich wirklich auf unsere Beziehung einlassen wollte. »Ich glaube, das Gute überwiegt das Schlechte.«

Das Telefon in der Küche klingelte. »Das ist wahrscheinlich Jane.« Ich griff nach dem kabellosen Telefon. »Hallo?«

»Ist alles in Ordnung?« Es war Bryce.

Überrascht und in der Hoffnung auf ein bisschen Privatsphäre ging ich ins Wohnzimmer. »Ich glaube schon.«

»Immerhin. Dann läuft es wenigstens für einen von uns gut.«

»Was ist los?«

»Meine Eltern haben schon auf mich gewartet, als ich gestern Abend nach Hause kam.«

Oh, oh. »War es schlimm?«

»Ja. Mein Vater scheint nicht zu kapieren, dass ich das Verhalten anderer Leute nicht beeinflussen kann. Er hat über fünfzehn Minuten auf mich eingeredet, bis meine Mutter ihn endlich unterbrochen hat. Von da an ging es nur noch bergab.«

»Das tut mir leid.«

»Danke. Ich muss los.«

Ich wollte noch etwas sagen, um ihn ein bisschen aufzuheitern, aber er hatte bereits aufgelegt. Als ich zurück in die Küche kam, hatte meine Mom schon den Tisch abgeräumt und das Geschirr in den Geschirrspüler gestellt.

»Alles in Ordnung?« Sie wischte sich die Hände an einem Geschirrtuch ab und hängte es zurück an den Haken.

Ich nickte und schnappte mir noch einen Keks vom Abkühlgitter.

»Ich muss mich jetzt um die Buchhaltung kümmern. Soll ich dich noch zur Schule fahren oder willst du den Rest des Tages hier bleiben?«

Was war denn das für eine blöde Frage? »Ich bleibe lieber hier.« Mein Schlachtplan für den Tag sah folgendermaßen aus: schlafen, bis Jane anrief. Und mir dann den Kopf darüber zerbrechen, wie ich ihr alles erzählen konnte, ohne ihr die ganze Wahrheit zu verraten.

Neunzehn

Haley

Freitagmorgen gingen Jane und ich auf der Fahrt zur Schule die aktuellen Ereignissse in unserem Leben durch. Es war eine beeindruckende Liste.

»Ich hätte nie gedacht, dass ich das mal sagen würde, aber einen Tag Langeweile könnte ich zur Abwechslung ganz gut gebrauchen.« Ich zupfte den Kragen meines Pullis zurecht und betrachtete mich im Schminkspiegel, um sicherzugehen, dass man die Knutschflecke auch wirklich nicht sah.

»Wo wir gerade von Langeweile reden, weißt du schon, ob ihr zu diesem Bankett geht?«, fragte Jane.

»Selbst wenn Bryce mich mitnehmen würde, müsste ich erst mal ein Kleid finden, das meinen Hals verdeckt.«

»Stimmt auch wieder.« Jane raste über eine dunkelorange Ampel.

Ich stemmte mich mit beiden Füßen gegen den Boden des Wagens. »Hast du es so eilig, Nathan zu sehen?«

»Ja.« Sie grinste.

In diesem Moment wurde mir klar, dass ich in letzter Zeit eine wirklich schlechte Freundin gewesen war. Trotz meines eigenen Dramas hätte ich mich erkundigen müssen, wie es zwischen ihr und Nathan lief. »Bring mich doch mal auf den neuesten Stand, was deinen Freund angeht.«

Die nächsten zehn Minuten schwärmte Jane nonstop von Nathan. Sie holte nicht ein Mal Luft, bis sie auf dem Schulparkplatz den Zündschlüssel umdrehte.

»Ich bin froh, dass es mit euch gut läuft.« Ich freute mich für Jane. Wirklich. Ich wünschte, ich wäre mir über meine Situation mit Bryce auch so klar.

Als ich Bryce schließlich an seinem Spind traf, brauchte ich dringend ein bisschen Bestärkung. Es beruhigte mich allerdings nicht gerade, dass seine Lippen zu einem schmalen Strich zusammengepresst waren. Ich zwang mich zu einem Lächeln, ging auf ihn zu und nahm seine Hand. »Alles in Ordnung?«

Seine Mundwinkel hoben sich ein paar Millimeter, als er mich ansah. »Nein, aber ich kann nichts daran ändern.«

»Willst du es mir erzählen?«

Er drückte meine Finger. »Meine Eltern reden nicht mehr miteinander, und ich habe das Gefühl, dass das allein meine Schuld ist.«

»Du kannst doch aber überhaupt nichts dafür, dass dein Vater ein Idiot ist.«

Er schüttelte den Kopf. »Immer wenn sie sich streiten, hat es irgendwas mit mir zu tun.«

»Nein, es hat damit zu tun, dass sich dein Vater wie ein Arschloch verhält. Er will, dass du kontrollierst, was die anderen denken und sagen. Aber solange du keine übernatürlichen Kräfte entwickelst, geht das nun mal nicht.« In der Hoffnung, dass ihm eine Umarmung guttun würde, schlang ich meine Arme um ihn. »Vielleicht ist der Kinoabend morgen genau das Richtige, um dich auf andere Gedanken zu bringen.«

»Ich kann morgen nicht mit dir ins Kino gehen.«

Meine Laune rutschte endgültig in den Keller. »Hab schon verstanden. Du musst dich erst mal um deine Familie kümmern.«

»Nein. Das meinte ich nicht. Mein Vater besteht darauf, dass ich an dem blöden Bankett im Country Club teilnehme. Er möchte offenbar einen auf heile Familie machen.«

»Hast du schon einen Plan, um das Bankett irgendwie zu überstehen?«

»Wir hängen uns an Nathan und Jane, gehen meinem Vater aus dem Weg und verschwinden einfach so schnell wie möglich wieder.«

Er wollte mich also dabeihaben. Punkt für mich. »Es gibt nur ein kleines Problem. Wo soll ich ein Kleid herbekommen, das die reizenden Abschiedsgeschenke verdeckt, die du auf meinem Hals hinterlassen hast?« Zumal ich das im Second-Hand-Laden auftreiben musste.

»Lass dir was einfallen. Ich brauche dich als moralische Unterstützung.«

Bis zum Mittagessen hatte ich aufgehört, mir wegen der Knutschflecken Gedanken zu machen. »Ich finde bestimmt ein Kleid oder eine Kette, um sie zu verdecken.«

»Und was machst du nachher beim Sport?«, fragte Bryce.

»Ich gehe nicht zum Sport.«

»Du schwänzt den Unterricht?« Er riss die Augen übertrieben weit auf. »Das ist wahrscheinlich ein Zeichen für den nahenden Weltuntergang.«

»Ich schwänze nicht. Ich habe dem Direktor heute Morgen eine E-Mail geschickt und ihm berichtet, dass meine Familie den größten Teil des Dramas überstanden hätte, aber dass ich noch ziemlich aufgewühlt sei und es deshalb nicht geschafft hätte, meine Hausaufgaben fertig zu machen. Daraufhin hat er mir erlaubt, sie in der letzten Stunde zu erledigen, damit ich den Anschluss nicht verliere.« Ich war ziemlich stolz, dass ich darauf gekommen war. Wenn es nicht funktioniert hätte, hätte ich die schlimmsten Unterleibskrämpfe aller Zeiten simulieren und darauf hoffen müssen, dass mich der Sportlehrer nach Hause geschickt hätte. Gut, dass es nicht dazu gekommen war.

Bryce legte den Kopf schief und musterte mich. »Es ist beängstigend, wie locker du dir so etwas aus den Fingern saugst.«

»Glaub mir, das war gar nicht so leicht.« Jane öffnete ihre Tupperdose und reichte Nathan einen Cupcake mit Schokoladenglasur. »Ich habe eine Stunde mit ihr am Telefon gehangen, bevor wir alle Möglichkeiten durchgespielt hatten.«

Bryce

Haley unterhielt sich mit Jane über Kleider, während ich meinen Cupcake aß. Wenn Nathan mit Jane Schluss machte, was er mit ziemlicher Sicherheit irgendwann tun würde, würde ich die Cupcakes vermissen. Was würde ich vermissen, falls ich mich nicht mehr mit Haley treffen sollte? Unsere Verbundenheit über die Hunde, ernsthafte Gespräche über wirklich wichtige Dinge, Popcorn …

Plötzlich stellten sich meine Nackenhaare auf. *Falls*? Hatte ich gerade »falls« gedacht? Es müsste heißen, »wenn« ich mit ihr Schluss machte, nicht »falls«. Noch eine Woche, und ich konnte mich wieder mit anderen Mädchen treffen. Und das wollte ich doch. Oder? Irgendwie war ich mir da nicht mehr so sicher. Was zum Teufel war bloß los mit mir?

»Warum runzelst du die Stirn?«, fragte Haley.

»Hab ich gar nicht.« So ein Quatsch, ich runzelte doch nicht bei dem Gedanken, endlich wieder andere Mädchen zu daten, die Stirn. Das war bestimmt nur der Stress mit meiner Familie.

»Wie du meinst.« Sie schob ihre Hand über den Tisch und verflocht ihre Finger mit meinen. »Wenn du reden magst, ich bin eine gute Zuhörerin.«

Normalerweise besprach ich unsere Familienangelegenheiten nicht mit anderen Leuten. Mit Ausnahme von Haley. Warum? Weil ich wusste, dass sie mich unterstützen würde. Hätte Brittney sich auch nur ansatzweise für meine Probleme interessiert? Nein.

Die Richtung, in die meine Gedanken gingen, gefiel mir überhaupt nicht. Als es klingelte, folgte ich Haley zu ihrer Klasse und legte ihr ganz bewusst nicht die Hand auf den Rücken. Na bitte. Ging doch. Ich musste sie gar nicht berühren.

Sie sah mich mit zusammengekniffenen Augen an. »Alles okay mit dir?«

»Ja, mir geht's gut.« Das stimmte sogar. Und es würde mir

noch besser gehen, sobald unser Deal abgehakt war und ich wieder zu meinem normalen Leben zurückkehren konnte, wo nichts Unvorhersehbares passierte und ich alles unter Kontrolle hatte.

Kaum hatten Nathan und ich uns in der Klasse hingesetzt, verschränkte er die Arme vor der Brust und lächelte mich an, als wüsste er etwas, das ich nicht wusste.

»Was?«

»Gib's auf, dagegen anzukämpfen«, sagte er.

»Ich weiß nicht, wovon du redest.«

»Du hast es doch selbst gesagt. Du magst sie. Wann hast du das letzte Mal eines der Mädchen gemocht, mit denen du zusammen warst?«

War er nicht mehr ganz dicht? »Ich mochte sie alle.«

»Nein, du *wolltest* sie, aber *gemocht* hast du sie nicht.«

Bevor ich antworten konnte, begann der Unterricht. Woher nahm er das Recht, mir einen Vortrag über meine Exfreundinnen zu halten? Er war mit genauso vielen Mädchen zusammen gewesen wie ich, wahrscheinlich sogar mit mehr. Bis Jane mit ihren Cupcakes aufgetaucht war und ihn an die kurze Leine genommen hatte.

Am Ende des Tages hätte ich mich am liebsten einfach ins Auto gesetzt, ohne mich von Haley zu verabschieden. Aber das hätte ihre Gefühle verletzt. Und ihre Gefühle waren mir nun mal nicht gleichgültig. Verdammt. Ich war verloren.

Ich entdeckte Haley, die in meine Richtung lief. Als sie mich sah, winkte sie zaghaft. Ihr Haar sah anders aus als beim Mittagessen. Sie hatte es oben auf dem Kopf zu einem Knoten zusammengedreht, aus dem Bleistifte herausschauten. Eigentlich hätte es lächerlich aussehen müssen, aber an ihr wirkte es irgendwie süß.

Ihr Lächeln wurde breiter, als sie näher kam. Plötzlich blieb sie stehen und blickte über die Schulter. Offenbar hatte jemand ihren Namen gerufen. Ein dunkelhaariger Junge, den ich nicht kannte, lief auf Haley zu und strahlte sie an. Sie lächelte zurück.

Warum machte sie das?

Als Nächstes schüttelte sie den Kopf und zeigte in meine Richtung. Der Typ sah zu mir herüber und sagte etwas, das sie zum Lachen brachte, bevor er davonjoggte. Ich wusste nicht, wer er war, aber ich wusste, was er von ihr wollte, und ich hätte ihm am liebsten eine verpasst.

Haley

Bryce beobachtete mich, als ich ihm auf dem Parkplatz entgegenging. Er hatte den Kopf schief gelegt. Es sah aus, als würde er über irgendetwas nachdenken. Er hatte gesehen, dass Chase mit mir geredet hatte. War er etwa eifersüchtig? Wenn ja, sollte ich das nicht genüsslich auskosten? Ich hatte mehr als genug Zeit damit verbracht, ihm beim Flirten mit anderen Mädchen zuzusehen.

Ich ließ meinen Rucksack vor seine Füße fallen. »Hey.«

»Wer war das?«

»Du meinst den Jungen, der stehen geblieben ist, um sich mit mir zu unterhalten?«

»Ja.«

»Er heißt Chase.«

»Und was wollte er?«

Ich konnte nicht verhindern, dass mein Lächeln immer breiter wurde. »Ich habe ihn kennengelernt, als du und ich einen schlechten Tag hatten. Jane konnte natürlich nicht die Klappe halten und hat ihm erzählt, dass ich Streit mit meinem Freund hatte. Er sagte, falls wir uns trennen sollten, würde er sich gerne mal mit mir treffen. Deswegen hat er mich eben gefragt, ob ich noch mit dir zusammen bin. Und als er hörte, dass das der Fall ist, ist er abgezogen.«

Bryce verschränkte die Arme vor der Brust und musterte mich von oben bis unten. »Du genießt das, stimmt's?«

Lachen blubberte in mir hoch. »Und wie. Betrachte es als Rache für all die Male, wo ich danebenstand, wenn du mit irgendwelchen Blondinen geflirtet hast.«

Er lehnte sich gegen seinen Mustang und schaute in den Himmel. »Okay.«

Weil er so zerknirscht wirkte, ging ich zu ihm hin, legte meinen Kopf an seine Brust und umarmte ihn. Er roch nach frisch gewaschener Wäsche. Er legte seine Hände um meine Taille. Als ich aufsah, stellte ich fest, dass er mich musterte.

»Woran denkst du gerade?«

»Es gefällt mir, wenn in meinem Leben alles einen geregelten Ablauf hat.«

»Alphabetisch geordnet und rechtwinklig ausgerichtet?« Ich zwinkerte ihm zu, damit er wusste, dass ich Spaß machte.

»Genau, und du passt da nicht rein.«

Seine Worte trafen mich wie ein Schlag in den Magen und ließen mich einen Schritt zurücktaumeln. »Was?«

Er riss erschrocken die Augen auf. »Warte! So hatte ich es nicht gemeint.«

Ich blieb reglos stehen und zwang mich, langsam zu atmen, während ich auf seine nächsten Worte wartete, die entweder alles wiedergutmachen oder dazu führen würden, dass ich ihm einen kräftigen Tritt vors Schienbein verpasste.

»Du entsprichst nicht dem Bild, das ich von einer Freundin habe.«

»Wie bitte?«, stieß ich zwischen zusammengebissenen Zähnen hervor.

Er nahm meine Hand. »Ich möchte, dass du bei mir bist, aber du verwirrst mich. Mein Leben ist zurzeit völlig auf den Kopf gestellt, und ich weiß nicht, wie ich damit umgehen soll.«

Kein Grund zur Panik. »Das heißt also, du magst mich, und du bist gerne mit mir zusammen, aber ich bringe dich durcheinander?«

Er nickte, anscheinend dankbar, dass ich verstand, was er sagen wollte.

»Deine Ausdrucksfähigkeit ist echt mies. Und du solltest mich jetzt lieber in den Arm nehmen, sonst muss ich dir eine verpassen.«

»Bist du vielleicht schon mal auf die Idee gekommen, dass du ein kleines Aggressionsproblem hast?«

Ich ballte meine Hand zur Faust und zielte auf seine Schulter. Er lachte, zog mich zu sich heran und schlang beide Arme um mich. Ich lauschte seinem Herzschlag. Die Hitze, die sein

Körper ausstrahlte, ging auf mich über und erfüllte mich mit Wärme. Diese Wärme hatte nichts mit Begehren zu tun, sondern eher mit dem Gefühl, ihn zu brauchen. Und das machte mir eine Höllenangst.

»Seid ihr da drüben bald mal fertig?«, rief Jane. Sie stand neben Nathans Wagen eine Reihe hinter uns.

»Fast.« Ich sah zu Bryce auf. »Du solltest mich jetzt küssen.«

»Darauf wäre ich auch von alleine gekommen.«

Als sich unsere Lippen trafen, zog er mich noch näher an sich heran und vergrub seine Hand in meinen Haaren. Der Kuss war so wundervoll, dass mein Herz vor Glück einen Stepptanz aufführte.

»Dann hole ich dich morgen um sechs zum Bankett ab?«, fragte er, als wir uns voneinander lösten.

Auf der Fahrt zur Werkstatt, um endlich mein Auto abzuholen, lieferte ich Jane eine Zusammenfassung von Bryce' unterirdischer Kommunikationsfähigkeit.

»Was für ein Idiot.« Jane bog auf den Parkplatz der Autolackiererei ein. »Wie kann er auf der einen Seite so ein Süßholzraspler und auf der anderen Seite so unfähig sein, wenn es um wirklich wichtige Sachen geht?«

»Vielleicht hat er mit den Mädchen, mit denen er zusammen war, nie richtig geredet.«

Der makellose gelbe Lack auf der Fahrertür meines Käfers bestärkte mich in der Hoffnung, dass sich in meinem Leben nun wieder alles zum Guten wenden würde. Nachdem ich die Reparatur bezahlt hatte, fuhr ich Jane zu Goodwill hinterher.

Im Second-Hand-Laden arbeiteten wir uns systematisch

durch die Kleiderständer, als hätten wir eine hochwichtige Mission. Hatten wir ja auch. Wenn wir kein Kleid fanden, das meinen Hals bedeckte, mussten wir auf Plan B zurückgreifen. Abdeckcreme in rauen Mengen oder ein aufgeklebtes Tattoo – und dann das Beste hoffen.

Ich nahm ein schwarzes rückenfreies Neckholderkleid vom Ständer. »Vielleicht könnte man doppelseitiges Klebeband benutzen, damit es da bleibt, wo es hingehört.«

Nach einer Viertelstunde, in der wir den gesamten Laden durchstöbert hatten, zeigte Jane auf die Umkleidekabinen. »Warum probierst du die nicht erst mal an? Notfalls legen wir noch eine zweite Runde ein.«

Zuerst zog ich das schwarze Neckholderkleid an. Es bedeckte ungefähr zwei Drittel der Verfärbungen an meinem Hals, und es hätte nur ein kleines Stück gekürzt werden müssen. Ich zog es wieder aus und legte es auf den Vielleicht-Stapel. Das nächste Kleid, das ich anprobierte, hatte einen komischen Stehkragen, der auf einer Seite umklappte. Sechs Kleider später war ich kurz davor, Bryce anzurufen und die Verabredung abzusagen.

Das letzte Kleid sah aus wie ein langer grauer Rollkragenpullover aus superweichem Strick. Das musste Jane ausgesucht haben. Als ich es überstreifte, ging es mir knapp bis unters Knie und sah gar nicht mal so schlecht aus. Die Farbe war etwas langweilig und gefiel mir nicht so gut, aber es war billig.

Ich trat aus der Umkleidekabine, um es Jane vorzuführen. »Was meinst du?«

»So ist es zu schlabberig. Warte mal. Ich hole schnell einen Gürtel.«

Sie kam mit einem schwarzen Lackledergürtel zurück. Ich versuchte, ihn mir um die Taille zu schnallen, aber weil es nicht genug Löcher gab, rutschte er mir auf die Hüften. Seltsamerweise sah das ziemlich gut aus. Aber ich war immer noch unschlüssig. »Ist das auch schick genug für den Country Club?«

Eine Angestellte, die gerade die Regale einräumte, drehte sich zu mir um. »Das ist Kaschmir, Schätzchen. Mehr Country Club geht nicht.«

»Wirklich?«

Sie nickte. »Jetzt brauchst du nur noch Stiefel, die bis zum Saum reichen. So trägt man es dort.«

Um zehn vor sechs am nächsten Abend war ich fertig angezogen und hatte vor lauter Minderwertigkeitskomplexen eine mittelschwere Krise. Warum hatte ich mich bloß darauf eingelassen, mit in den Country Club zu gehen? Ich hatte dort nichts zu suchen. Die Leute auf dem Bankett würden einen kurzen Blick auf meine billigen Lacklederstiefel werfen und mich dann vor die Tür setzen.

»Du wirst noch den Teppich ruinieren, wenn du weiter so rumtigerst«, rief mein Vater aus dem Wohnzimmer.

»Ich weiß nicht, warum du so nervös bist. Du siehst toll aus.« Meine Mutter schüttelte den Kopf. »Ich kann einfach nicht glauben, dass du dieses Kleid im Second-Hand-Shop gefunden hast.«

»Danke. Es ist nur … Ich habe Angst, dass ich irgendetwas Blödes tue.«

»Solange du dir nicht in der Nase bohrst, ist alles okay.« Mein Vater lachte. Ich würdigte ihn keiner Antwort.

Das tiefe Grollen eines Motors kündigte Bryce' Ankunft an. Sollte ich einfach nach draußen gehen oder ihn meinen Eltern zum Fraß vorwerfen?

Bevor ich eine Entscheidung treffen konnte, klopfte es.

Als ich die Tür öffnete, verschlug es mir die Sprache. Vor mir stand Bryce in einem schwarzen Anzug und mit einer schmalen grauen Krawatte. Er sah aus wie einer dieser heißen jungen Schauspieler, deren Fotos in allen Zeitschriften abgedruckt waren.

»Fertig?«, fragte er.

»Du solltest ihr sagen, dass sie hübsch aussieht«, rief meine Mutter ihm zu.

»Mom!« Im Moment brauchte ich ihre Hilfe echt nicht.

Er lachte. »Du siehst wirklich hübsch aus.«

Ich folgte ihm auf die Veranda und knallte die Tür hinter mir zu, bevor meine Eltern noch mehr hilfreiche Vorschläge loswerden konnten.

»Danke. Aber du siehst auch nicht schlecht aus.«

Sobald wir unterwegs waren, entspannte ich mich ein bisschen.

»Es gibt etwas, das du wissen solltest.« Bryce hielt an einer roten Ampel.

Mist.

»Brittney ist auch Mitglied im Country Club, und sie wird heute Abend da sein.«

Doppelter Mist.

»Am besten ignorieren wir sie.« Er gab Gas und wechselte die Fahrspur.

»Ich werd's versuchen.« So, wie ich Brittney bisher erlebt

hatte, liebte sie es, sich vor anderen aufzuspielen. »Muss ich sonst noch etwas wissen?«

»Lächeln und nicken.«

»Wie bitte?«

»Immer wenn dir jemand eine langweilige Geschichte erzählt oder ein Thema anschneidet, bei dem ihr nicht einer Meinung seid, einfach lächeln und nicken. Dann glaubt der andere, du hättest Interesse an dem, was er sagt.«

»Das ist alles? Einen anderen Rat hast du nicht für mich?«

»Hmmm.« Er trommelte mit den Fingern aufs Lenkrad. Wenn dir jemand Kaviar anbietet, sag, dass du gegen Meeresfrüchte allergisch bist. Der schmeckt wie mit Salz überzogener Dreck.«

»Eklig. Und warum essen die Leute so was?«

»Weil es teuer ist, sie es sich leisten können und sie sich dadurch überlegen fühlen.«

Vor nicht allzu langer Zeit hätte ich ihn auch für einen dieser Typen gehalten, die überteuerte Fischeier aßen, um mit ihrem Reichtum zu protzen. Das war mal wieder ein gutes Beispiel dafür, dass man niemanden richtig kennt, bevor man nicht einige Zeit mit ihm verbracht hat.

Wir kamen zügig voran, und Bryce schien keine große Lust zu haben, beim Fahren zu reden. Also schaute ich aus dem Fenster und sah zu, wie die Häuser am Straßenrand immer größer und schicker wurden. Es war mir immer noch schleierhaft, wofür die Leute den ganzen Platz brauchten. »Wohnst du hier auch irgendwo?«

»Die Abzweigung zu unserer Wohnanlage ist da rechts.« Die Minuten zogen vorüber, und die einzelnen Grundstücke schienen immer riesiger zu werden.

»Dort ist es.« Bryce deutete auf den bewachten Eingang. Vor dem Tor befand sich ein kleines steinernes Gebäude, in dem sich die Wachmänner aufhielten. Dieses Gebäude war durchaus eindrucksvoll, aber nichts im Vergleich zu dem Turm vor Nathans Wohnanlage.

»Was macht es eigentlich für einen Unterschied, ob man direkt auf dem Gelände des Country Clubs lebt oder eine Villa hier draußen hat?«

Wir passierten die Kontrolle und Bryce bog in eine schmale Straße ein. »Mein Vater hat jahrelang versucht, eines der Häuser des Country Clubs zu kaufen, aber es gibt nun mal nicht so viele davon, und sie gehen immer an den Meistbietenden. Meine Mutter ist zwar auf dem Gelände des Country Clubs aufgewachsen, aber ihr gefällt es in unserer moderneren Wohnanlage viel besser. Sie sagt, dass es auf dem Clubgelände deutlich mehr Regeln gibt, was man mit seinem Haus machen darf und was nicht.«

»Ich glaube, ich möchte nirgendwo leben, wo ich keine riesigen Metallhühner im Vorgarten haben darf.«

»Ja, das wäre wirklich eine Tragödie.«

»Genau.«

Das Clubhaus kam in Sicht. Aus weißem Stein erbaut, erinnerte es mich an das Amtsgericht, das wir bei einem Ausflug in der vierten Klasse besichtigt hatten. Wir fuhren bis auf hundert Meter an das Gebäude heran und hielten dann am Ende einer wartenden Autoschlange.

»Warum geht's denn da nicht weiter?«

»Man muss seinen Wagen bei einem der Angestellten abgeben, der ihn dann für einen parkt.«

Zu unserer Linken sah ich einen nur halb besetzten Parkplatz. »Können wir nicht einfach da drüben parken?«

»Könnten wir, aber dann würden wir unseren großen Auftritt verpassen.«

In meinem Kopf schrillten die Alarmglocken. »Wie meinst du das?«

»Alle hängen in der Lobby rum, trinken Wein und essen Häppchen, während sie sich das Maul über die Neuankömmlinge zerreißen.«

Na toll. »Vergeben sie auch Punkte wie bei den Olympischen Spielen?«

Er lachte. »Nein, aber sie machen es schon ziemlich deutlich, wenn ihnen etwas nicht passt.«

»Ich hab's mir anders überlegt. Ich möchte doch nicht mit dir zu diesem Bankett gehen.«

Er drückte auf einen kleinen Knopf am Armaturenbrett, und die Türen wurden verriegelt. »Dumm gelaufen. Jetzt sitzt du in der Falle.«

Im Spaß drückte ich auf den Entriegelungsknopf neben den Fensterhebern auf meiner Seite.

Nichts passierte.

»Kindersicherung«, informierte mich Bryce grinsend.

Ich pikste ihn in die Rippen. »Wie witzig.«

Er schnappte sich meine Hand und hielt sie fest. Mit einem idiotischen Grinsen im Gesicht schaute ich aus dem Fenster. Jane und Nathan stiegen gerade auf dem Parkplatz aus seinem BMW. »Und wieso müssen die beiden keinen großen Auftritt hinlegen?«

»Weil sein Vater Vorstandsvorsitzender ist. Und blöderweise

ist er sich darüber im Klaren, dass er damit so gut wie unangreifbar ist.«

Hatte Bryce gerade zugegeben, dass er sich manchmal auch unsicher war?

Als wir schließlich ganz vorne angekommen waren, blieb Bryce sitzen, bis der Angestellte ihm die Wagentür geöffnet hatte, also machte ich es ihm nach. Ich wollte ihm schließlich nicht seinen Auftritt vermasseln.

Ich lächelte und nickte, genau wie Bryce gesagt hatte, während er alle Leute begrüßte, die ihn ansprachen. Es erinnerte mich an die Reihe der Gratulanten bei der Hochzeit meiner Cousine. Nur waren die Leute hier besser angezogen.

Als wir endlich die Eingangshalle erreicht hatten, tat mir der Kiefer weh.

Drinnen entdeckte ich Nathan und Jane. Jane hatte rote Flecken auf den Wangen. Das bedeutete, dass sie stinksauer war. Als wir näher kamen, wurde mir der Grund dafür klar. Nathan unterhielt sich mit Brittney und ihrem Begleiter.

Großartig.

Zwanzig

Haley

»Warum redet Nathan mit Brittney?«

Bryce presste seine Lippen zu einer schmalen Linie zusammen. »Er kriegt das schon in den Griff.«

»Müssen wir unbedingt zu ihnen hingehen?« Ich verlangsamte meinen Schritt. »Können wir nicht da drüben in der Ecke warten, bis Nathan sich losreißen kann?«

»Nein. Wir müssen allen zeigen, dass wir bestens gelaunt sind und uns prächtig amüsieren.«

»Ich würde Unmengen von Valium brauchen, um dein Leben durchzuhalten.«

Er stieß ein knurrendes Lachen aus.

Als Brittney ein Stück zur Seite tragt, konnte ich ihr Kleid sehen, falls dieser Hauch von Nichts diese Bezeichnung überhaupt verdiente. Das rote Seidenfähnchen ähnelte stark einem Négligé. Meiner Meinung nach wirkte es so, als würde Brittney verzweifelt um Aufmerksamkeit betteln. Die Spaghettiträger sahen aus, als wären sie bis zum Äußersten gespannt. Ein kräftiger Nieser, und Brittney würde ihre Vorzüge mit der ganzen Welt teilen.

»Bryce, wie schön, dich zu sehen«, gurrte sie. »Du kennst Andre bereits?«

»Ja, wir kennen uns.« Bryce streckte die Hand aus und tauschte einen kräftigen Händedruck mit einem Typen, der aussah wie eine etwas jüngere Version seiner selbst. Andre hatte die gleiche Haarfarbe, den gleichen Teint und auch eine ähnliche Statur. Sie hatten sogar die gleichen Anzüge an. Auch wenn heute Abend offenbar alle Männer im Saal dunkle Anzüge trugen, war die Sache mit dem Doppelgänger doch irgendwie unheimlich.

Bryce legte mir die Hand auf den Rücken. »Andre, das ist meine Freundin, Haley.«

Der geklonte Bryce nickte mir wie eine königliche Hoheit huldvoll zu. Ich lächelte und rang mir ein höfliches »Hallo« ab.

Nathan räusperte sich. »Wenn ihr uns jetzt bitte entschuldigt, ich glaube, wir sollten unsere Plätze einnehmen.« Er führte uns durch eine breite Flügeltür.

Sobald wir saßen, konnten Jane und ich in aller Ruhe die Dekoration bestaunen.

»Steht da wirklich eine Zentauren-Eisfigur?«, fragte Jane.

»Wahrscheinlich sind Schwäne diese Saison nicht in.« Ich zeigte auf eine weitere Skulptur. »Ich erhöhe um eine Meerjungfrau.«

Jane drehte sich um, um zu sehen, worauf ich zeigte. »Na ja, sie ist umgeben von Garnelenspießen. Macht irgendwie Sinn, oder?«

»Macht es euch etwas aus, wenn wir euch Gesellschaft leisten?« Diese Stimme war unverwechselbar. Warum sollte Brittney an unserem Tisch sitzen wollen?

»Tut mir leid«, erwiderte Nathan. »Diese Plätze sind reserviert. Ich glaube, bei der Meerjungfrau gibt es noch freie Tische.«

Brittneys Wangen liefen rot an. Andre führte sie weg.

»War das irgendeine Art Country-Club-Beleidigung?«, wollte Jane wissen.

»Niemand will in der Nähe des Büfetts sitzen«, erklärte Nathan.

Mein Magen knurrte. »Wo wir gerade vom Essen reden, wie läuft das hier denn so?«

»In der nächsten halben Stunde kann man sich bei den Vorspeisen bedienen. Der Salat wird serviert, wenn alle Platz genommen haben.« Nathan sagte das so, als würde er aus der Heiligen Schrift zitieren.

»Für einen Jungen weißt du aber ganz schön viel über solche noblen Essenseinladungen.«

»Immerhin bekomme ich seit Jahren mit, wie meine Mutter diese Veranstaltungen plant.«

»Irgendwelche Regeln, die ich kennen sollte, um Nathans Mutter nicht zu verärgern?«, fragte ich Bryce.

»Für ein Essen in der Öffentlichkeit gelten vor allem drei Regeln.« Er zählte sie an den Fingern ab. »Nichts in irgendwelche Dips tunken, wenn du schon davon abgebissen hast. Auf keinen Fall mit den Fingern essen, auch wenn es sich um Fingerfood handelt. Und nichts ausspucken, egal, wie eklig es auch sein mag.«

»Verstanden.« Ich war sicher, dass es darüber hinaus noch einige andere Regeln im Country Club gab, die er vergessen hatte zu erwähnen. »Warum gehst du nicht vor, damit ich sehe, wie es gemacht wird?«

»Es ist nicht schwer.« Bryce erhob sich und zog meinen Stuhl ein Stück vom Tisch weg, was mich aus dem Gleichgewicht brachte, weil ich vorgehabt hatte, alleine aufzustehen. Mit knallrotem Gesicht hielt ich mich an der Tischkante fest. »Eine kleine Vorwarnung wäre nett gewesen.«

»Entschuldige. Ich dachte, es wäre selbstverständlich, dass ich dir den Stuhl vorziehe.«

»Warum tust du heute Abend nicht einfach so, als wäre ich ein Besucher aus einem fremden Land und würde eure Bräuche nicht kennen?«

»Dito«, echote Jane.

Ich hielt mich an Bryce' Arm fest, als er mich zu den Vorspeisen führte. Das Essensangebot war enttäuschend. Nicht, dass ich Pizzabrötchen erwartet hätte, aber es gab massenweise matschige, nicht identifizierbare Häppchen. Selbst die Cracker und der Käse sahen irgendwie unappetitlich aus. Der Käse hatte das komische Aussehen von Frischkäse, den man zu lange im Kühlschrank gelassen hat.

»Das ist Brie«, bemerkte Bryce, als wüsste ich, wovon er sprach. Ich griff mir nur ein paar trockene Cracker und füllte den Rest meines Tellers mit Gemüse.

Zurück am Tisch, betrachtete Jane misstrauisch einen Cracker mit glänzenden schwarzen Kügelchen darauf. Sie warf einen Blick auf meinen Teller. »Du probierst keinen Kaviar?«

Am liebsten hätte ich ihr Bryce' Definition mit dem salzigen Dreck geliefert, aber als ich sah, dass Nathan auf seinem Teller ausschließlich Kaviar hatte, entschied ich mich für die diplomatische Variante: »Ich gehe lieber auf Nummer sicher.«

Jane biss einmal ab und zog eine Grimasse. »Das ist ja

scheußlich.« Sie fischte die Zitrone aus ihrem Wasserglas und biss hinein.

»Es ist ein gewöhnungsbedürftiger Geschmack.« Nathan steckte sich einen Cracker in den Mund und grinste.

»Das hat meine Mutter früher auch immer zu mir gesagt, wenn es Rosenkohl gab.« Jane nahm den angebissenen Kaviarcracker von ihrem Teller und reichte ihn Nathan. »Wenn es einem beim ersten Mal nicht schmeckt, warum sollte man es noch mal probieren?«

Eine elegant gekleidete blonde Frau und ein Mann, der Bryce' Vater sein musste, näherten sich unserem Tisch. Während Bryce lediglich selbstbewusst wirkte, machte sein Vater den Eindruck, als fühlte er sich allen anderen überlegen.

Bryce erhob sich, um seine Eltern zu begrüßen. Sollte ich auch aufstehen? *Hallo … Ein kleiner Tipp wäre jetzt ganz nett.* Nathan räusperte sich und machte mit der Hand unauffällig eine Geste nach oben. In der Hoffnung, dass er mich nicht ins Messer laufen ließ, schob ich meinen Stuhl zurück und versuchte, möglichst anmutig aufzustehen. Ich wartete darauf, was als Nächstes passieren würde. Jemand sollte mal ein Handbuch rausbringen: *Vorsintflutliche Verhaltensregeln, die man kennen sollte, wenn man bei feinen Leuten eingeladen ist.*

»Mutter, Vater, das ist Haley Patterson.«

»Freut mich, dich kennenzulernen, Haley. Ich glaube, du hast einen guten Einfluss auf meinen Sohn.« Bryce' Mutter schien das ernst zu meinen.

Bevor ich etwas Nettes auf das Kompliment erwidern konnte, ergriff Bryce' Vater das Wort. »Patterson? Der Name kommt mir bekannt vor. Was macht dein Vater?«

»Er besitzt und leitet die Landschaftsgärtnerei Patterson.« Unter normalen Umständen hätte ich das »besitzt« natürlich weggelassen, aber in in diesem Fall legte ich Wert darauf, das klarzustellen.

»Oh.« Bryce' Vater brachte es fertig, eine unglaubliche Geringschätzung in diese eine Silbe zu legen.

»Dein Vater hat immer die schönsten Weihnachtssterne. Ich bestelle jedes Jahr ein Dutzend für unsere Weihnachtsdekoration.« Bryce' Mutter schien wirklich nett zu sein. Wie war sie bloß an einen solchen Klotz geraten?

»Danke schön. Das werde ich ihm gerne ausrichten.«

»Wir sollten unsere Plätze einnehmen. Das Dinner wird gleich beginnen.« Sie warf mir ein aufrichtiges Lächeln zu. »Es war nett, dich kennenzulernen, Haley.«

»Ganz meinerseits.« Seine Eltern gingen davon, und Bryce rückte mir den Stuhl zurecht, damit ich mich wieder setzen konnte. Ich ließ ihn machen, weil es ihm wichtig zu sein schien. In seinem Leben war momentan schon mehr als genug durcheinander.

Ein dunkelhaariger Mann, der wie eine ältere Ausgabe von Nathan aussah, erhob sich an einem Tisch ganz vorne. »Ladys und Gentlemen, ich danke Ihnen allen, dass Sie heute Abend gekommen sind.«

Den Rest seiner Ansprache blendete ich aus, um mich auf Bryce zu konzentrieren. Ich lehnte mich dichter zu ihm und nahm seine Hand. »Deine Mutter ist nett.«

»Und mein Vater?«

Ich wählte eine jugendfreie Formulierung. »Der ist nicht so nett.«

Die Kellner kamen mit den Salaten. Ich ließ Bryce' Hand los und griff nach meiner Gabel.

Sobald sein Vater aufgehört hatte zu reden, schien Nathan sich verpflichtet zu fühlen, die Stille zu überbrücken. Er bombardierte uns mit Fragen und verwickelte uns für den Rest des Essens in ein Gespräch über völlig unwichtige Themen. Er brachte Bryce sogar zum Lachen. Falls Nathan eine Zukunft als Politiker anpeilte, war er genau der Richtige für den Job.

Nachdem die Teller mit dem Hauptgericht abgeräumt waren, blickte Jane zur Küchentür, durch die die Kellner gerade mit Tabletts voll kleiner weißer Schüsseln hereinkamen. »Was gibt es zum Nachtisch?«

»Zitronensorbet«, antwortete Nathan.

Jane verzog das Gesicht. »Ich hatte einen außergewöhnlichen Kuchen mit einer exotischen Glasur erwartet.«

»Wir könnten gehen und irgendwo anders einen Nachtisch essen gehen.« So, wie Bryce es sagte, klang es wie eine Frage.

»Gute Idee.« Nathan stand auf. »Lass mich nur kurz mit meinem Vater sprechen.«

»Er muss fragen, ob er gehen darf?« Jane sprach ganz leise, damit Nathan sie nicht hörte.

Bryce trommelte mit den Fingern auf dem Tisch. »Er ist der Thronfolger des Country Clubs.«

»Das erklärt auch das Haus.« Ich sah zu, wie Nathan mit seinem Vater sprach und mit den anderen Leuten an dessen Tisch plauderte. »Jane, ich glaube, du bist mit einem zukünftigen Gouverneur oder Senator zusammen.«

Sie strahlte. »Er ist großartig, nicht wahr?«

Nathan kam zurück und schüttelte den Kopf. »Mein Vater

würde es begrüßen, wenn wir für den Rest des Essens noch bleiben würden und erst später irgendwo anders hingehen.«

»Echt jetzt? Wir dürfen nicht gehen?« Jane sah Nathan an, als wäre er nicht ganz dicht.

»Meine Familie hat bezüglich des Country Clubs gewisse Verpflichtungen.« Er legte ihr den Arm um die Schulter. »Nach dem Dessert wird mein Vater eine Abschlussrede halten, und dann können wir verschwinden. Wie wär's, wenn wir in diesen Laden in der Stadt gehen, wo es diese göttlichen Cupcakes gibt? Ich teile mir jede abgefahrene Kombination mit dir, die du haben willst.«

»Auch Schokolade-Jalapeño?«

Als Nathan nickte, hüpfte Jane vor Begeisterung auf ihrem Stuhl auf und ab, was ihn zum Lachen brachte. Die Kellner servierten das Zitronensorbet, das überraschend gut schmeckte, auch wenn es mir nicht wie ein Nachtisch vorkam.

Die Rede von Nathans Vater war kurz, was mir entgegenkam, weil ich mich nach einem Stück Schokoladentorte sehnte. Wir verließen den Saal, aber in der Eingangshalle hatte sich ein Menschenauflauf gebildet. »Was ist denn das?«

»Die Leute unterhalten sich auf dem Weg nach draußen gerne noch ein bisschen.«

»Als hätten sie das auf dem Weg nach drinnen nicht schon ausgiebig getan«, murmelte ich.

»Bryce, da bist du ja.« Sein Vater tauchte neben uns auf. »Es gibt da jemanden, den ich dir gerne vorstellen möchte.«

Ein Muskel in Bryce' Kiefer zuckte. »Natürlich, Vater.« Er legte mir die Hand auf den Arm. »Bleib bei Nathan und Jane. Ich bin in fünf Minuten zurück.«

Was? Nein! Warum konnte ich ihn nicht begleiten? Dann dachte ich noch einmal darüber nach. Wenn er mich hier alleine ließ, lieferte ihm das vielleicht eine Entschuldigung, früher zu mir zurückzukommen. Diesen Gedankengang fand ich einleuchtend und beschloss, die Sache erst mal so zu betrachten. Ich drehte mich zu Jane um, aber die war verschwunden. Während ich meinen Blick über die vielen gut gekleideten und ärgerlicherweise großen Menschen schweifen ließ, meinte ich für einen kurzen Moment, Nathan zu sehen.

Nachdem ich mich durch die Menge gedrängt hatte, musste ich feststellen, dass es sich bei dem Mann, den ich erspäht hatte, um Nathans Vater handelte.

Tief durchatmen. Es würde alles gut werden. Dennoch konnte ich das Gefühl, hinter den feindlichen Linien in der Falle zu sitzen, nicht abschütteln. Ich lehnte mich mit dem Rücken an die Wand, sodass ich die Menge im Blick hatte, ohne dass sich jemand an mich heranschleichen konnte.

Die Leute strömten an mir vorbei. Als die Menschenmenge in der Eingangshalle langsam übersichtlicher wurde, entdeckte ich Nathan und Jane in der Nähe der Eingangstür. Draußen warteten mehrere Leute darauf, dass ihnen ihre Wagen gebracht wurden.

Ich gab mir Mühe, so normal wie möglich zu wirken, und ging auf die beiden zu. »Ich habe Bryce verloren. Habt ihr ihn gesehen?«

»Nein«, sagte Jane. »Wie konnte das denn passieren?«

»Sein Dad hat ihn weggeschleppt, weil er ihm jemanden vorstellen wollte. Eigentlich müsste er inzwischen zurück sein.«

Wie aufs Stichwort hörte ich Bryce' Stimme, gefolgt von einem weiblichen Lachen. Und da tauchte er auch schon aus dem Gang an der Seite der Eingangshalle auf, an seinem Arm eine hübsche Blondine mit langen Beinen. Warum hatte sie sich bei ihm eingehängt? Warum ließ er das zu?

Als er mich sah, verdrehte er in übertriebener Verzweiflung die Augen. Das beruhigte mich. Kaum waren sie bei mir angekommen, sagte er: »Haley, das ist Lucinda. Ihre Familie ist vor Kurzem hergezogen, und mein Vater hat mich gebeten, sie ein bisschen herumzuführen.«

Lucinda schenkte mir ein strahlendes Lächeln. »Nett, dich kennenzulernen, Haley.«

»Ganz meinerseits.« Ich warf Bryce einen vielsagenden Blick zu. »Wir sollten lieber gehen, bevor der Laden mit den Cupcakes zumacht.«

»Noch einmal vielen Dank, dass du angeboten hast, mich herumzuführen.« Lucindas Lächeln war so perfekt, dass sie damit in einem Werbespot für Zahnpasta hätte auftreten können. »Meine Cousine Lisa ist siebzehn. Wenn du einen Freund hast, der Single ist, könnten wir uns doch auf ein Doppeldate treffen.«

Mein Kopf drohte zu explodieren. »Versuchst du, dich hier vor meinen Augen mit meinem Freund zu verabreden?«

Ihre Wangen liefen knallrot an. »Ach du lieber Himmel! Das tut mir so leid.« Sie trat einen Schritt von Bryce weg. »Als er sagte, dass er mit dir hier sei, dachte ich, er würde dich nur nach Hause fahren. Mir war nicht klar –«

»Lass es gut sein.« Ich hatte schon verstanden. Ich sah nicht aus, als würde ich zu Bryce gehören. Das war mir nicht neu, aber es auf diese Art unter die Nase gerieben zu bekommen, tat weh.

»Es ist ja nichts passiert.« Bryce sah an Lucinda vorbei. Sein Vater und ein anderer Mann, den ich nicht kannte, steuerten auf uns zu. »Es war einfach nur ein Missverständnis. Wir sollten jetzt gehen.«

Bryce' Vater klopfte dem anderen Mann auf den Rücken. »Ich wusste doch, dass Ihre Tochter und mein Sohn sich prächtig verstehen würden.«

»Ja, sie geben ein schönes Paar ab.« Lucindas Vater strahlte. »Was habt ihr beiden denn morgen vor?«

Jetzt war für Bryce der Augenblick gekommen, einzuschreiten und zu erklären, dass er eine Freundin hatte. Sein Vater wusste doch, dass ich mit ihm hier war … Was war das für eine miese Nummer?

»Bryce.« Ich gab mir Mühe, ruhig zu klingen. »Würdest du deinem Vater bitte erklären, warum du sie morgen nicht in der Gegend herumfahren kannst?«

»Wir haben noch nichts Festes geplant«, druckste Bryce herum. »Lucinda, ich rufe dich an. Haley, wir sollten jetzt gehen, bevor wir keine Cupcakes mehr bekommen.«

Oh nein, so nicht. »Bryce?«

»Könnten wir das vielleicht auf nachher verschieben?« Bryce klang genervt. Pech für ihn.

»Es tut mir leid, wenn dir das nicht passt, aber ich muss wissen, wo ich stehe.«

Er sah so frustriert aus, wie ich mich fühlte. »Und was soll ich deiner Meinung nach tun?«

»Beweisen, dass du kein Weichei bist, und eine Entscheidung treffen.« Ich hatte es satt, mir über unseren Beziehungsstatus den Kopf zu zerbrechen. Entweder er wollte mein Freund sein oder er wollte es nicht. Das würde mich nicht umbringen. Ich würde vielleicht im Alleingang ein Dutzend Cupcakes verdrücken, aber ich würde es überleben. »Betrachte unsere Abmachung als beendet und entscheide dich.«

Er sagte nicht, dass er mit mir zusammen sein wollte. Er sagte nicht, dass er sich weiter mit mir treffen, aber auch andere Leute sehen wollte. Er sagte überhaupt nichts. Stattdessen sah er mich nur an und blinzelte nervös.

Da hatte ich meine Antwort.

Ich nickte, während ich mit aller Kraft dagegen ankämpfte, ihm zu sagen, was für ein Schlappschwanz er war. »Gut. Dann ist es vorbei. Ich wünsch dir noch ein schönes Leben.« Und damit stapfte ich aus der Tür und drängte mich durch die Menge der Leute, die auf ihren Wagen warteten.

Langsam und gleichmäßig Luft holen, das war das Geheimnis. Ich würde es schaffen, auch wenn es sich anfühlte, als würde ich Glasscherben einatmen. Ich würde *nicht* in der Öffentlichkeit weinen. Wenn die Leute darüber tratschten, wie ich mit Bryce Schluss gemacht hatte, was sie unter Garantie tun würden, sollten sie wenigstens sagen, ich hätte einen würdevollen Abgang hingelegt.

Und jetzt? Ich brauchte einen Fluchtweg. Jane. Ich brauchte Jane. Ich musste sie bloß finden, denn ihr echter Freund würde mich bestimmt nach Hause fahren.

Einundzwanzig

Bryce

Haley verschwand durch die Eingangstür. Ich konnte es nicht fassen. *Sie* hatte mit *mir* Schluss gemacht. Das hätte ich nie gedacht. Ich wartete auf das Gefühl der Erleichterung, mit dem ich gerechnet hatte. Aber es stellte sich nicht ein. Stattdessen machte sich ein unbehagliches Gefühl in mir breit, so als hätte ich eine Entscheidung getroffen, die ich noch bereuen würde. Das war doch lächerlich. Oder?

Lucinda stand ein Stück entfernt und machte einen verunsicherten Eindruck. Sie konnte nichts dafür. Eigentlich schien sie gar nicht so übel zu sein.

Mein Leben wäre so viel einfacher, wenn ich etwas mit ihr anfangen würde. Blonde Haare, perfektes Make-up, toller Körper … Was wollte ich mehr? Und dann schoss mir eine seltsame Frage durch den Kopf. »Magst du Hunde?«

»Wie bitte?«

»Hunde«, sagte ich. »Hast du einen Hund?«

»Nein.« Sie rümpfte die Nase. »Ich weiß nicht, warum man sich freiwillig ein Tier ins Haus holen sollte.«

Ich musste an Leo, den Shih Tzu, denken.

»Habe ich erwähnt, dass ich Model für Bademode bin?« Lucinda kam näher und berührte meinen Arm wie vorhin.

Für einen Moment gab es eine Art Kurzschluss in meinem Gehirn, als ich mir Lucinda erst mit Bikini und dann ohne vorstellte, doch dann löschte das Bild von Haley, die mich von oben bis unten mit Hundeshampoo bekleckert anstrahlte, alles andere aus. Hastig schob ich es beiseite.

Mein Vater suchte meinen Blick und nickte mir anerkennend zu. Das war in meinem Leben noch nicht oft vorgekommen. Das letzte Mal, als ich ihm verkündet hatte, dass ich es ins Tennisteam der Schule geschafft hatte. Ich hasste mich dafür, dass es mir etwas bedeutete, dass ich mich immer noch nach seiner Anerkennung sehnte. Um die zu behalten und den Hausfrieden nicht zu gefährden, musste ich bloß ein Mädchen wie Lucinda daten. War es wirklich so eine Zumutung, mit einem Bikinimodel auszugehen?

»Entschuldige mich, Lucinda.« Ich sprintete aus der Tür und hielt Ausschau nach Haley, aber ich bezweifelte, dass sie noch hier war. Nathan hatte sie bestimmt heimgefahren.

Ich ging zum Empfangstresen, wo die Autoschlüssel der Gäste verwahrt wurden, und ließ mir meine aushändigen. Das verletzte zwar das Protokoll des Country Clubs, aber das war mir egal. Vielleicht würde das ja meine neue Haltung werden – dass mir alles egal war. Mein Vater wollte, dass ich mit Lucinda ging. Klar, warum nicht? Er wollte, dass ich meinen Abschluss in BWL machte. Kein Problem. Vielleicht war das der Schlüssel zu einem entspannteren Leben: sich einen Scheiß aus irgendwas zu machen. Wenn einem alles egal war, konnte man auch niemanden enttäuschen oder selbst enttäuscht werden.

Als ich schließlich in meinem Wagen saß, wusste ich nicht, wo ich hinfahren sollte, also machte ich mich auf den Weg zum Tierheim. Ich entschied mich aus keinem besonderen Grund dafür – außer dass mein Vater dort nie im Leben nach mir suchen würde. Nicht dass ihm mein Verschwinden etwas ausmachen würde, denn ich folgte ja anscheinend widerstandslos seinem Masterplan.

Haleys Blick, als sie mich aufgefordert hatte, mich zu entscheiden, und ich nichts gesagt, nichts getan hatte, sie einfach hatte gehen lassen … Dieser Blick war ein Urteil gewesen. Sie verurteilte mich, weil sie keine Ahnung von meinem Leben hatte.

Sie würde ihren Weg gehen und ich meinen. So war es für uns am besten. Sie würde einen anderen Jungen finden, jemanden, der sie gut behandelte. Dafür würden ihre Brüder schon sorgen. Ich würde mit Lucinda zusammen sein oder mit einem anderen Mädchen, das die Zustimmung meines Vaters fand, und sie würde hübsch sein, auf ihren Körper achten – und in erster Linie sterbenslangweilig sein. Ein Mädchen, das nicken und lächeln und mir nie widersprechen würde. Kein Streit, keine Neckereien, keine Aufregung, kein Spaß oder irgendetwas Außergewöhnliches.

Ich hatte den Parkplatz des Tierheims erreicht. Am hintersten Ende parkte ein Wagen. Er gehörte wahrscheinlich der Besitzerin. Debra? Deena? Irgendetwas in der Art. Und jetzt? Ich hatte eigentlich nicht vorgehabt reinzugehen.

Ich versuchte, eine scharfe Kehrtwende zu machen. Mein Wagen holperte und ruckte, als die Reifen über Spurrillen und Schlaglöcher holperten. Ich war noch nie im Dunkeln hier gewesen, und dieser Parkplatz war schlimmer, als ich ihn in Erinnerung hatte. Vielleicht kam mir auch nur alles besser vor, wenn Haley dabei war. Als ich auf dem Rückweg zur Hauptstraße aufs Gas trat, brach mein Mustang nach rechts aus. Metall schabte über Erde, als der Reifen so tief in einem Schlagloch versank, dass der Wagen aufsetzte. Das Geräusch ging mir durch und durch. Warum musste alles, das mit Haley zu tun hatte, so kompliziert sein? Ich schaffte es noch zurück bis zu der Ecke des Parkplatzes, wo der Boden etwas ebener war, und machte dann den Motor aus.

Ich atmete ein paarmal tief durch und starrte mein Lenkrad an, als könnte es mir verraten, warum mein Leben ein einziges Chaos war.

Klopf, klopf!

Ich zuckte erschrocken zusammen. Eine ältere Dame mit langen silberfarbenen Haaren lächelte mich an, als ich die Scheibe herunterließ.

»Entschuldige, wenn ich dich erschreckt habe. Aber ich habe deinen Wagen gehört. Dieser Parkplatz kann gefährlich sein. Ich wollte nur nachsehen, ob mit dir alles in Ordnung ist.«

»Es ist alles …« Ich wollte gerade sagen, es sei alles bestens, aber aus irgendeinem Grund platzte ich mit der Wahrheit heraus. »Nein, nichts ist in Ordnung.«

»Brauchst du einen Abschleppwagen?«

»Nein, ich –« Was brauchte ich? Irgendetwas, das sinnvoll war. Ich brauchte Haley. Oder zumindest irgendetwas, das mit ihr zu tun hatte und an dem ich mich festhalten konnte. »Darf ich reinkommen und die Hunde sehen?«

Sie legte den Kopf schief und musterte mich. »Ich hatte vor, nach Hause zu fahren, sowie ich mit der Buchhaltung fertig bin. Du hast zehn Minuten. Wolltest du zu einem bestimmten Hund?«

»Ja. Zu Leo, dem Shih Tzu.«

»Oh, der hat heute ein neues Zuhause gefunden«, sagte sie. »Eine nette Familie mit zwei kleinen Mädchen. Ich glaube, er wird sich dort sehr wohlfühlen.«

»Das freut mich für ihn.« Das Gewicht dieses Abends krachte auf mich herunter und ließ meine Arme ganz schwer werden. »Danke, dass Sie nach mir gesehen haben. Ich sollte jetzt nach Hause fahren.«

»Denk an unseren Flohmarkt. Wir versuchen, genug Geld zusammenzubekommen, um unseren Parkplatz auf Vordermann zu bringen.« Sie klopfte leicht auf das Autodach. »Schönen Abend noch.«

Es konnte definitiv nicht mehr schlimmer werden.

Ich wollte nur noch ins Bett. Ich schaffte es ohne Zwischenfall durch die Stadt. Keine Hunde oder Rehe, die mir vors Auto sprangen. Ich parkte meinen Wagen und schaffte es ins Haus, ohne bemerkt zu werden. Alles, was ich wollte, war, mich auf mein Bett fallen zu lassen. Dass mein Vater mir den Weg versperrte, als ich am Esszimmer vorbeiging, war wohl ein Hinweis darauf, dass der Schlamassel, zu dem mein Leben geworden war, noch längst nicht vorbei war.

»Wo bist du gewesen?«, fragte er. »Wie konntest du Lucinda einfach so stehen lassen? Das war unhöflich und verantwortungslos.«

»Müssen wir das jetzt besprechen?« Mir war gerade gar

nicht danach, gute Miene zum bösen Spiel zu machen und mich respektvoll zu verhalten. »Kannst du mit deiner Standpauke nicht bis morgen früh warten?«

»Nein, das duldet keinen Aufschub. Ich erwarte eine Rechtfertigung von dir.«

»Wie du willst, aber ich werde dabei nicht im Flur rumstehen.« Ich schob mich an ihm vorbei und ging in die Küche, wo ich mir ein Glas Wasser eingoss. Nachdem ich die Hälfte in einem Zug hinuntergekippt hatte, setzte ich mich an den Küchentresen. Wenn er wollte, konnte er sich ja dazusetzen. »Ich war nicht unhöflich zu Lucinda. *Du* warst unhöflich zu *Haley*. Du wusstest, dass ich mit ihr da war, und hattest nichts Besseres zu tun, als mich mit der Tochter von einem deiner Freunde zu verkuppeln. Warum hast du das getan?«

»Lucinda passt viel besser zu dir. Ihr habt viel mehr Gemeinsamkeiten. Du wirst sie jetzt anrufen und dich entschuldigen, und morgen werden wir dann alle zusammen im Country Club zu Mittag essen.«

»Nein. Lucinda ist sicher nett, aber sie ist nicht diejenige, mit der ich zusammen sein will. Tut mir leid, wenn das nicht in deinen Plan passt. Egal, mit wem ich gehe, du wirst im Country Club niemals ganz oben auf der Leiter stehen. Nathans Familie hat mehr Geld als die Hälfte der anderen Mitglieder zusammen. Finde dich damit ab und hör auf, mich dazu zu benutzen, um in der Hierarchie aufzusteigen.«

»Und warum, glaubst du, bist du mit Nathan befreundet?«

Was für eine blöde Frage. »Weil ich ihn mag.«

»Nein. Seit du ein Kleinkind warst, habe ich immer wieder den Kontakt zu seinem Vater gesucht und dafür gesorgt, dass du an allen Aktivitäten teilgenommen hast, damit ihr später Freunde werdet.«

Ich konnte es nicht fassen. »Du hast mich seit meiner Geburt benutzt, um Kontakt zu Nathans Familie zu bekommen?«

»Ja. Und es hat funktioniert, deswegen musst du mir jetzt auch zuhören und tun, was ich dir sage. Verabrede dich mit dieser Lucinda. Verhalte dich wie der perfekte Gentleman, wenn du mit ihr zusammen bist. Es ist mir egal, ob du dich in deiner Freizeit mit dieser Haley triffst, aber ich will, dass alle denken, dass du und Lucinda das perfekte Paar seid.«

»Du meinst, genauso wie alle denken sollen, dass ihr eine perfekte Ehe führt, obwohl du deine Sekretärin vögelst?«

Er kniff die Augen zusammen.

Ein kleiner Teil von mir hoffte, dass er es leugnen würde, dass es irgendeine andere Erklärung gab.

»Was zwischen mir und deiner Mutter geschieht, geht dich nichts an. Du wirst eine Beziehung mit Lucinda oder einem Mädchen mit ähnlichem Stammbaum führen, und du wirst es mit einem Lächeln auf dem Gesicht tun.«

»Nein. Das werde ich nicht.« Ich setzte mein Glas ab und ging nach oben ins Bett.

Ich konnte nicht einschlafen und warf mich unruhig hin und her. Immer wenn ich die Augen schloss, sah ich Haley vor mir, die mich aufforderte, mich zu entscheiden. Und jedes Mal setzte ich es in den Sand.

Haley

Sonntagmorgen lag ich im Bett und starrte das Telefon auf meinem Nachttisch an. Was sollte ich tun, wenn Bryce anrief? Zuerst würde ich ihm sagen, was für ein Feigling er war, weil er eingeknickt war und das getan hatte, was sein Vater wollte. Dann würde ich ihm sagen, dass er es versaut hatte und dass zwischen uns alles aus war, weil ich jemanden verdiente, bei dem *ich* an erster Stelle kam. Ich spürte, wie mir eine Träne über die Wange lief, und wischte sie hastig weg. Genau das würde ich tun. Und wenn er sich auf die Knie warf, um sich zu entschuldigen, würde ich ihm vielleicht vergeben. Vielleicht.

Ich strampelte die Decke weg und streifte mir einen meiner alten ausgeleierten Rollkragenpullover über. Denn obwohl Bryce verschwunden war, waren die Male, die er auf meinem Hals hinterlassen hatte, immer noch da, was irgendwie unfreiwillig komisch war. Die Knutschflecke waren inzwischen nur noch blassrosa und würden wahrscheinlich in ein oder zwei Tagen verschwunden sein. Die letzten Spuren meiner Fake-Beziehung. Und tschüss! Ich weiß nicht, warum ich so naiv gewesen war, mir einzubilden, dass etwas, das mit Erpressung begonnen hatte, zu einer richtigen Beziehung werden könnte.

Ich holte tief Luft und stieß sie langsam wieder aus. Ich brauchte jetzt einen Kaffee und am besten eine ganze Tüte Donuts mit Schokoglasur. Dann würde die Welt gleich ganz anders aussehen. Aber in die Küche zu gehen, hieß meiner Familie unter die Augen zu treten. Sie waren nicht da gewesen, als ich gestern Abend nach Hause kam. Ich freute mich nicht besonders darauf, sie über die Trennung zu informieren. Wenigstens konnte ich sagen, dass ich diejenige gewesen war, die Bryce den Laufpass gegeben hatte. Dann würde ich nicht so bedauernswert rüberkommen. Oder? Ich betrachtete mein Spiegelbild. Zerzauste Haare und blutunterlaufene Augen mit dunklen Ringen sprangen mir entgegen. Na super. So viel zum Thema Würde bewahren.

Im Bad spritzte ich mir kaltes Wasser ins Gesicht, bürstete meine Haare und band sie zu einem unordentlichen Knoten zusammen. Mehr bekam ich nicht hin. Mit betont neutralem Gesichtsausdruck ging ich in die Küche.

Meine Mom, mein Dad und meine Brüder saßen am Tisch, zwischen sich eine Schachtel Donuts mit bunten Streuseln. Ein Stück weiter weg erspähte ich eine offene Tüte mit den Schokodonuts, die ich bevorzugte. Yes!

Ich schenkte mir eine Tasse Kaffee ein, setzte mich an den Tisch und inhalierte einen Donut, bevor mir auffiel, dass mich alle anstarrten. Ich wischte mir den Mund mit dem Handrücken ab. »Was ist?«

»Alles okay mit dir?«, fragte meine Mom.

Offensichtlich hatte meine Familie die guten Neuigkeiten schon gehört. »Das ging ja schnell. Hat jemand eine Anzeige in die Zeitung gesetzt?«

Matt griff sich den nächsten Donut. »Ein Kumpel von uns, der gestern Abend im Country Club die Autos geparkt hat, behauptet, du hättest mit Bryce Schluss gemacht. Stimmt das?«

Ich hatte einen Kloß im Hals, deswegen nickte ich nur.

Charlie knackte mit den Fingern. »Darf ich ihm jetzt eine reinhauen?«

Ein Teil von mir hätte am liebsten Ja gesagt, aber das wäre falsch gewesen. Wenn jemand Bryce eine verpasste, dann ich. »Nein.«

»Kannst du dir nächstes Mal vielleicht einen Typen aussuchen, der nicht so ein Vollidiot ist?«, knurrte Matt, während er sich noch einen Donut schnappte und mit Charlie im Schlepptau die Küche verließ.

Ich lachte. Mein Plan hatte funktioniert. Mit Bryce zusammen zu sein hatte den Weg für einen echten festen Freund frei gemacht. Ich hätte glücklich sein müssen.

Aber ich war es nicht.

»Möchtest du darüber reden?«, fragte meine Mom.

Das hätte nur dazu geführt, dass ich anfing zu heulen, also schüttelte ich den Kopf.

Als das Telefon klingelte, schoss ich in Lichtgeschwindigkeit von meinem Stuhl hoch. Es war Jane.

»Ich halte gerade vor eurem Haus«, sagte sie, »und ich habe Zimtschnecken dabei.«

»Danke.« Ich wusste, dass mich meine Gefühle überwältigen würden, sobald ich Jane sah. »Komm einfach rein. Ich warte in meinem Zimmer.«

Ich stürmte den Flur entlang und setzte mich aufs Bett. Meine Augen brannten. Jane kam herein, schloss die Tür und setzte sich neben mich. Als sie mir den Arm um die Schulter legte, fühlte meine Brust sich plötzlich ganz eng an. Ich öffnete den Mund, um etwas zu sagen, doch da liefen mir die Tränen bereits im Strömen über die Wangen.

Mit ihrer freien Hand reichte mir Jane einen Stapel Papiertaschentücher. »Ich dachte, die brauchst du vielleicht.«

»Danke.« Ich konzentrierte mich darauf, den Springbrunnen wieder abzustellen. Ich hatte genug geweint.

»Die Zimtschnecken sind noch warm.« Jane hielt mir die Tüte hin.

Ich nahm eine und biss hinein. Jungs waren vielleicht Mistkerle, aber man konnte sich darauf verlassen, dass Essen glücklich machte. Dank der klebrigen Glasur und des köstlichen Zimtgeschmacks sah die Welt schon nicht mehr ganz so düster aus. »Mhmmm. Die sind echt gigantisch.«

»Stimmt. Ich habe auf dem Weg hierher schon zwei im Auto gegessen.« Jane lachte.

Normalerweise quasselte Jane wie ein Wasserfall, doch jetzt schwieg sie. Wahrscheinlich wartete sie darauf, dass ich anfing, über Bryce herzuziehen. »Hättest du gedacht, dass Bryce so wenig Rückgrat hat?«, fragte ich sie, als ich meine Zimtschnecke aufgegessen hatte.

»Nein. Und ich verstehe auch nicht, wieso er sich so von seinem Vater herumschubsen lässt.«

»Sein Vater ist ein Mistkerl, aber Bryce hätte für mich eintreten müssen.«

»Das hätte er verdammt noch mal.«

»Es macht mich ganz wahnsinnig, wenn ich mir überlege, dass es mit uns vielleicht geklappt hätte, wenn wir uns unter anderen Umständen kennengelernt hätten. Ohne die Erpressung.«

Andererseits hätten wir sonst wahrscheinlich nie ein Wort miteinander gewechselt.

Jane reichte mir noch eine Zimtschnecke.

Montagmorgen holte ich Jane zur Schule ab. Nachdem wir zwei Wochen zusammen gefahren waren, kam es uns langweilig vor, wieder alleine im Auto zu sitzen. Ich hatte sie davon überzeugt, dass es mehr Sinn machte, wenn ich fuhr, weil ich auf dem Weg zur Schule sowieso an ihrem Haus vorbeifahren musste. Dafür konnte sie mir das Benzingeld geben.

»Ich wette, Chase wird direkt bei dir auf der Matte stehen, wenn er hört, dass du dich von Bryce getrennt hast.«

»Vielleicht.« Ich war noch nicht bereit, mich gleich in die nächste Beziehung zu stürzen. Nach der Sache mit Bryce hatte ich zurzeit den Eindruck, dass Jungs den Ärger, den sie machten, nicht wert waren.

»Alles okay mit dir?«, fragte Jane, als wir auf den Parkplatz der Highschool einbogen.

Klar, mir ging's bestens. Ich hatte gestern Abend stundenlang das Telefon angestarrt und mir verzweifelt gewünscht, es möge klingeln. Ich hatte gehofft, dass Bryce anrufen würde. Und mich dann für meine Hoffnung gehasst. Das ganze Trauerspiel war von Anfang an zum Scheitern verurteilt gewesen. Und es war sonnenklar, dass er sich niemals richtig auf die Beziehung eingelassen hätte. Es wurde Zeit, mich zusammenzureißen und zu meinem alten Leben zurückzukehren. Einem Leben, in dem ich einen Freund haben *konnte*, wenn ich einen wollte. Aber keiner von ihnen würde sein wie Bryce. Ich schloss die Augen, und mein Gehirn spielte mir einen bösen Streich, indem es mich noch einmal daran erinnerte, wie es sich anfühlte, von ihm geküsst zu werden.

Jane wartete auf eine Antwort. »Mir geht's gut. Ich meine, ich werde Bryce vermissen, aber ich habe immer noch zwei

Freikarten für den Herbstball am nächsten Wochenende. So viel also dazu.« Ich stieg aus dem Auto und hatte plötzlich ein merkwürdiges Déjà-vu-Erlebnis.

»Bilde ich mir das nur ein«, sagte Jane, »oder starren uns die Leute an und tuscheln?«

Wahrscheinlich war schon durchgesickert, dass ich Bryce abserviert hatte. Und zum ersten Mal war mir egal, was die anderen darüber dachten. Sie konnten sagen, was sie wollten. Es änderte nichts an den Tatsachen.

»Kluge Kommentare zu meinem Leben, die nicht von mir stammen, sind mir in Zukunft egal. Das habe ich irgendwo im Internet gelesen. Und ich habe beschlossen, dass das jetzt mein neues Motto ist.« Der eiskalte Wind verpasste mir eine kräftige Gänsehaut. »Lass uns reingehen.«

Über dem Eingang der Schule hing ein riesiges Banner:

Dieses Wochenende:
Wohltätigkeits-Golfturnier
zugunsten des Hope-Tierheims

Ich blieb wie angewurzelt stehen und schaute Jane an. »Wusstest du davon?«

Sie schüttelte den Kopf. »Nein. Habt ihr beiden das geplant?«

»Nein.« Kaum hatte ich die Schwelle überschritten, sah ich das nächste Banner:

Kommt alle zum Wohltätigkeits-Golfturnier,
damit Haley Patterson ihr Auto nicht in einem
Schlagloch des Hope-Tierheims verliert

Ich zeigte auf das riesige Banner, das von der Decke hing. »Das ist echt, oder?«

Jane nickte. »Komm, da vorne ist noch eins.«

Wir liefen durch die Eingangshalle. Das nächste Banner verkündete:

Unterstützt das Wohltätigkeits-Golfturnier, weil Bryce ein Idiot war und sich für Haley hätte entscheiden sollen

Du lieber Himmel! »Was zum …?« An der Wand hing ein kleineres Schild:

Jane, sorg dafür, dass Haley zu ihrem Spind geht!

Jane lachte. »Das hatten wir sowieso vor, aber okay.«

Immer mehr Schüler säumten die Flure und sahen zu, wie ich mich weiter vorarbeitete. Je näher ich meinem Spind kam, desto voller wurde es im Gang.

Wir quetschten uns zwischen Grüppchen von Schülern hindurch. Ich hielt Ausschau nach Bryce, konnte ihn aber nirgendwo entdecken. Als wir den Engpass hinter uns gebracht hatten, blieb ich wie angewurzelt stehen und betrachtete das Banner, das über meinem Spind angebracht war.

Haley Patterson, möchtest du meine Freundin sein und mit mir zum Herbstball gehen? In Liebe, Bryce

Ich starrte es mit offenem Mund an. Warum hatte der Idiot nicht einfach angerufen, um mir seine Gefühle zu gestehen?

»Und? Was sagst du, Haley?« Bryce' Worte ließen mich zusammenzucken. Wie aus dem Nichts aufgetaucht, stand er plötzlich mit einer einzelnen roten Rose neben mir.

»Nimm ihn zurück!«, rief ein Mädchen aus der Menge, die uns umringte – und die war nicht gerade klein. Von einer Wand zur anderen drängten sich Massen von Schülern, die sich offenbar hier versammelt hatten, um mitzuverfolgen, wie die Sache ausging. Hatten die nichts Besseres zu tun?

»Tu's nicht!« Eine Stimme, die verdächtig nach meinem Bruder Matt klang, schallte durch den Gang.

Ich grinste. »Kann ich noch mal drüber nachdenken?«

Bryce sah mich fassungslos an. »Soll das ein Witz sein?«

Natürlich meinte ich das nicht ernst, aber er hatte eine kleine Strafe verdient. »Ich möchte nichts überstürzen. Vielleicht sollten wir erst mal probeweise miteinander gehen.«

»Probeweise?« Er beugte sich vor. »Habe ich dir schon gesagt, dass du eine echte Nervensäge bist?«

Ich lachte. »Weißt du was? Genau das Gleiche könnte man über –«

Ich kam nicht dazu, meinen Satz zu beenden, weil Bryce mich an sich zog und küsste. Der Lärm der Menge um uns herum steigerte sich. Ihm schien das nichts auszumachen, und mir war es ebenfalls egal.

Als sich unsere Lippen voneinander lösten, lehnte Bryce seine Stirn gegen meine. »Wie lautet deine Antwort? Und falls du dir nicht ganz sicher sein solltest: Die einzig akzeptable Antwort ist Ja.«

»Ja.«

Die Menge fing an zu klatschen, aber ich hörte auch ein paar männliche Stimmen – höchstwahrscheinlich meine Brüder –, die lautstark buhten.

Haley

Ich wusste nicht, was mich auf dem Herbstball erwarten würde. Allerdings hätte ich mir denken können, dass Bryce in seinem Smoking die Mädchen anziehen würde wie Motten das Licht. Aber das machte mir nichts aus, weil er mit *mir* da war. Okay, es machte mir schon etwas aus, aber ich war mir seiner Gefühle inzwischen so sicher, dass ich nicht mehr gleich durchdrehte.

»Möchtest du tanzen?«, fragte er.

»Gern.«

Er nahm meine Hand und führte mich auf die Tanzfläche, wo wir einen Moment unbeholfen herumstolperten, bis wir uns an das Tempo des Songs gewöhnt hatten. Es war wie mit den Hindernissen in unserer Beziehung: Wir hatten eine Weile gebraucht, um zueinander zu finden, aber am Ende tanzten unsere Herzen im gleichen Rhythmus.

Danksagung

Es gibt mehrere Leute, denen ich für die Entstehung dieses Buches danken möchte. Mein Dank geht an Entangled Publishing, die mich in ihre neue Reihe *Crush* aufgenommen haben. An Erin Molta, die mich immer wieder beruhigt und mir versichert hat, dass das, was ich schreibe, kein Mist ist. An meinen Mann, der mich mit Schokolade und Kaffee versorgt und mir geduldig zugehört hat, wenn ich mich endlos über meine Romanfiguren ausgelassen habe. Und an meine Eltern für ihre unerschütterliche Unterstützung.